त्रिवेणी कथा-कानन

(हिंदी कहानी संग्रह)

त्रिवेणी दूबे 'मनीष'

Ukiyoto Publishing

All global publishing rights are held by

Ukiyoto Publishing

Published in 2022

ISBN 9789355971050

आभार एवं समर्पण

मेरा यह कहानी-संग्रह समर्पित है, जीवन के उन अनमोल अनुभवों एवं अनुपम जैविक संपदाओं को, जिन्होंने किसी न किसी प्रकार से मेरे सृजन को प्रेरित और उत्प्रेरित किया है| मैं हृदय से आभारी हूँ अपनी पत्नी विदुषी रमा का, उनके द्वारा सहर्ष प्रदत्त मानसिक और मनोवैज्ञानिक सहयोग के लिए, क्योंकि उसके बिना संभवतः, मेरे मन के भाव, शब्दों का रूप प्राप्त नहीं कर पाते| अंत में मैं अपना विशेष आभार डॉ शिव मंगल सिंह 'मंगल' के प्रति अर्पित करता हूँ, इस संग्रह को अपनी प्रस्तावना का साहित्यिक प्रसाद प्रदान करने के लिए|

त्रिवेणी दूबे 'मनीष'

प्रस्तावना: प्रेरणाप्रद कहानी संग्रह 'त्रिवेणी कथा -कानन'

कहानी अथवा कथा शब्द अपने शब्दार्थ में कुछ कहने या कथन करने की क्रिया ध्वनित करने के साथ उसकी विशिष्टता का भी बोध कराता है और यही विशिष्टता उसे कहानी या कथा की संज्ञा प्रदान करती है। कहानी का प्रादुर्भाव मनुष्य के जन्म के साथ ही माना जाता है क्योंकि कहानी सुनना या सुनाना मानव का स्वभाव है। हमारे देश में कहानी कहने और लिखे जाने की एक लम्बी परम्परा रही है। घर में जब दादी,नानी,ताई, चाची या माँ आदि में से कोई कहानी सुनाती हैं तो उसी क्षण बच्चों के अंदर कौतूहल, जिज्ञासा और उत्सुकता जागृत हो उठती है और यही जिज्ञासा उन्हें कहानी के अंत तक बाँधे रखती है। यही कहानी की विशेषता है। ऐसी ही श्रेष्ठ कहानियों के लेखक प्रसिद्ध कवि/साहित्यकार श्री त्रिवेणी प्रसाद दुबे मनीष जी के कहानी संग्रह 'त्रिवेणी कथा -कानन' का अवगाहन करने पर ज्ञात होता है कि आपकी कहानियों में सामाजिक सरोकार, एवं प्रकृति संरक्षण के साथ ही मानव मूल्यों को महत्व दिया गया है। कहानीकार ने स्वयं ही अपने प्राक्कथन में लिखा है 'विपरीत लौकिक परिस्थितियों में भी मानव की इच्छाशक्ति उसे अपना लक्ष्य एवं गंतव्य प्राप्त करने हेतु प्रेरित और उत्प्रेरित करती रहती है। कभी उसे पर्वतों की पुकार सुनाई पड़ती है तो कहीं उसे सृजन हेतु उचित विषयवस्तु की प्राप्ति होती है।

'श्वान' नामक कहानी में लेखक देसी श्वानों के प्रति करुणा रखते हुए जागरूकता का संदेश देता है। कहानी का प्रमुख पात्र 'बिजोय ' विदेश से पढ़ाई करके आने के बाद भी देशी श्वानों के प्रति करुणा से द्रवित होकर उनकी दशा सुधारने का संकल्प लेता है। यह कहानी पशुओं के प्रति दया और करुणा करने का स्पष्ट संदेश देती है। इसी प्रकार 'कार्यशाला ' नामक कहानी पर्यावरण संरक्षण हेतु प्रेरित करती है तो 'उत्तराधिकार 'शीर्षक नाम की कहानी पारिवारिक क्लिष्टताओं को दिखाते हुई उनके समाधान का भी मार्ग प्रशस्त करती है। कृति की अन्य कहानियों में भी इसी प्रकार की शिक्षा या संदेश देने का प्रयत्न कहानीकार द्वारा किया गया है। मनीष जी की कहानियों को पढ़कर आभास होता है कि लगभग सभी कहानियों का कथानक लेखक के जीवन के इर्द -गिर्द ही घूमता है। प्रकृति, परिवार, आपसी सम्बन्ध, मानवता, दया, करुणा ही कहानियों का वर्ण्य विषय है। यद्यपि कहानियों को विस्तार दिया गया है फिर भी कथानक पाठक को बाँधे रखने में समर्थ है। सभी कहानियाँ विषय-वस्तु, पात्र, चरित्र-चित्रण, कथोपकथन और उद्देश्य को दृष्टिगत रखते हुए मानक पर खरी उतरती हैं। कृति की भाषा शुद्ध खड़ी बोली है। कतिपय स्थानों पर देशकाल और वातावरण के अनुसार देशज शब्दों का प्रयोग समीचीन प्रतीत होता है। निष्कर्षतः श्री त्रिवेणी प्रसाद दूबे 'मनीष' जी का कहानी संग्रह 'त्रिवेणी कथा -कानन' एक सामाजिक, मनोवैज्ञानिक, सांस्कृतिक एवं साहित्यिक सरोकारों से समाविष्ट स्तरीय संग्रह है। वर्तमान परिस्थितियों में मानवता, सामाजिकता और पर्यावरण के प्रति जागरूक करती हुई ये कहानियाँ

निश्चित रूप से हिंदी साहित्य में अपना योगदान करने में सहायक सिद्ध होंगी। इन्हीं शुभकामनाओं के साथ।

डॉ. **शिव मंगल सिंह 'मंगल'**
से.नि. प्रधानाचार्य राजकीय उत्तर प्रदेश
माध्यमिक विद्यालय खंतारी, बी.के.टी. लखनऊ

प्राक्कथन

मानव अपनी मौलिक पहचान को भूलता जा रहा है। लोगों के मन पर आडंबर और दुराचार का प्रभाव हावी है। कभी-कभी मध्यकालीन अथवा प्राचीन मानकों का स्मरण, संवेदनशील हृदय को उत्साहित करता है। उन पारंपरिक मानकों का ध्यान मन को झकझोरता है। मानव को असफलता अथवा निराशा के क्षण में अविस्मरणीय तथ्यों और अपने संपर्क-क्षेत्र के विशिष्ट व्यक्तित्वों का ध्यान आता है। आत्म-बोध करते 'दोषी' अपने सकारात्मक कौशल का पुनः मंथन करते हुए, अपने जीवन को नवीन दिशा प्रदान करते हैं। आधुनिक युग में देशी श्वानों की दुर्दशा और उपेक्षा, जैविक-विविधता विशेषज्ञों को व्यथित करती है। ऐसी विपरीत लौकिक परिस्थितियों में भी मानव की इच्छाशक्ति उसे अपना लक्ष्य एवं गंतव्य प्राप्त करने हेतु प्रेरित और उत्प्रेरित करती रहती है। कभी उसे पर्वतों की पुकारें सुनाई पड़ती हैं तो कहीं उसे सृजन हेतु उचित विषय-वस्तु की प्राप्ति होती है। लेखकों तथा सम्मानों के विभिन्न स्वरूप दिखाई देते हैं। कभी अर्धांगिनी की वेदनाओं का आभास होता है तो कहीं उत्सवों का उन्माद उभरता है। कहीं मोह है, कहीं सम्मोहन है तो कहीं विस्मय के सूत्र हैं। जीवन की प्रत्येक गतिविधि में किसी कथा का सार है। कहीं क्रोध एवं क्रोधी के आचार हैं तो कहीं किसी महान मानव के खड़ाऊँ की पूजा का पावन सत्य है।

उक्त सभी तथ्यों के आधार पर गत पाँच वर्षों की अवधि में कुछ कथानकों का आधार बना जिसका

परिणाम कुछ कहानियों के रूप में साकार हुआ और इस संग्राह का सृजन संभव हुआ। इससे पूर्व मेरे कहानी संग्रह **'पुतले'**, **'यथार्थ'**, **'आहुति'** और **'दर्शन'** प्रकाशित हो चुके हैं।

अब मेरी बीस काहानियों का यह संग्रह **'त्रिवेणी कथा-कानन'** सुधी पाठकों के हवाले है। आप सबके प्रतिक्रियाओं की प्रतीक्षा रहेगी।

त्रिवेणी दूबे 'मनीष'

अनुक्रमणिका

इच्छाशक्ति

लालमणि बहुत दुखी था। कुछ ही देर पहले घोषित प्रयाग विश्वविद्यालय के बी.एस.सी.अंतिम वर्ष के परीक्षाफल की घोषणा हुई थी। मात्र कुछ अंकों से उसकी प्रथम श्रेणी रह गयी थी जिसका उसे बहुत दुःख था। उससे भी अधिक चिंता उसके मन में इस बात की थी कि उसके पिताजी ने उसे यह सूचित कर दिया था कि वे उसे उसके आगे की पढाई हेतु आर्थिक सहायता नहीं कर पाएँगे। अपने भविष्य की चिंता को वह प्रयाग के पावन संगम के अवलोकन से मलिन करने का प्रयास कर रहा।

वह सूर्यास्त की बेला थी। सूर्य को अस्त होता देख कर उसे ऐसा लग रहा था जैसे उसके भविष्य का सूर्य भी अस्त हो रहा है। अपने मन के नैराश्य को कम करने के लिए उसने संगम तट के निकट स्थित प्रसिद्ध बड़े हनुमान जी के मंदिर के पास जाकर, उसमें अपने इष्ट हनुमान जी के दर्शन करने का मन बना लिया। उसे पता था कि प्रयाग के बड़े हनुमान जी, जो लेटे हुए हनुमान जी के नाम से भी जाने जाते हैं, श्रद्धा एवं आशीष के प्रबल संकेतक माने जाते हैं। उस मंदिर में प्रवेश करके अपनी आँखें

मूँदकर, उसने अपने इष्ट का ध्यान किया और उनसे अपनी मनोकामना के पूर्ति की याचना की।

मानव को असफलता अथवा निराशा के क्षण में अपने, ही याद आते हैं। पिताजी और बड़े भाई, वहाँ से लगभग सौ किलोमीटर दूर, उसके पैत्रिक गाँव में थे जो उत्तर प्रदेश के प्रतापगढ़ जनपद के पिछले ग्रामों में से एक था। उसकी पत्नी उसके दो बच्चों सहित गाँव में ही रहती थी। ऐसी विषम परिस्थिति में इंसान को अपने अभिन्न मित्रों का ध्यान आता है। लालमणि को भी अपने परम मित्र अशोक का ध्यान आया। शीघ्र ही उसने अशोक के निवास की और बढ़ना प्रारंभ कर दिया।

रास्ते भर लालमणि अपनी प्रबलतम इच्छा के बारे में सोचता रहा। उसके मन में एक प्रतिष्ठित राजपत्रित राजकीय पद प्राप्त करने की प्रबल कामना थी। गत वर्ष उसने अपनी उस इच्छा के बारे में अपनी पत्नी को भी बताया था। अपनी उस इच्छा के संबंध में विचार हुए उसने पाँच किलोमीटर की वह दूरी सरलता से तय कर ली। अशोक के घर पहुँचते ही उसने काल-बेल बजायी। शीघ्र ही अशोक ने द्वार खोला।

"प्रथम श्रेणी की बधाई हो दोस्त, मिठाई खाने आया हूँ" उसने मित्र को देखते ही कहा।

"बिलकुल ....बिलकुल ...अन्दर तो आओ यार" अशोक ने उसे आश्वासन देते हुए अंदर बुलाया।

अशोक ने मुक्त मन से अपने मित्र का स्वागत किया और उसे कुछ ही अंकों से प्रथम श्रेणी पाने से चूक जाने पर सांत्वना दी। बातों का दीर्घ सिलसिला प्रारम्भ हो गया। उसी के दौरान लालमणि ने अपने पिताजी के और अपनी पारिवारिक विवशताओं के बारे में विस्तार अशोक को बताया।

अशोक ने उससे पूछा "यह बताओ दोस्त कि तुम्हारे मन में इस समय क्या इच्छा है?"

"मैं प्रांतीय सेवा में कोई राजपत्रित राजकीय पद पाना चाहता हूँ" लालमणि ने उत्तर दिया।

अशोक ने पुनः पूछा "प्रांतीय ही क्यों ...केंद्रीय क्यों नहीं?"

"यार अशोक, मेरा यह मानना है कि इंसान को इच्छा अपनी क्षमता के अनुरूप ही करनी चाहिए और मैं अपनी क्षमता को जानता हूँ" लालमणि ने पुनः स्पष्ट किया।

"तो दिक्कत क्या है अभी इसी क्षण से जुट जाओ अवश्य सफलता मिलेगी" अशोक ने परामर्श दिया।

"दिक्कत वित्तीय है, प्रयाग में गुजर-बसर की" लालमणि ने निराश स्वर में कहा।

कुछ देर का मौन छाया रहा। अशोक अंदर गया और कुछ ही देर बाद एक ट्रे में मिष्ठान,जल और चाय लेकर वापस आया।

“यार पहले तुम अपना मुँह मीठा करो तब तक कुछ सोचते हैं” अशोक ने उसके मुँह में एक मोतीचूर का लड्डू ठूसते हुए कहा।

पुनः कुछ देर का मौन छा गया। चाय की चुस्कियाँ प्रारम्भ होते ही कुछ नए विचार उभरने लगे।

सहसा अशोक ने विचारशील होते हुए कहा “देखो प्रयाग में तुम्हारे जीवन-यापन के लिए तुम्हें तीन चार ट्यूशन दिलवा देते हैं जिनसे तुम्हारा खाने-पीने का खर्चा चल जाएगा।”

लालमणि ने तुरंत कहा “पर एक-दो महीने मैं रहूँगा कहाँ?”

“एक-दो क्या चार-पाँच महीने तक तुम मेरे साथ मेरे घर में ही रह सकते हो” अशोक ने उसकी पीठ थपथपाते हुए कहा।

लालमणि अशोक की वह बात सुनकर बहुत भावुक होकर बोला “दोस्त ...तुम मेरे लिए भगवान के समान हो।”

उसकी आँखों में आँसू देखकर अशोक ने भी संवेदनशील होते हुए उसे अपने गले से लगा लिया और बोला “यार तुम कल से ही मेरे घर पर आ जाओ और अपनी इच्छानुसार अपना अभियान आरंभ कर दो।”

“बहुत बहुत धन्यवाद दोस्त तुमने मेरे मन का तनाव दूर कर दिया और मेरी इच्छा को अद्भुत

शक्ति प्रदान कर दी" लालमणि ने द्रवित स्वर में कहा और वहाँ से प्रस्थान हेतु खड़ा हो गया कि तभी अशोक की माँ ने कक्ष में प्रवेश करते हुए कहा "बेटा भोजन करके जाना।"

लालमणि ने माता जी को प्रणाम किया और उनसे प्रस्थान हेतु अनुमति माँगी किन्तु उनके आदेश के आगे उसकी कुछ नहीं चली। अशोक के साथ बैठकर भोजन करने के बाद उसने पुनः अनुमति लेकर प्रस्थान किया। प्रयाग स्टेशन के निकट पहुँचकर उसने अपने किराए वाले कमरे का ताला खोला और अपने वस्त्र बदलकर बिछावन पर लेट गया। उस दिवस नींद आने और गहराने पर उसे प्रांतीय प्रतियोगी परीक्षाओं के दृश्य दिखाई दिए।

अगले दिवस की भोर से ही लालमणि तैयारी प्रारंभ हो गयी। गणित का अध्ययन और उसके जटिल प्रश्नों के हल निकालने में उसे हमेशा बहुत आनंद आता था। उसने अपना वह अभ्यास त्वरित कर दिया।

उसी दिवस की शाम में अशोक ने उसके कमरे पर आकर उसे यह शुभ सूचना दी कि उसके लिए तीन ट्यूशन की व्यवस्था हो चुकी है जिससे प्रतिमाह कुल एक हजार रूपये की आय का प्रावधान हो जाएगा।

"ये तो मुझपर बहुत बड़ा उपकार है दोस्त" लालमणि ने आभार प्रकट करते हुए कहा।

“कल से तुम मेरे यहाँ आकर रहने लगो और खूब मन लगाकर पढ़ाई करो” अशोक ने उसे हिदायत दी।

“यार एक दो दिन के लिए गाँव हो आता हूँ और वापस आते ही तुम्हारे यहाँ रहना शुरू करते हुए ट्यूशन का क्रम भी प्रारंभ करता हूँ” उसने अपना पक्ष रखते हुए बताया।

“ठीक है दोस्त जैसा तुम्हें ठीक लगे” अशोक ने कहा और उससे विदा ली।

अगले दिवस की भोर में ही लालमणि बस से अपने गाँव के लिए रवाना हुआ। तीन घंटे में गाँव पहुँचने पर उसने अपनी संकल्पित इच्छा के विषय में अपने माता–पिता,भाई और पत्नी को अवगत करा दिया।

बच्चों को दुलारने और पुचकारने से उसका मन काफी हल्का हुआ। पत्नी के प्रोत्साहन ने उसे नयी ऊर्जा प्रदान की। दो दिवस उपरान्त प्रयाग वापस आने पर उसने संकल्पित मन से अपने मित्र अशोक के यहाँ रहकर पढ़ाई करना और शाम को व्यक्तिगत आय हेतु ट्यूशन प्रदान करना प्रारंभ कर दिया। छह महीने तक वह क्रम चलता रहा। उसने संकल्पित मन से उत्तर प्रदेश प्रांतीय सिविल सेवा, अवर अधीनस्थ सेवा, प्रवर अधीनस्थ सेवा और कुछ अन्य परीक्षाओं का फॉर्म भी भर दिया। उस अवधि के अंत में उसके आवेदन पर उसकी नौकरी प्रभागीय प्रबंधक दूर संचार लखनऊ के कार्यालय में लिपिक

के पद पर लग गयी जिस पर उसे पाँच माह उपरान्त योगदान देना था। वहाँ सेवा प्रारंभ करने के पूर्व उसने उस वर्ष की उत्तर प्रदेश प्रांतीय सिविल सेवा की प्रतियोगी परिक्षा दी। उसके परिणाम से उसे निराशा हाथ लगी। उसे सबसे बड़ा धक्का तो इस बात का लगा की उसे गणित के तीन वैकल्पिक विषयों में चालीस प्रतिशत से भी कम अंक प्राप्त हुए थे। उसे इस बात का अनुमान हो गया की उसे सफलता प्राप्त करने के लिए प्रतियोगी परीक्षा के लिए अपने विषय चयन और अपनी तैयारी को पुनः नियोजित करना होगा।

लालमणि ने आर्थिक सुरक्षा के दृष्टिकोण से लखनऊ वाली नौकरी पर अपना योगदान दे दिया और वहाँ पर एक छोटा सा कमरा लेकर रहने लगा। एक माह के बाद वह अपनी पत्नी और दोनों बच्चों को भी अपने पास ले आया। उसकी पत्नी वह कमरा देखकर बहुत निराश हुई जिस पर लालमणि ने उसे प्यार से समझाया "कुछ पाने के लिए कुछ कष्ट भी सहना पड़ता है।"

उसकी पत्नी भी उसके कथन में पोषित इच्छा के अनुसार स्वप्न देखने लगी। वह भी अपने पत्नी की इच्छाशक्ति को पूर्ण समर्थन प्रदान करने लगी। नौकरी के साथ पढाई भी जारी रही। उसने संकल्पित मन से वैकल्पिक विषय के रूप में नये विषय चयनित किये। उन विषयों में **'भारतीय संस्कृति'** और **'समाज शास्त्र'** सम्मिलित हो गए। लगातार तीन वर्षों तक वह अनेक

प्रतियोगी परीक्षाएँ देता रहा। उनमें उसे असफलता और निराशा ही हाथ लगी किंतु उसने अपना साहस और संयम कम नहीं होने दिया। उन अथक प्रयासों से उसकी आँखों में **'कोएगुलेशन ऑफ ब्लड'** की एक विशेष परेशानी भी हो गयी जिसके उपचार हेतु उसे विशेष व्यवस्था करनी पड़ी। कुछ दिनों तक वह कुछ हतोत्साहित अवश्य हुआ पर फिर भी उसने अपना मानसिक साहस नहीं छोड़ा हालाँकि उसका स्वास्थ्य कुछ ढीला रहने लगा। उसका अध्ययन जारी रहा। चौथे वर्ष में उसका चयन उत्तर प्रदेश अवर अधीनस्थ सेवा के अंतर्गत नायब तहसीलदार के पद पर हो गया। उन दिनों उस सेवा में प्रोन्नति का क्रम बहुत अच्छा चल रहा था। नायब तहसीलदार से सात–आठ वर्ष में तहसीलदार और उसके दस वर्ष उपरान्त उपजिलाधिकारी बनने की प्रबल संभावना थी। उसके परम मित्र अशोक ने भी उसे यह परामर्श दिया कि उसे उस पद पर योगदान दे देना चाहिए। लालमणि ने उस परामर्श को स्वीकार किया और नायब तहसीलदार के पद पर अपना योगदान दे दिया।

अपने पारिवारिक दायित्वों को निभाने के साथ–साथ लालमणि ने समर्पित मन से प्रशिक्षण पूर्ण किया और अपनी फील्ड पोस्टिंग में कुशलता,तन्मयता और निष्ठा से कार्य किया। उससे उसके ज्ञान एवं अनुभव दोनों में विस्तार हुआ। उसके अच्छे राजकीय कार्यों को अधिकारियों की प्रशंसा के साथ ही स्थानीय जनता की सराहना भी मिली जिसके आधार पर उसकी सभी वार्षिक गोपनीय चरित्र प्रविष्टियाँ

उत्कृष्ट रहीं। उसके परिणामस्वरूप उसकी प्रोन्नति समयबद्ध क्रम से होती गयी और वह आठ वर्ष में तहसीलदार में प्रोन्नत हो गया। उसकी इच्छाशक्ति उसे सदैव कर्मठता और निष्ठा से राजकीय कार्य करने की प्रेरणा देती रही। उसके बारस वर्ष उपरान्त तहसीलदार से उपजिलाधिकारी प्रोन्नत होने पर उसकी पत्नी ने उसे विशेष बधाई देते हुए कहा "आखिर आपकी कामना पूरी हुई।"

"अरे भाई वह तो नायब तहसीलदार बनते ही निश्चित हो चुका था" उसने पत्नी को समझाया।

उत्तर प्रदेश के रामपुर जनपद के शाहबाद तहसील का उपजिलाधिकारी बनने पर लालमणि को यह ज्ञात हुआ कि उसके परम मित्र अशोक रामपुर के प्रभागीय वनाधिकारी हैं के पद पर तैनात हैं। कार्यभार ग्रहण करने के अगले दिवस लालमणि सपरिवार अपने मित्र के घर पर गया। अशोक लालमणि को देखकर बहुत प्रसन्न हुआ और उसे प्रफुल्लित मन से गले लगाते हुए पूछा "यहाँ अचानक कैसे?"

"अरे...... मेरी यहाँ उपजिलाधिकारी शाहबाद के पद पर तैनाती हुई है" उसने बताया।

"अरे ....बहुत-बहुत बधाई हो लालमणि आखिर तुम्हारी इच्छा पूरी हो गयी" अशोक ने हार्दिक बधाई देते हुए कहा।

"लेकिन दोस्त मेरी उस इच्छा में शक्ति तो आपने ही डाली थी" लालमणि ने कहा।

दोनों की पत्नियाँ और बच्चे उन दो मित्रों के उस आलिंगन को कुछ देर तक विस्मित होकर निर्निमेष देखते रहे। दोनों परिवारों में फिर शान्ति एवं संयम से बैठकर संवाद और अल्पाहार हुआ। लालमणि ने अपनी पत्नी को विस्तार से अशोक के प्रयाग के घर और वहाँ प्राप्त असीम स्नेह के सम्बन्ध में बताया। अशोक ने अपने मित्र की प्रशंसा करते हुए कहा "पूरा श्रेय मेरे दोस्त को जाता है क्योंकि इसने विपरीत परिस्थितिओं में भी अपनी इच्छाशक्ति को दुर्बल नहीं होने दिया।"

वह कहते समय अशोक ने देखा कि लालमणि का मुखमंडल अनन्य आभा से आलोकित है। उस आभा में विशिष्ट उपलब्धि से सृजित विश्वास की ऊर्जा, शक्ति के रूप में संचारित थी। उसके प्रस्थान से पूर्व अशोक ने उसे उज्ज्वल भविष्य हेतु अपनी शुभकामनाएँ दीं।

स्वयं की इच्छाशक्ति के आधार पर लालमणि की कार्य क्षमता, कुशलता और प्रज्ञा वृद्ध होती गयी। उसकी प्रतिष्ठा भी उन्नत होती गयी। राजकीय सेवा के अतिरिक्त उसने अपने दोनों बच्चों (एक पुत्र और एक पुत्री) को स्तरीय शिक्षा सुलभ कराते हुए उन्हें स्वावलंबी बनाया और उनका विवाह किया। सेवानिवृत्तिके दो वर्ष पूर्व उसके उपजिलाधिकारी से अपर जिलाधिकारी के पद पर प्रोन्नति का सुयोग भी

संभव हुआ। अपने सेवानिवृत्ति के अवसर पर अपना अंतिम राजकीय भाषण देते हुए लालमणि ने अपने अतीत के सभी हितैषियों का स्मरण करते हुए अपने अधिकारियों और अधीनस्थों के प्रति हार्दिक आभार अभिव्यक्त किया। उस बेला में उसके माथे पर विद्यमान इच्छाशक्ति की अनन्य आभा के चरम से अनेक नयन मोहित और सम्मोहित थे। वह मानव इच्छा की प्रबलता का उच्चतम सोपान था।

अर्धांगिनी

निशा को अपने विवाह से बहुत आशाएँ थीं। सुंदर कर्मठ पति, सभ्य स्नेहिल ससुराल, भौतिक आनन्द, सुखी वर्तमान, सुरक्षित भविष्य, इत्यादि। ये सब भाव उसके मन में, सगाई के शुभ दिवस से ही प्रबल हो चुके थे।

वैसे कतिपय कारणों से उसके विवाह का योग कुछ अधिक विलम्ब से ही सम्भव हो पा रहा था। उसका मुख्य कारण था उसकी दो छोटी बहनें और दो छोटे भाइयों की देखभाल का उत्तरदायित्व जो उसके बचपन में ही माँ के गोलोकवासी हो जाने से उत्पन्न हुआ था। उसी आधार पर उसने गत वर्षों में अपने विवाह के कुछ प्रस्तावों को अस्वीकार भी कर दिया था। किन्तु इस बार अपने पिताजी के भारी दबाव के आगे उसे झुकना पड़ गया था। विवाह हेतु अपनी स्वीकृति देने के पूर्व उसने अपने पिता से मात्र एक प्रश्न किया "वो क्या करते हैं?"

"अंग्रेजी का प्रतिष्ठित पत्रकार है" पिताजी ने उसे बताते हुए लड़के की तस्वीर उसके हाथ में पकड़ा दी थी यह बताते हुए कि उसका नाम प्रभात है, उसके बड़े भाई वन विभाग में एक जिला स्तरीय

अधिकारी हैं और चाचाजी पुलिस विभाग के बहुत बड़े अधिकारी हैं।

प्रभात नाम सुनते ही, निशा के मन में विनीत, सुशील, कर्मठ और सदाचारी पति के सौभाग्य के प्राप्ति की कामना उन्नत हो उठी। पैंतीस वर्षीय निशा के हृदय में चालीस वर्षीय प्रभात से मधुर मिलन की उत्सुकता जन्म ले चुकी थी।

सगाई के तीन दिन उपरान्त, उसके विवाह का शुभ दिवस आ गया। वैवाहिक आयोजन आशा के ताऊजी के आवासीय परिसर एवं उससे संलग्न लान में संपादित हुआ। वह आवास इलाहाबाद शहर के करेली मोहल्ले में स्थित था। पावन अग्नि कुंड के समक्ष वैदिक मंत्रोच्चार एवं सप्तपदी का संपादन पूर्ण होते ही वह नारी से अर्धांगिनी बन गयी।

पारंपरिक संस्कारों से बँधी सहधर्मिणी, विदाई की रस्म के बाद, अपने पति प्रभात, जेठ अभय,जेठानी अनुपमा,जेठ-जेठानी के बच्चों एवं अन्य सगे संबंधियों के साथ, अपने ससुराल के समक्ष पहुँच गयी। सभी परम्पराओं के संपादन के साथ उसका घर में नियोजित प्रवेश हुआ। उस दिवस वह दिन भर सगे सम्बंधियों की भीड़ से घिरी रही। देर रात तक ही शयनागार में व्यवस्थित होने का समय मिल पाया।

सुगंधित कक्ष में सजी हुई सुहाग-सेज पर परम्परागत मुद्रा में बैठकर, निशा अपने पति के कक्ष के अंदर आगमन की प्रतीक्षा करने लगी। कुछ ही

देर बाद, कक्ष में जेठानी जी का आगमन हुआ। उन्होंने उसकी पीठ थपथपाते हुये उसे प्यार से समझाते हुए कहा "निशा तुम कितनी सौभाग्यशाली हो कि तुम्हारा प्रवेश इस पक्के आलीशान मकान में हो रहा है... मैं तो इस परिवार में तब आयी थी जब यह केवल एक कच्चा मकान था.... खपरैल वाला कच्चा मकान।"

निशा ने अपनी जेठानी के उस कथन को ध्यान से सुनते हुए, धीमे स्वर में कहा "भाभी.... सब आप दोनों के आशीषों का ही फल है।"

"खैर..... वो तो रही बाईस साल पुरानी बात.... उसकी चर्चा आज बेमानी है.. आज की यह रात तो तुम दोनों के वैवाहिक मिलन की प्रथम रात है... ..आनन्द लो... अभी देवर जी को भेजती हूँ.... घबराना नहीं।"

भाभी वह हिदायत देकर कक्ष के बाहर चली गयीं।

कुछ ही देर पश्चात्, कक्ष में किसी के प्रवेश की आहट हुई। निशा तुरंत अपना घूँघट पूरा लगाते हुए सजग हो गयी। उसे घूँघट की ओट से अपने पतिदेव सेज पर बैठते हुए दिखायी दिये। कुछ पल के मौन और निष्क्रियता के बाद प्रभात की ओर से हल्की सी हरकत हुई जिससे निशा का घूँघट खुल गया। अर्धांगिनी को अपनी उँगलियों पर पति की उँगलियों के दबाव का आभास हुआ। उसके मन में

शारीरिक प्रचलन के संपादन की इच्छा जाग उठी। रात भर दोनों में बहुत सारी बातें होती रहीं पर अंत तक भी वह बात नहीं हो पायी जिसकी कामना हर अर्धांगिनी अपनी सुहाग रात पर करती है। उस मिलन रात्रि के अंतिम प्रहर में प्रभात सेज पर लेटकर सो गया। पति की वह अवस्था देखकर निशा भी उदास मन लिये सेज पर ही लेट गयी। शीघ्र ही उसे भी नींद आ गयी।

अगले दिवस निशा अपने दैनिक आचार के अनुरूप, भोर की प्रथम बेला में ही जागी। शीघ्र ही वह दैनिक क्रियाओं से निवृत्त भी हो गयी। उसने देखा कि उसके पति उस बेला तक भी सो रहे हैं। उसने पूरे ध्यान से अपने पति के मुखमंडल को निहारा। भोला- भाला मासूम मुखड़ा, गहन शांति का प्रतीक प्रतीत हो रहा था। वह उसे अपलक निहारती रही। भाभी और माँ के स्वरों से ही उसका ध्यान भंग हुआ। शीघ्र ही वह अपने आप को व्यवस्थित करते हुए कमरे से बाहर निकली। उसने बारी-बारी माँ और भाभी को प्रणाम करते हुए दोनों का चरण-स्पर्श किया। उस दिवस सारा दिन, परिवार की युवा एवं अधेड़ महिलाएँ, उससे उसकी सुहाग-रात के अनुभव के सम्बन्ध में पूछ- ताछ करती रहीं। निशा उन सभी प्रश्नों और प्रेक्षाओं का अपनी नियंत्रित मुस्कुराहट से उत्तर देती रही।

शाम को टैगोर टाऊन के एक नामचीन मंडप में प्रभात और निशा के विवाह का स्वागत

समारोह आयोजित हुआ। सारी व्यवस्था प्रभात के बड़े भैया की थी। वो अपने छोटे भाई को वो सारे सुख भी सुलभ कराना चाहते थे जिससे वे स्वयं वंचित रह गये थे। विवाह उपरांत स्वागत समारोह(रिसेप्शन) भी उनमें से एक ऐसा सुख था क्योंकि उनके विवाह से कुछ दिवस पूर्व दादी की मृत्यु के कारण वह आयोजन संपादित नहीं हो पाया था। सारा परिवार उस आयोजन में सम्मिलित हुआ। वह विशिष्ट आयोजन देर रात तक चलता रहा। निशा और प्रभात विधिवत मंचासीन होकर, संबंधियों और अतिथियों के अभावादन और भेंट स्वीकार करते रहे। दोनों को अपने दोनों भतीजों गौरव और अभिनव तथा भतीजी सुकन्या का नृत्य देखकर बहुत आनन्द आया।

घर वापस पहुँचने तक निशा और प्रभात बहुत थक चुके थे। उस रात भी दोनों कुछ देर तक परस्पर वार्ता करने के बाद सो गये। अतः वह रात भी निशा के लिए एक प्रकार से अधूरी ही रह गयी। किंतु जेठजी का अपने अनुज के प्रति अगाध प्रेम निशा के स्वप्नों को महकाता रहा।

निशा और प्रभात के दांपत्य जीवन के कुछ और दिन-रात भी उसी प्रकार बीते। समय के साथ दोनों के परस्पर वार्तालाप की बारंबारता और गहनता वृद्ध होती गयी। दोनों को एक दूसरे की मौलिक अभिवृत्तियों और रुझानों का ज्ञान भी होने लगा। प्रभात के मस्तिष्क में यह पुष्ट हो गया कि उसे एक शिक्षित, संस्कारी और समर्पित अर्धांगिनी पाने का

सौभाग्य मिला है। उधर निशा को भी यह अनुमान हो चुका था कि उसके पति एक स्वच्छ हृदय वाले शिक्षित मानव हैं जो आचरण से तनिक आलसी और शरीर से थोड़ा दुर्बल हैं। दोनों के पास उस अवधि में बहुत अधिक सोचने का समय नहीं था क्योंकि भैया और भाभी ने दोनों को माँ के साथ रामपुर और नैनीताल ले जाने का कार्यक्रम नियोजित कर लिया था। भैया रामपुर में प्रभागीय वनाधिकारी पद पर तैनात थे। निशा को यह भी पता चल चुका था कि उसकी सासो-माँ एक सरल, सौम्य और सहृदय महिला हैं जिन्हें ईश्वर ने सात वर्ष पूर्व वैधव्य का अभिशाप दिया था।

निशा, प्रभात और माँ, भैया, भाभी और भतीजे-भतीजी के साथ रामपुर गये। वहाँ से उनके नैनीताल जाने का कार्यक्रम भी संपादित हुआ। नैनीताल में नैनी झील में पारिवारिक बोटिंग के उपरांत, भैया और भाभी ने निशा और प्रभात को एक उन्नत होटल के भव्य सूट में व्यवस्थित किया। उस दिव्य-कक्ष के छायावाची एकांत में निशा और प्रभात की उमंगों को चरमोत्कर्ष का उचित परिवेश मिला। उसके फलस्वरूप दोनों को अपेक्षित वैवाहिक सुख के कुछ अंश प्राप्त हुए।

नैनीताल से रामपुर वापस आने के बाद, निशा और प्रभात कुछ दिन तक वहाँ रहकर भैया और भाभी के साथ जनपद के कुछ मनोरम वनांशों में गए। उस अवधि के दौरान निशा को अपने जेठजी

के पद की गरिमा और प्रतिष्ठा का साक्षात् दर्शन हुआ। उसके मन में यह भाव भी उठ रहा था कि काश उसके पति को ऐसा महत्वूपर्ण पद मिला होता। रामपुर से वापस इलाहाबाद पहुँचने पर, दोनों के दांपत्य जीवन का सामान्य स्वरूप प्रारंभ हुआ। पति को अनेक दिवसों तक घर में समय व्यर्थ बिताता देखकर, निशा को कुछ अजीब सा लगने लगा। उसके मन में तरह- तरह के भाव उभरने लगे। एक दिवस निशा ने प्रभात से पूछा "आप प्रेस क्यों नहीं जाते?"

"मैंने एक साल पहले पत्रकारिता छोड़ दी थी" प्रभात ने बताया।

उस कथन पर चौंकते हुये निशा ने पूछा "अरे......! तो घर का खर्चा कैसे चलता है?"

उस तथ्य से भिज्ञ होकर, आशा के हृदय को भीषण झटका लगा।

कुछ और दिवसों की पारंपरिक बातचीत ने निशा को प्रभात के सम्बन्ध में यह विशेष बात पता चली कि वो मूलतः नास्तिक है। यह उसके लिये एक अत्यंत विषम स्थिति थी क्योंकि वह अपनी प्रकृति से पूजा- पाठ में बहुत विश्वास करती थी। आगे के दिवसों में आशा को अपनी सासो-माँ से बात करते हुए प्रभात के संबंध में कुछ अन्य विशेष बातें भी पता चलीं। एक तो यह कि प्रभात ने कभी भी अपने विद्यार्थी जीवन में किसी पाठ्यक्रम को गम्भीरता से

नहीं लिया और दूसरा यह कि वह अपने मूल स्वभाव से बहुत स्वाभामानी है। माँ ने उसे स्पष्ट रूप से यह बताया कि स्वाभिमान पर ठेस लगने के कारण उसने कतिपय प्रतिष्ठित समाचार-पत्र बैनरों से जुड़ने के बाद भी नाता तोड़ लिया। उन सब जानकारीयों से निशा को यह भी अंदाजा हो गया कि उसका पति मूलतः पलायनवादी है। एक अन्य दिवस माँ ने अपनी नयी बहू को यह भी अवगत कराया कि प्रभात ने अपने पिता का उनके जीवन काल में बहुत अपमान किया था और उनके आदेशों की अवज्ञा की थी।

सहधर्मिणी निशा अपने आपको को बहुत विवश होने का आभास कर रही थी। एक अकर्मण्य, आलसी, दुर्बल और लापरवाह पति से निभाना, उसे एक बहुत कठिन कार्य लग रहा था। वह अर्थशास्त्र से स्नातकोत्तर थी। ऐसी उच्च शिक्षा से विभूषित महिला का एक अर्थहीन और अस्तित्वहीन पति से निभाना उसको उस अवधि में मात्र दुष्कर ही अपितु असाध्य सा प्रतीत हो रहा था।

मन की चिंता और घुटन कम करने के लिए वह एकांत में बैठकर सुबकती और आँसू बहाती थी। उसे मन ही मन अपने पिता पर भी क्रोध जागता था क्योंकि प्रभात ने कई बार उसे यह बताया था कि विवाह से पूर्व उसने उसके पिता को अपनी बेरोजगारी के बारे में साफ-साफ अवगत करा दिया था। बैंक का उच्च अधिकारी होने के बावजूद बेटी के

लिये ऐसे विवाह की व्यवस्था करना निशा की समझ से बाहर था। एक दिवस प्रभात ने उसे सुबकते और सिसकते हुये देख लिया। उसने तत्काल उसके पास जाकर उसे चुप कराने का प्रयास करते हुए उससे प्यार से कहा "अपना दुख मुझसे साझा करो..... ...सुबकने और सिसकने से कुछ नहीं होगा।"

उस दिवस की रात में दोनों में काफी देर तक बहुत सारी बातें हुईं।

"कुछ तो करना पड़ेगा हम दोनों को......... ऐसे कैसे चलेगा" निशा ने चिंतित स्वर में कहा।

प्रभात अभी कुछ कहने की सोच ही रहा था कि निशा ने उससे पूछा "आप कोई न्यूजपेपर फिर से क्यों नहीं ज्वाइन कर लेते?"

"कैसे ज्वाइन कर लें.... ...वहाँ मुझसे बहुत जूनियर लोग ऊँचे पद पर कार्य कर रहे हैं और उन्हीं के अधीन काम करना पड़ेगा" प्रभात ने अपनी मजबूरी बताते हुये कहा।

"तो वकालत शुरू कर दीजिए... ..आप तो एल एल. बी. भी है" निशा ने परामर्श दिया।

"उसमें मेरी तनिक भी रुचि नहीं है" प्रभात ने स्पष्ट रूप से बताया।

उस रात के विस्तृत वार्तालाप से भी उस समस्या का कोई हल नहीं निकल पाया। अनेक

दिवसों तक उस पर मानसिक मंथन चलता रहा। कुछ माह उपरांत भैया और भाभी के आगमन पर, उस सम्बन्ध में उन दोनों से भी विचार-विमर्श हुआ।

"वर्तमान में तुम दोनों के लिए सबसे सरल और उत्तम कार्य है दसवीं कक्षा तक के विद्यार्थियों को ट्यूशन पढ़ाना" भैया ने गम्भीर स्वर में परामर्श दिया।

निशा को भैया का वह परामर्श उचित प्रतीत हुआ। उसने तुरन्त प्रभात से पूछा "आप दसवीं कक्षा तक की गणित, विज्ञान और अंग्रेजी तो पढ़ा लेंगे न?"

निशा के उस विशिष्ट प्रश्न ने प्रभात के मन को विचारशील कर दिया। उसके मौन से बड़े भाई साहब को यह अनुमान हो गया कि उनका छोटा भाई पढ़ने और पढ़ाने की मुसीबत के बारे में सोच रहा है।

"तुम्हें साथ-साथ पढ़ते भी रहना पड़ेगा"भाई ने हिदायत दी।

"घबराइए मत.... मैं उसमें आपकी भरसक सहायता करूँगी" निशा ने अपने पति को विश्वास दिलाते हुए कहा।

कुछ देर के मौन के बाद प्रभात ने धीमे स्वर में कहा "मेरी पढ़ने-लिखने की प्रैक्टिस तो एकदम छूट चुकी है...... ..पता नहीं मैं ट्यूशन दे भी पाऊँगा या नहीं। "

निशा को इस बात का पूरा अनुमान हो चुका था कि उसके पति का आत्मविश्वास टूट चुका है। उसने पति का हौसला बढ़ाने का प्रयास करते हुए कहा "आप कोशिश करेंगे तो सब हो जाएगा.... .ट्यूशन के साथ आप किसी अंग्रेजी अखबार में भी पुनः कार्य प्रारंभ कर सकते हैं। "

बड़े भाई और भाभी ने भी प्रभात का साहस बढ़ाया।

कुछ दिवसों में निशा ने अपने पति का सतत प्रोत्साहन करते हुए, उसे घर में मिनी कोचिंग- केन्द्र खोलने हेतु सहमत कर लिया। अगले माह से उसका लघु केन्द्र उद्‌घाटन सत्र, घर के बैठक-कक्ष में प्रारंभ हो गया। उस प्रारंभिक दिवस मात्र चार छात्र और एक छात्रा की ही उपस्थिति हुई। दोनों ने सम्मिलित रूप से पढ़ाना शुरू कर दिया। निशा अपने बाल्यकाल से ही उचित अनुशासन और उन्नत नियोजन की आदी थी। वह रात की बेला में विद्यार्थियों के लिए नोट्स और प्रश्न बनाकर, अगले दिवस के कोचिंग सत्र में उनका भरपूर प्रयोग करती रहती थी। उसके उस व्यवस्थित, सुनियोजित एवं नियमित आचरण को देखकर, प्रभात भी अपने आपको बदलने हेतु विवश हो गया। वह एक ऐसा बदलाव था, जिसे उसके माता-पिता और भैया-भाभी भी करने में असफल हो चुके थे। प्रभात अपनी अर्धांगिनी के कर्मठ और प्रेरक व्यक्तित्व से अभिभूत

हो चुका था। धीरे-धीरे सहधर्मिणी की वह प्रेरणा, अनुपम शक्ति का रूप धारण करने लगी।

उस घरेलू कोचिंग की ख्याति मोहल्ले में प्रसारित होने लगी। तीन माहों में विद्यार्थियों की संख्या पंद्रह हो गयी। कोचिंग हेतु आवश्यक तैयारी के अतिरिक्त, निशा ने अपने पति और परिवार के खान- पान और रहन-सहन पर भी विशेष ध्यान देना प्रारंभ कर दिया। समय के साथ प्रभात का दैनिक आचार भी पूर्व की अपेक्षा, अधिक नियोजित और अनुशासित होने लगा। पत्नी के भोर-जागरण, पूजन-अर्चन और कुशल सत्र-संचालन को देखते-परखते, प्रभात के मन की नास्तिकता न्यून होने लगी। उसकी माँ मौन रहते हुए अपनी छोटी बहू द्वारा संयोजित एवं संचालित उस परिवर्तन के प्रत्यक्ष अवलोकन का सुखद आभास करने लगीं।

बड़े भाई ने, अपने प्रयाग आगमन पर, सत्र संचालन के सकरात्मक प्रभाव का दिव्य दृश्य देखा। उन्होंने कुछ विद्यार्थियों से अनौपचारिक वार्ता करते हुए, उनसे कुछ प्रश्न भी किये। सत्र में शामिल होकर उन्हें इस बात का आभास हो गया कि उस कोचिंग व्यवस्था में मुख्य भूमिका निशा द्वारा ही निभायी जा रही है। निशा का संचालन-कौशल उसे अनन्य तथा अनुसरणीय लगा। अनुज प्रभात अपनी पत्नी को सक्रिय सहयोग प्रदान करता दिखाई दिया विशेषकर गणित और अंग्रेजी में। उन्होंने इस तथ्य पर भी गौर किया कि उनका अनुज, जो पहले पढ़ाई के

नाम से भी दूर भागता था, वह पढ़ने पढ़ाने में मन लगाने लगा है। उसके आलस्य और अकर्मण्यता में भी कमी होती जा रही है। उन्होंने अनुज का साहस और विश्वास बढ़ाते हुये कहा "तुम्हारा यह नया रूप देखकर बहुत अच्छा लग रहा है.... इसी प्रकार समर्पित मन से लगे रहो।"

"सब कुछ निशा के नियोजन और अनुशासन की ही देन है" प्रभात ने संवेदनशील स्वर में कहा।

बड़े भाई ने माँ से उस अनूठे परिवर्तन के बारे में विस्तार से वार्ता करते हुए वार्ता के क्रम को समापन सौंपने का प्रयास किया "अम्मा.... काश प्रभात ने ऐसा अध्ययन अपने विद्यार्थी जीवन में भी किया होता।"

"वह उनका दुर्भाग्य था जिसे निशा जैसी समर्पित एवं सुयोग्य सहगामिनी का समर्पण और सौभाग्य, दूर करने का प्रयास कर रहा है" माँ ने कहा और कहते-कहते गंभीर और भावुक हो गयीं।

निशा के कुशल संयोजन और अनुशासित नियोजन से कोचिंग के स्तर और पारिवारिक सुख में वृद्धि होती रही। समय के साथ कोचिंग में विद्यार्थियों की संख्या पच्चीस हो गयी। कोचिंग सत्र, घर के बैठक-कक्ष के बजाय, प्रथम तल पर स्थित हालनुमा-कक्ष में सम्पादित होने लगे। प्रति विषय रुपया पाँच सौ मासिक शुल्क के रूप में निर्धारित हो गया। निशा ने गृह कार्यों हेतु महिला सहायक भी रख

लिया। खाली समय का वह अपने पसंदीदा गाने गुनगुनाने और सुनने में अथवा अपने पति से अंतरंग बात करने हेतु उपयोग करने लगी। उसे किशोर कुमार और जगजीत सिंह के गाये गीत बहुत पसंद थे। कभी-कभी वह अपने रुचि की काव्य रचनाएँ भी पढ़ती थी। दुष्यन्त कुमार की रचनाएँ उसे बहुत प्रिय थीं। पति से गहन वार्ता से इस सत्य का बोध हुआ कि वो एक ऐसे निष्कपट एवं संवेदनशील व्यक्ति हैं, जिनकी मौलिक प्रतिभाएँ, उनके आलस्य, अनिर्णय और पलायनवादी आचार से सुप्त और गुप्त हो चुकी हैं। बतौर समर्पित सहगामिनी, अपने पति की सुप्त-गुप्त प्रतिभाओं को उकेरना, उसके लिये एक बड़ी चुनौती बन चुकी थी।

एक विशिष्ट दिवस, निशा को अपने अंदर कुछ असामान्य सा लगा। प्रभात उसे चिकित्सक के यहाँ ले गया। डाक्टर ने उसे कुछ औषधियाँ देते हुए, कुछ चिकित्सा परीक्षण संस्तुत किये। प्रभात ने उसी दिन,निशा को एक अच्छी पैथोलाजी में ले जाकर, सभी संस्तुत परीक्षण करा दिये। अगले दिवस प्राप्त रिपोर्ट ने घर में प्रसन्नता की लहर प्रवाहित कर दी। निशा को गर्भ ठहरने की पुष्टि हो चुकी थी। संसार में प्रभात के छोटे रूप के आगमन का अंकुर सृजित हो चुका था। निशा का मन आनंद की हिलोरें लेने लगा। भावी संभावनाओं का स्वरूप, तन- मन को पुलकित करने लगा। उन हार्दिक और मानसिक उमंगों का कोचिंग के स्तर और दक्षता पर भी सकरात्मक प्रभाव पडा।

कहते हैं कि मानव जीवन हेतु 'विवाह' एक ऐसे अनूठे फल के समान होता है जिसे खाने वाले और नहीं खाने वाले, दोनों ही वर्ग-प्रकार के लोग पछताते हैं। निशा और प्रभात को वह फल, जीवन में अति विलम्ब से प्राप्त हुआ था। उस प्राप्ति के परिणामस्वरूप, निशा था उत्साहित और प्रभात उन्मादित हो चुका था। उत्साह एवं उन्माद का वह अनन्य युग्म, समस्त सीमाओं को तोड़ने और लाँघने हेतु तत्पर हो चुका था। जीवन का संचार मुखरित और सुरभित फूलों जैसा लगने लगा था। दोनों को जीवन की असीम संभावनाओं का अनुमान होता जा रहा था। निशा का मन उम्र की सीमा न होनै और जन्म पर कोई बन्धन न होने के आंतरिक भाव से आत्मसात होने लगा। दांपत्य सुख के उस चरमोत्कर्ष पर एक दिवस सहसा नियति का आकस्मिक आघात हुआ। सामान्य चिकित्सा परीक्षण में यह निष्कर्ष निकला कि निशा का गर्भ संकटग्रस्त हो चुका है जिसका तत्काल समाधान न होने पर, उसके जीवन को भी संकट उत्पन्न हो सकता है। विवश होकर प्रभात को निशा को भोपाल ले जाकर, आवश्यक समाधान करवाना पड़ा। गर्भ समाप्त हो गया जिसके कारण दोनों के अनेक भावी स्वप्न विनष्ट हो गये। विशेषज्ञ चिकित्सक ने गहन शारीरिक जाँच के बाद यह भी अवगत कराया कि निशा अब कभी भी गर्भ धारण की स्थिति में नहीं आ पाएगी। निशा के लिए वह एक भीषण मानसिक कष्ट का कारण था। प्रभात भी वह सच्चाई जानकर मन से शोकाकुल हो गया। अपनी पत्नी की मानसिक पीड़ा के बारे में

सोचकर वह बहुत दुखी हो गया। दोनों ने अपने सगे संबंधियों से भी उस पीड़ा को साझा नहीं किया यहाँ तक की भैया-भाभी और बहनों को भी, उस अपार पीड़ा की भनक तक लगने नहीं दी गयी।

निशा और प्रभात, पूरे दो पक्षों तक, उस अपार दुख और मानसिक पीड़ा के कारण असामान्य और अनियमित रहे। उस विषम मानसिक स्थिति का कुप्रभाव कोचिंग के संचालन पर भी पड़ा। इलाहाबाद वापस आने पर भी कई दिनों तक वह स्थिति बनी रही। निशा उस पीड़ा से सबसे अधिक प्रभावित थी। किंतु वह यह जानती थी कि यदि उसने अपनी वेदनाओं और संवेदनाओं को नियंत्रित नहीं किया तो उसके पति का मानसिक संतुलन भी बिगड़ जाएगा। अत: उसने सामान्य होने का प्रदर्शन प्रारंभ कर दिया हालाँकि संतानहीनता का यथार्थ उसके मन को यदा-कदा अधिक विचलित कर देता था। धीरे-धीरे उसने अपनी उस वेदना का एक सरल, सकरात्मक उपचार खोज निकाला। उसने कोचिंग में सम्मिलित विद्यार्थियों को अपनी निजी संतान के समान समझने और मानने का संकल्प धारण कर लिया। उसके अतिरिक्त वह अपने जेठ–जेठानी के तीनों बच्चों पर भी अपना लार-दुलार बरसाने लगी। प्रभात अपनी पत्नी के उस दिव्य समर्पित परोपकारी रूप को देखकर मोहित ही नहीं अपितु सम्मोहित होता जा रहा था। उसके सतत प्रोत्साहन और उत्साहवर्द्धन से उसने नगर के अंग्रेजी दैनिक 'आवर लीडर' के सम्पादन का कार्य भी

स्वीकार कर लिया। उसका आलस्य बहुत कम हो चुका था और उसकी अकर्मण्यता लगभग समाप्त हो चुकी थी।

एक माह में वह कोचिंग, एक बार पुन: अपने चरम की ओर बढ़ने लगा। दोनों के पढ़ाने की विधि और पद्धति, आस-पास ही नहीं बल्कि शहर के दूर–दराज क्षेत्रों में भी प्रचलित और प्रतिष्ठित होने लगी। बोर्ड परीक्षा के पूर्व तक, विद्यार्थियों की संख्या तीस हो गयी। परीक्षा की अवधि में दोनों को बहुत परिश्रम करना पड़ा। प्रभात कभी-कभी थक कर हतोत्साहित हो जाता था। उन विषम क्षणों में, निशा उसे अपनी प्रेरक बातों से नवीनीकृत मानसिक ऊर्जा प्रदान करती थी। कोचिंग संचालन के अलावा, घर के खान-पान, साफ–सफाई, माँ की देखभाल और अतिथियों का आदर–सत्कार भी उसका उत्तरदायित्व बन चुका था। वह अपने समस्त उत्तरदायित्वों का निर्वहन पूरे मनोयोग से करती थी।

बोर्ड परीक्षाओं की समाप्ति के दो माह उपरांत परीक्षा परिणाम घोषित हुए। कोचिंग के सभी विद्यार्थियों को बहुत अच्छे अंक प्राप्त हुए। सभी विद्यार्थियों ने दूसरे दिन घर पर आकर, निशा और प्रभात को हृदय से धन्यवाद दिया। अच्छे परिणाम की खबर पाते ही, अनेक नये विद्यार्थी, उस घरेलू कोचिंग केंद्र की ओर आकर्षित हुए। शाम को निशा की चचेरी बहन आभा अपने पति नीरज के साथ, दोनों को बधाई देने आयी। नीरज इलाहाबाद उच्च न्यायालय

के जानेमाने अधिवक्ता थे। बधाई देने के साथ ही दोनों ने प्रभात और निशा की बहुत प्रशंसा करते हुये उन्हें अपनी बेटी को पढ़ाने के दायित्व को स्वीकार करने का अनुरोध किया।

"लेकिन शर्त यह होगी कि हम दोनों उसके लिये कोई शुल्क नहीं लेंगे" निशा ने स्पष्ट किया।

"ऐसा करना उचित नहीं है..... ...... आपको निर्धारित शुल्क तो लेना ही होगा" नीरज ने प्रतिकार करते हुये कहा। "

"एकदम नहीं.... ...... .नो...... नाट एट आल" प्रभात ने दृढ़ स्वर में कहा।

कुछ क्षण का मौन छाया रहा जिसके बाद आभा ने संतुलित स्वर में निवेदन किया "चलो आप दोनों की ही सही.... पर पारुल की प्रतिभा को चमका दो। "

"नीरज भाई, उसके प्रति आप निश्चिंत रहें, वो हम दोनों का संयुक्त उत्तरदायित्व है" प्रभात ने आश्वासन दिया।

एक सप्ताह उपरांत, कोचिंग कार्य पुनः प्रारंभ हो गया। शाम को ट्यूशन में निशा का सहयोग करना और रात में एक घंटे के लिये 'आवर लीडर' अखबार के कार्यालय जाना, प्रभात की दैनिक दिनचर्या में सम्मिलित हो गया। निशा का संचालन और संपादन निखरता गया। उन सब कार्यों को करते हुये, निशा अपने कुछ और दायित्व भी निभाती गयी। अपनी

छोटी बहन सुमन के विवाह संपादन के अतिरिक्त, उसने अपनी सबसे छोटी बहन विमला और छोटे भाई निखिल का विवाह भी तय कर दिया। संबंधियों और अतिथियों के आने पर, वह उनका भरपूर ध्यान रखने लगी। कुछ पड़ोसी परिवारों के बच्चों को वह निः शुल्क कोचिंग सुलभ कराने लगी।

निशा के कुशल संचालन और विनय के समर्पित सहयोग से उस कोचिंग केंद्र का उत्थान होता गया।

अगले वर्ष की बोर्ड परीक्षा के परिणाम और अच्छे आए। आभा और नीरज की पुत्री को तो इतने अच्छे अंक मिले कि दोनों ने घर पर आकर धन्यवाद देने के साथ, एक एल. सी. डी. टेलीविजन और एक माइक्रोवेव-ओवन भेंट किया। निशा और प्रभात के लाख मना करने के बाद भी, दोनों ने भेंट दिये बगैर चैन की साँस नहीं ली।

सहधर्मिणी के योगदान से, प्रभात की पत्रकारिता को भी प्रोत्साहन मिलता गया। निशा ने उस कोचिंग को दर्जा आठ से दस तक के विद्यार्थियों के प्रवेश तक सीमित कर दिया। अगले वर्ष की बोर्ड परीक्षा से कुछ माह पूर्व तक, कोचिंग केन्द्र में विद्यार्थियों की संख्या चालीस हो गयी। बोर्ड परीक्षा के परिणाम की खबर,स्थानीय अखबारों में विशेष शीर्षक के साथ प्रकाशित हुई। अधिकांश समाचार-पत्रों में निशा और प्रभात द्वारा संचालित केंद्र की विशिष्ट श्लाघा प्रकाशित हुई थ। कोचिंग-केंद्र के तीन

विद्यार्थियों ने जनपद में प्रथम दस स्थानों में स्थान प्राप्त किया था। एक को पूरे प्रदेश में दूसरा स्थान मिला। केंद्र के शेष विद्यार्थियों को भी बहुत अच्छे अंक प्राप्त हुये थे।

परीक्षा परिणाम के एक सप्ताह उपरांत, संध्या बेला में कोचिंग हेतु निर्धारित समय पर, नये विद्यार्थियों और गत वर्ष के विद्यार्थियों की भव्य जमघट हुई। सबने मिलकर, प्रभात और निशा का विधिवत सम्मान किया और दोनों को सादर और सप्रेम प्रतीक चिन्ह भी भेंट किये। उस दिन एक वर्ष हेतु विद्यार्थियों की संख्या पचास हो गयी। उस दिवस प्रभात और निशा ने सत्र निर्धारित समय से तीस मिनट पहले समाप्त कर दिया। उसके ठीक बाद, सभी ने सांस्कृतिक कार्यक्रम प्रस्तुत किया जिसमें बच्चों के साथ प्रभात और निशा ने भी गीत सुनाये। कई विद्यार्थियों ने अपने-अपने मोबाइल यंत्र से उस आयोजन की तस्वीरें भी खींचीं।

विद्यार्थियों के जाने के उपरांत प्रभात और निशा, काफी देर तक माँ से बातें करते रहे। माँ को बात करते-करते नींद आ गयी। दोनों ने देखा कि माँ के मुखमंडल पर प्रसन्नता आच्छादित है। प्रभात और निशा ने अपने शयनकक्ष में प्रवेश किया। दोनों उस पारिवारिक चरम के आभास से अभिभूत थे। कुछ देर मौन रहने के बाद, प्रभात ने निशा को ध्यानपूर्वक निहारते हुये कहा "तुम्हारे बिना कुछ भी सम्भव नहीं था।"

"ऐसा नहीं है.......... आपने भी बहुत मेहनत की है" निशा ने अपने पति का हाथ पकड़ कर अपने हृदय का उद्गार व्यक्त किया।

"लेकिन मेरा आत्मविश्वास तो तुमने ही बढ़ाया" प्रभात ने भावुक होते हुए कहा।

"मैंने तो केवल आपको, आपकी प्रतिभा और आंतरिक क्षमता का स्मरण कराया, शेष तो ईश्वर की अनुकंपा है" निशा बोली।

उस पारिवारिक चरम का पूर्ण आभास करते हुए, प्रभात और निशा शीघ्र आलिंगनबद्ध होकर, भावी संभावनाओं का मानसिक मंथन करने लगे। प्रभात अपनी सुधी अर्धांगिनी का सुखद सान्निध्य पाकर, स्वयं को विश्व का सबसे सौभाग्यशाली पुरुष होने का आभास कर रहा था। निशा अपने संकल्पित मन में, भावी संभावनाओं और संघर्षों के युग्म समेटे, सकरात्मक विश्लेषण कर रही थी। समस्त परिवेश में अर्धांगिनी का अस्तित्व और व्यक्तित्व प्रसारित हो चुका था।

पहचान

भोर भ्रमण की प्रथम बेला हो चुकी थी। नगर के प्रमुख पार्क में कुछ प्रबुद्ध नागरों का प्रवेश प्रारंभ हो चुका था। एक भ्रमण समूह, उद्यान के मुख्य-भ्रमण-पथ के दो चक्कर लगाने के बाद, एक स्थल पर खड़े होकर, क्षणिक विश्राम का आनंद लेने लगा। उनके निकट ही एक अधेड़ खड़ा था जो सभी गुजरने वालों को गहनता से निहार रहा था। समूह का सबसे संवेदनशील सदस्य, उस अधेड़ की मुद्रा से आकर्षित होकर, उसके मुखमण्डल को ध्यान से निहारने लगा। उस गहन अवलोकन की प्रतिक्रिया उस एकल व्यक्ति के मुख पर हुई। मुख पर विद्यमान भाव को देखकर उसे ऐसा लग रहा था जैसे वह किसी विशेष घटना की प्रतीक्षा कर रहा है। वह सभी आने-जाने वालों तथा बगल से गुजरने वालों को ध्यान से देखता जा रहा था। कुछ ही देर उपरांत उसका संयम भंग हुआ और उसने उत्सुक समूह सदस्य से सीधा प्रश्न किया " आपने मुझे पहचाना कि नहीं? "

सदस्य ने कुछ क्षणों तक उनके मुख और काया को पुन: गहराई से निहारते हुये, एक लम्बी

श्वास लेने के बाद उत्तर दिया "नहीं...... नहीं..... बिल्कुल नहीं।"

"अरे..आश्चर्य है .....मुझे नहीं पहचानते... मुझे" वह बोला।

समूह के सबसे वाचाल सदस्य के मन को वह उक्ति असह्य लगी। उसने तत्काल प्रश्न किया "आखिर कौन हैं आप?"

समूह सदस्यों को एकल खड़े मनुष्य के मुख पर ऐसे भाव उभरते दिखाई दिये जिनमें अप्रिय लगने का आभास आच्छादित प्रतीत हुआ।

उन भावों को देखते ही, सदस्य ने अधीर होते हुये पूछा "मान्यवर, अब कृपा करके आप ही बता दें कि आखिर आप हैं कौन? "

एकल आदमी ने तत्काल अपना परिचय देते हुये कहा " मैं भूतपूर्व प्रमुख हूँ।"

"भूतपूर्व प्रमुख... .. अरे हम लोग वर्तमान प्रमुख को नहीं जानते तो भूतपूर्व को क्या पहचानेंगे " एक अन्य समूह सदस्य ने टिप्पणी की।

उत्सुक सदस्य ने व्यंग्य भरे स्वर में पूछा "वैसे आप किस ब्लाक के प्रमुख थे? "

वह प्रश्न उस आदमी को कुछ अच्छा नहीं लगा और उसने खिन्न स्वर में स्पष्ट किया "अरे भाई... प्रमुख नहीं मैं प्रमुख सचिव था अभी पिछले माह ही तो सेवानिवृत्त हुआ हूँ।"

"आप प्रमुख रहे हों या प्रमुख सचिव, हम लोग आपको नहीं पहचानते..... बिल्कुल नहीं " समूह के सबसे विद्रोही सदस्य ने कहा।

"अरे... आश्चर्य है......क्योंकि मेरी गिनती सबसे कर्मठ और सबसे अधिक लोकप्रिय प्रमुख सचिवों में की जाती थी " आदमी ने अभिमान भरे स्वर में घोषित किया।

उस उन्मुक्त घोषणा ने कुछ और लोगों का ध्यान भी उस ओर आकर्षित किया। शीघ्र ही वहाँ मजे की भीड़ जमा हो गयी।

"अच्छा तो आप प्रमुख सचिव थे, पर हम सब आपको नहीं पहचानते " एक युवक ने ओजस्वी स्वर में कहा।

"और पहचानें भी कैसे..... आपने हम सबके लिये किया ही क्या है? "

"महाशय आप तो भूतपूर्व हैं, हम लोग तो वर्तमान को भी नहीं पहचानते " एक महिला ने संकल्पित स्वर में घोषित किया।

एक अति जिज्ञासु व्यक्ति ने उत्तेजित होते हुये प्रश्न किया "क्यों पहचाने कोई आपको, बताइये क्या पहचान है आपकी और वैसा करते हुए, आप अपने सेवाकाल के चमचों और चाटुकारों के जाल से बाहर निकलकर सोचें? "

भीड़ से घिरे एकल सेवानिवृत्त प्रमुख सचिव की उस समय तक विचित्र स्थिति हो चुकी थी। आस-पास मौजूद कुछ लोगों को यह आभास हुआ कि वह अपने मनोभावों को शब्दों में पिरोने का प्रयास कर रहे हैं| | पर इससे पहले कि वह कुछ कह पाते, एक अन्य प्रश्न, समूह के मध्य से फूटा।

"आपका वह कौन सा हुनर है जिसके कारण आपको पहचाना जा सके?"

उस प्रश्न के उत्तरित होने के पूर्व ही, एक विशेष टिप्पणी, जन समूह से उभरी "आप सब तो मूलत: पराधीन भारत को प्रदत्त अंग्रेजी विरासत के प्रतीक हैं।"

प्रमुख सचिव के चेहरे पर उभरते भावों से ऐसा लग रहा लग रहा था जैसे वह अपने बचाव में कुछ कहने को तत्पर है। पर अचानक एक अधेड़ ने आगे आते हुये कहा " महोदय मैं आपको पहचानता हूँ, आप आदरणीय शर्मा जी हैं।"

प्रमुख सचिव को उस अधेड़ का वह कथन प्रिय लगा। उनके मुख पर आंशिक प्रसन्नता के भाव उभरे।

उस भाव का सूक्ष्म अवलोकन करते हुए, अधेड़ ने अपनी बात पूरी की "आपके स्तर से ही मेरा निलंबन आदेश पारित हुआ था।"

प्रमुख सचिव उस उक्ति को सुनकर क्षण भर को भाव-शून्य हो गये। उन्होंने सबसे नजरों चुराते हुये

निकास द्वार की ओर अपने कदम बढ़ाये। आगे बढ़ते हुये उनको अपने कानों में समूह सदस्यों की कुछ विशेष टिप्पणियाँ सुनाई पड़ीं।

"भई ये है इनकी असली पहचान।"

"सरकारी तानाशाही में पोषित गुणहीन यथार्थ। "

"कोई वास्तविक निजी पहचान है ही नहीं।"

"अभी भी सेवाकाल के घमण्ड में चूर हैं ये... इन्हें कौन पहचानेगा।"

उन टिप्पणियों का मानसिक मंथन करते हुए, शर्मा जी पार्क के बाहर निकल कर, अपने आवास की ओर तीव्र गति से अग्रसर हुए। घर पहुँचते ही उनका मन, अपनी वास्तविक पहचान खोजने में लीन हो गया। वह पहचान जो तीस वर्षों के दीर्घ सेवाकाल में कहीं गुम हो चकी थी अथवा कुंठित होकर रह गयी थी या फिर शायद कभी थी ही नहीं।

उत्सव

प्रयाग के त्रिवेणी के कगार पर विशिष्ट धार्मिक एवं बौद्धिक सम्मलेन प्रारंभ होने वाला था। स्थानीय राजकीय आयोजकों को महाराज हर्षवर्धन के आगमन की प्रतीक्षा थी। विशाल वानस्पतिक आच्छादन के अंदर, भारत के विभिन्न क्षेत्रों और अनेक अन्य देशों से पधारे विद्वान प्रतिभागी, अपना स्थान ग्रहण कर चुके थे। उन्नत मंच के सम्मुख प्रथम पंक्ति में विशेष आमंत्रित अतिथि विराजमान थे। उनमें परस्पर वार्ता हो रही थी।

"महाराज का आगमन कब होगा?"

"इस प्रश्न का उत्तर तो स्थानीय प्रबंधक ही दे सकते हैं....क्यों प्रभंजन जी ...क्या सूचना है।"

"संदेशवाहक के अनुसार महाराज कन्नौज से बहुत समय पूर्व प्रस्थान कर चुके हैं।"

"तब तो वह शीघ्र ही पधारेगें।"

"पूरी संभावना है कि आर्य बाण भट्ट भी उनके साथ पधार रहे हैं।"

"अच्छा .....तब तो उनको सुनने का सुअवसर भी प्राप्त होगा।"

उधर प्रतिभागियों में भी परस्पर वार्ता हो रही थी जिनका सम्बन्ध विभिन्न धार्मिक आस्थाओं और भिन्न बौद्धिक विचारधाराओं से था| उनमें बौद्ध, जैन और हिंदू धर्म के प्रतिनिधियों के अतिरिक्त चीनी, यूनानी, पारसी, इस्लाम और इसाई धर्म के प्रतिनिधि भी विद्यमान थे| उनका आपसी वार्तालाप उनके मन में संचित गहन भावों के विशाल सागर का आभास दे रहा था| सुधी संयोजक समीर को टहलते हुए उनके परस्पर विचारों का अंश सुनाई दिया| उन्होंने तत्काल टिप्पणी की "ऐसा प्रतीत हो रहा है आप सबके पास कहने को बहुत कुछ है,चिंता मत करिए आप सबको अपने विचारों की प्रस्तुति हेतु पर्याप्त अवसर मिलेगा|"

एक प्रतिभागी ने प्रश्न किया "किन्तु यह सम्मलेन आरंभ कब होगा?"

"महाराज के पधारते ही|"

एक अन्य प्रतिभागी ने पूछा "बाहर भीड़ बहुत है ...कोई विशेष अवसर है क्या?"

समीर ने विस्मित होते हुए कहा "घोर आश्चर्य ...क्या आपको ज्ञात नहीं है ...क्या आप विदेश से पधारे हैं?"

"जी ...मैं इरान से आया हूँ" उसने बताया|

"तब तो आपको मूल तथ्य से अवगत कराना बहुत आवश्यक है क्योंकि आज का दिवस प्रयाग के

कुम्भ पर्व का सबसे महत्पूर्ण दिवस है" संयोजक ने समझाया।

"अच्छा ....क्या है आज?"

समीर ने गंभीर स्वर में बताया "आज मौनी अमावस्या का पावन पारंपरिक दिवस है।"

"आज शुद्ध मन से त्रिवेनी में स्नान करके, मौन व्रत धारण करते हुए, अपनी मानसिक ऊर्जा को संग्रहीत करते हुए आत्मिक आभास किया जाता है और पवित्र मन से दीन-हीन को दान दिया जाता है" एक प्रतिभागी ने विस्तार से अवगत कराया।

समीर ने उस प्रतिभागी के ज्ञान से प्रभावित होते हुए कहा "आपको अच्छा ज्ञान है ...लगता है आपको पूर्व का अनुभव है।"

"श्रीमान ...मैं काशी से आया हूँ और इस दिवस का सतत उपासक हूँ।"

"तभी आपको आज के दिवस के सम्बन्ध में इतना ज्ञान है" संयोजक ने टिप्पणी की।

उसी समय संचालक सुधीर जी के उच्च स्वर ने सबका ध्यान आकर्षित किया।

"मुझे यह अवगत कराने का सौभाग्य प्राप्त हुआ है कि हम सबके प्रिय आदरणीय, परम ज्ञानी एवं अनन्य दानी महाराज अपने राजसी रथ पर बाहर पधार चुके हैं और कुछ ही क्षणों में इस स्थल पर प्रकट होने वाले हैं।"

कुछ की पल उपरान्त "महाराज हर्षवर्धन की जय....... महाराज हर्षवर्धन की जय" का मुक्त उद्घोष प्रसारित हुआ और महाराज ने अंदर प्रवेश करते हुए, उन्नत मंच पर चढ़ कर, उस पर स्थापित विश्रामिका पर आसन ग्रहण किया। उनके साथ पधारे अन्य गणमान्य अतिथियों से संयोजक ने आदर पूर्वक, मंच के सम्मुख प्रथम पंक्ति में स्थान ग्रहण करने का आग्रह किया। शीघ्र ही सबने स्थान ग्रहण कर लिया और सम्मलेन का उद्घाटन सत्र प्रारम्भ हो गया। सर्वप्रथम सम्राट को सुधीर जी ने माला पहनाकर उनका स्वागत किया जिसके उपरान्त अनेक विशिष्ट व्यक्तियों ने उन्हें माला पहनाकर उनका सम्मान किया। सम्राट के हाथों दीप प्रज्वलन के बाद सुधीर जी ने राजकवि बाण भट्ट से मंगल मंत्रोच्चार हेतु अनुरोध किया। कविवर ने अपने स्थान से उठकर, मंच के निकट जाकर सम्राट का अभिवादन किया और अपेक्षित कार्य का सम्पादन प्रारम्भ किया। दैवी मंत्रों के उस अलौकिक उच्चार से सभी उपस्थित प्रतिभागी मंत्रमुग्ध हो गये। उसके उपरान्त संचालक ने सम्राट से औपचारिक अनुमति लेते हुए सम्मलेन का आरम्भ करते हुए कहा "यह सम्मलेन हमारे लोकप्रिय सम्राट की विचारशीलता और अभिनव कार्य शैली का प्रतीक है। मैं देश के कोने-कोने और विदेश के अनेक भागों से पधारे विद्वानों, विदुषियों, दार्शनिकों, कवियों, कवियित्रों, धर्म–विशेषज्ञों और राजदूतों का राज्य की ओर से हार्दिक स्वागत हूँ। यह सम्मलेन चार सत्रों में विभक्त है नामतः प्रस्तुति सत्र,परस्पर विचार–विमर्श, मौन चिंतन

सत्र और दान सत्र। प्रथम सत्र का प्रारंभ घोषित किया जाता है। क्रमबद्ध रूप से माननीय विद्वान् वक्ताओं के नाम पढ़े जायेंगे और उसी पुकार-क्रम में वक्ता अपना उद्बोधन देंगे।

शीघ्र ही प्रथम सत्र प्रारम्भ हो गया। क्रमवार वक्ताओं के नाम पढ़ते और उनका परिचय देते हुए उनको प्रस्तुति हेतु बुलाया गया। शैवों, वैष्णवों, जैन दिगाम्बरों, जैन श्वेताम्बरों, बौद्ध हिन्यानियों, बौद्ध महायानियों, पारसियों, ईसाईयों, इस्लाम-पंथियों, यूनानियों, चीनी विद्वानों, अरबी दार्शनिकों, मिश्र दूतों, यहूदी विशेषज्ञों इत्यादि ने अपने उन्मुक्त भाव प्रस्तुत किये। दो घंटे की अवधि में प्रथम सत्र समाप्त हुआ जिसके ठीक उपरांत परस्पर विचार-विमर्श सत्र प्रारम्भ हो गया। इस सत्र हेतु निर्धारित अवधि मात्र एक घंटा थी। शांतिमय रूप से प्रारम्भ होते हुए उस सत्र ने शीघ्र ही भीषण वाद-विवाद का रूप धारण कर लिया जो शीघ्र ही उग्र भाव में परिवर्तित हो गया। सभी धर्माचार्य एक दूसरे से मौखिक द्वन्द करते दिखाई देने लगे। दो विद्वानों में तो परस्पर हिंसात्मक प्रहार भी हुआ। वैसा असामान्य अशोभनीय आचरण देखकर सम्राट की सहनशक्ति पराजित हुई और उन्होंने आक्रोशित होते हुए क्रोध में कहा "अमानवीय हिंसा की ओर अग्रसर इस सत्र को मैं इसी पल समाप्त घोषित करता हूँ।"

सम्राट की उस घोषणा के फलस्वरूप द्वितीय सत्र उसी पल समाप्त हो गया। संयोजक ने पंद्रह

मिनट का अल्प विराम घोषित किया जिसमें सभी प्रतिभागियों को कुछ फल भेंट किये गए। सम्राट ने कुछ भी ग्रहण नहीं किया और अपने महामात्य एवं राज-कवि से अपनी हार्दिक व्यथा सुनाते रहे।

"जिस सत्र की परिकल्पना,धार्मिक और सामाजिक सौहार्द के सृजन हेतु की गयी थी उसे हिंसात्मक द्वंद्व और वैचारिक वैमनस्य में परिवर्तित होता देखकर,मेरा मन बहुत व्यथित है। कितना विष है सबके मन में।"

"किन्तु सम्राट, आपका परम-लोक-स्नेह तो विद्यमान है उन्हें वैचारिक सुधा उपलब्ध कराने के लिए" सुधीर जी ने कोमल स्वर में कहा।

कुछ देर का मौन छाया रहा जिसको एक विशेष घोषणा ने भंग किया।

"समस्त भारत और विदेश से आये विद्वानों को यह सूचित करना है कि इसी क्षण से मौन-चिंतन-सत्र प्रारम्भ होता है जिसका संचालन समीर जी करेंगे।"

कुल ही पल में समारोह संयोजक समीर जी ने सबको अपने–अपने स्थान पर पद्मासन की मुद्रा धारित कर नेत्र बंद करके मौन चिंतन मुद्रा ग्रहण करने का सन्देश दिया। उधर सम्राट अपने मानसिक आक्रोश को नियंत्रित करने के ध्येय से उस वानस्पतिक आच्छादन से बाहर निकल कर नदी की दिशा में प्रस्थान कर चुके थे। शीघ्र ही वे राजकीय

नौका में सवार होकर त्रिवेणी की ओर अग्रसर हुए। उनके साथ में महाकवि बाण, चीनी पर्यटक हूएन सांग और दो अंगरक्षक भी थे। नौका के गंगा और यमुना के मिलन स्थल पर पहुँचने पर, सम्राट नौका से उतरकर, उस दिव्य संगम में प्रविष्ट हुए और अपने नेत्र बंद करके अपना ध्यान अपनी अंतरात्मा पर केंद्रित करना प्रारम्भ किया। उनकी उस विशिष्ट मुद्रा का अवलोकन करते हुए महाकवि बाण को अद्‌भुत आभास हो रहा था। हूएन सांग को तो वह दृश्य कोई नवीन स्वप्न सा प्रतीत हो रहा था। सम्राट पूरे एक घंटे तक उस विशेष मुद्रा में समाधिस्थ रहे। उनके दोनों अंगरक्षक उस मुद्रा का मौन अवलोकन करते रहे। उस ध्यान-समाधि की समाप्ति पर सम्राट वापस नौका पर सवार हुए और अपने नम तन को पोंछते हुए अपना वस्त्र परिवर्तन किया। महाकवि ने उस कार्य में उनकी सहायता की। कुछ ही समय में नौका वापस तट पर पहुँची। शीघ्र ही सम्राट सम्मलेन स्थल पर पुनः उपस्थित होकर मंच पर आसीत हुए। उनके प्रवेश पर सभी ने सम्मानपूर्वक स्थान पर खड़े होकर उनका पुनः स्वागत किया।

मौन-सत्र समाप्त हो चुका था और अंतिम सत्र प्रारम्भ होने वाला था। अंतिम सत्र दान-सत्र था। वास्तव में उस सत्र में दान के साथ सम्मान भी युग्मित था। शीघ्र ही दान-सत्र प्रारम्भ हुआ। सर्वप्रथम प्रस्तुति-सत्र के तीनों सर्वोत्तम वक्ताओं को सम्मानित और पुरस्कृत किया गया। प्रस्तुति की गुणवत्ता का आकलन उस प्रयोजन हेतु गठित न्यायमंडल द्वारा

किया गया। प्रथम स्थान यूनानी वक्ता क्लोतास को मिला। उसे सम्मान सहित एक सहस्र स्वर्ण मुद्राएँ भेंट की गयीं। द्वितीय स्थान नालंदा के धर्मशास्त्री प्रभंजन को प्राप्त हुआ। उसे सात सौ स्वर्ण मुद्राएँ प्रदान की गयीं। तीसरा स्थान अरबी विद्वान इस्माइल को मिला। उसे आदर स्वरूप पाँच सौ स्वर्ण मुद्राएँ दी गयीं। इसके अतिरिक्त सम्मलेन के प्रत्येक प्रतिभागी को सौ स्वर्ण मुद्राएँ प्रदान की गयीं।

"आप सब मानवता के अनुपम गौरव हैं जिनके ऊपर सामाजिक सौहार्द का भविष्य अवलंबित है" सम्राट ने अपने मनोद्गार व्यक्त करते हुए कहा।

सम्मान के उपरान्त, दान का पुनीत-कार्य प्रारम्भ हुआ। मौनी अमावस्या के उस पवित्र पर्व पर, दान का विशेष महत्व था। सर्वप्रथम, महामात्य के पास उपलब्ध एक सूची के अनुरूप, सूचीबद्ध निर्धन परिवारों के मुखिया को, सूची अनुरूप इंगित दान दिया गया। उस सूची के संपादन की पूर्ति के उपरान्त मुक्त दान=सत्र सक्रिय हुआ। स्थल पर उपस्थित कोई भी दुर्बल-निर्बल दीन–हीन उसमें दान के कतार में सम्मिलित होने को स्वतंत्र था। शीघ्र ही एक अत्यंत लम्बी कतार बन गयी। प्रत्येक कतारबद्ध स्त्री अथवा पुरुष को सम्राट ने खाद्य सामग्री और मुद्रा के युग्म का दान दिया। उस पुनीत कार्य के संपादन में बहुत समय लगा। अंत में मात्र तीन व्यक्ति शेष रह गए। किन्तु तब तक मुद्रा और भोजन सामग्री समाप्त हो चुकी थी। सम्राट का मन क्षण भर को चिंतित हो

गया। तीनों व्यक्ति बहुत निर्धन लग रहे थे। तीनों चुपचाप आस भरी दृष्टि से सम्राट को निहार रहे थे। सम्राट को तीनों पर विशेष दया आ गयी। उन्होंने एक को अपने गले में पहना सोने का हार और दूसरे को अपने हाथों में पहने सोने के कड़े दान में दे दिए। तीसरे को देखकर सम्राट पुनः विचारशील हो गए। अल्पकालिक चिंतन–मनन के बाद उन्होंने अपना विशिष्ट अंगवस्त्र अपने शरीर से निकालकर, तीसरे व्यक्ति को दान स्वरूप भेंट कर दिया। तीनों ने दान प्राप्त करने के उपरान्त महाराज का अभिवादन किया जिसकी प्रतिक्रिया में महाराज ने तीनों को बारी–बारी गले लगाकर पुचकारा और परामर्श दिया "इससे आप तीनों ऐसा कार्य करना जिससे आपकी निर्धनता दूर हो जाए।"

उसके उपरान्त सम्राट ने महामात्य को दान से लाभांवित सभी परिवारों को सूचीबद्ध करवाने और उनको प्राप्त दान का उचित प्रयोग हेतु प्रेरित करने के निर्देश दिए। उसके उपरान्त सम्राट स्वयं मौन धारण कर आध्यात्मिक चिंतन में लीन हो गए। स्थल पर विद्यमान सभी पदाधिकारी,विद्वान, अतिथि और प्रजाजन उस दृश्य को देखकर विस्मित थे। महाकवि बाण अति संवेदनशील हो चुके थे। चीनी पर्यटक हुआन सांग भी आश्चर्यचकित थे। सभी विद्वान, दार्शनिक और धर्माचार्य भी पूर्ण हतप्रभ थे। उस अनन्य उत्सव का वैसा अद्‌भुत समापन,उनकी कल्पनाओं से पृथक था। प्रयाग के कुम्भ के मौनी अमावस्या के उस अंतिम सत्र

में, सम्राट हर्षवर्धन की वह मौन-मुद्रा, किसी देवदूत की छवि के समान आलोकित थी। सम्मलेन के सभी प्रतिभागी उसे निहारते हुए सम्मोहन का आभास करने लगे। सामान्य दर्शक सम्मोहित थे। उत्सव अपने बौद्धिक चरम को प्राप्त कर, ऐतिहासिक धरोहर बन चुका था।

खड़ाऊँ

प्रणय अपने दैनिक आचार के अनुरूप, समय से जागकर तैयार हो चुका था। माँ सरस्वती का पूजन-अर्चन करने के बाद उसका ध्यान, सरस्वती सेवा समिति की नियत बैठक पर गया। समिति की वह आकस्मिक बैठक, उस दिवस सुबह आठ बजे दश्वासमेध घाट पर होना निश्चित थी।

साफ़ स्वच्छ धोती कुर्ता धारण करने के बाद, उसने अपने पाँव अपनी खड़ाऊँ की ओर बढ़ाने चाहे| पर खड़ाऊँ कक्ष में कहीं नजर नहीं आई। विवश होकर उसने अपनी छोटी बहन का नाम पुकारा।

"उमा ....ज़रा मेरी खड़ाऊँ देखना तो ....विलम्ब हो रहा है।"

उमा को अपने अग्रज की वह पुकार अपने कानों में स्पष्ट सुनाई दी। कुछ ही देर पूर्व, उसने भाई की खड़ाऊँ को विधिवत धोकर, व्यवस्थित रूप से, सूखने के लिए सहेजा था।

"ला रही हूँ भाई" उसने तत्काल आश्वासन दिया और खड़ाऊँ अपने हाथों में लेकर, भाई के सम्मुख उपस्थित हो गयी।

"कहाँ ले गयी थी इन्हें?" प्रणय ने अपनी बहन से पूछा।

"उस पर बहुत धूल-मिट्टी लग गयी थी, इस कारण मैं उसे धोने ले गयी थी" उमा ने बताया और खड़ाऊँ भाई के पैरों के सम्मुख रख दी।

"हम सब अपने देश से गुलामी साफ़ करने में लगे हैं और तू है कि मेरी खड़ाऊँ साफ करने में लगी है" प्रणय ने उपदेश देते हुए खड़ाऊँ पहनना करना प्रारम्भ कर दिया।

"पर भाई आप भी तो इससे बहुत लगाव रखते हैं" उमा ने प्रश्नवाचक भाव से कहा।

"विशेष लगाव क्यों न हो.........इन्हें महामना ने भेंट में दिया था" प्रणय ने बहन को समझाया और कोठी से बाहर निकलकर गंतव्य स्थल हेतु प्रस्थान किया।

उसी समय, छोटे भाई विनय ने सम्मुख आकर, बड़े भाई को प्रणाम किया।

"अच्छा ....जागरण हो गया" प्रणय के मुख से निकला।

"हाँ भाई ....काफी देर पहले जाग चुका हूँ" विनय ने स्पष्ट रूप से बताया।

"अच्छा ....चलो अच्छा है" प्रणय ने अविश्वास भरे स्वर में कहा।

उनके घर से बाहर जाते ही, विनय ने बहन उमा से पूछा "भाई को यह कैसे पता चला कि मैं सो रहा हूँ, तुमने तो नहीं बताया था?"

"मैं क्यों बताऊँगी, भाई ने स्वयं देख लिया होगा" उमा ने उत्तर दिया।

"देख बहिनी, ढेर बबुनी बनके चुगली मत कईल कर, नाहीं त ठीक नाहीं होई" विनय ने रोष भरे स्वर में कहा।

उमा की आँखें, भाई की वह क्रोध भरी फटकार सुनकर डबडबा गयीं।

"अरे ...बबुनी, रोने क्यों लगी, मैंने तो केवल सचेत किया है" विनय ने बहन को प्यार से समझाते हुए कहा और पुनः शयन हेतु चला गया।

उमा अन्य आवश्यक कार्यों में व्यस्त हो गयी।

उधर प्रणय तीव्र गति से, गंतव्य स्थल की दिशा में बढ़ रहा था। घाट तक पहुँचने में उसे आधा घंटा लगा। उस समय तक समिति के अधिकांश सदस्य, आयोजन-स्थल पर उपस्थित हो चुके थे। प्रणय पर दृष्टि पड़ते ही सभी सदस्य,

उनके सम्मान में उठकर खड़े हो गये। बैठक तत्काल प्रारम्भ हो गयी।

बैठक में स्वतंत्रता आंदोलन के सामाजिक सरोकारों पर विस्तार से चर्चा हुई। समापन से ठीक पूर्व, प्रणय का उद्बोधन हुआ। सभी प्रतिभागी सदस्यों ने उसके द्वारा प्रस्तुत तथ्यों एवं तर्कों को ध्यान से सुना। प्रणय ने अपनी अद्यतन काव्य पंक्तियों से अपने उद्बोधन का समापन किया :

"आत्म त्याग हित प्रण करें,सृजित सहज नव प्राण।

देश मुक्ति संग्राम का,पंथ गहे निर्वाण।।"

प्रणय ने, सभी उपस्थित सदस्यों और पदाधिकारियों को, आंदोलन के प्रति जागरूक रहने का संदेश दिया। सभा के उपरान्त, वह समिति के कुछ सदस्यों के साथ, विश्वविद्यालय परिसर की ओर अग्रसर हुआ। महामना के परिसर में प्रस्तावित आगमन की सूचना, उसे दो दिवस पूर्व मिल चुकी थी। अतः उनके दर्शनार्थ, उसे वहाँ शीघ्र पहुँचना था।

विश्वविद्यालय पहुँचते ही, प्रणय को शीघ्र ही यह ज्ञात हो गया कि महामना कुछ ही समय पूर्व परिसर में पधार चुके हैं और उस समय अतिथि-गृह में विश्राम कर रहे हैं। अतिथि-गृह के सम्मुख पहुँचने

पर वहाँ महामना से भेंट हेतु इच्छुक एवं उत्सुक युवकों-युवतियों तथा अध्यापकों की अपार भीड़ दिखाई दी। सब कुछ नियमबद्ध और अनुशासनबद्ध रूप से चलने का आभास हुआ। लगभग चार घंटे उपरांत, प्रणय को अंदर प्रवेश का सुअवसर प्राप्त हुआ। उसने अपनी खड़ाऊँ द्वार पर उतारते हुए, कक्ष में प्रवेश किया। प्रवेश करते ही वह तत्काल महामना के निकट गया, उनका चरण-स्पर्श किया और अपने हाथ जोड़कर, उनके सम्मुख खड़ा हो गया।

"प्रसन्न प्रतीत हो रहे हो प्रणय" महामना के मुख से स्वतः निकला।

"जी........सब.......आपके आशीष एवं दर्शन का प्रभाव है" प्रणय ने कहा।

"सरस्वती सेवा समिति की क्या दशा और प्रगति है?" महामना ने पूछा।

"उसकी उपलब्धियाँ उत्साहवर्द्धक हैं" प्रणय ने बताया।

"महिलाओं और बालिकाओं की भागीदारी की स्थिति का स्तर कैसा है?" महामना ने प्रश्न किया।

"निरंतर उत्थान पर है, पर उसकी गति को तनिक त्वरित करने की आवश्यकता है" प्रणय ने उन्हें अवगत कराया।

"मेरी उस लघु भेंट की क्या दशा है?" महामना ने पूछा।

महामना का वह प्रश्न सुनकर, प्रणय कुछ क्षणों तक सोचता रहा। उसे तत्काल कुछ ध्यान नहीं आ रहा था। अतः उसे विवशता में मौन रहना पड़ा।

"लगता है तुम उस भेंट को बिसर गये ....मैं खड़ाऊँ की बात कर रहा हूँ" महामना ने अपना कथन स्पष्ट किया।

प्रणय, महामना का वह वाक्य सुनकर, विस्मित हो गया। उस समय उसे अपने मन में ग्लानि का भी आभास हो रहा था। विस्मय और ग्लानि के विचित्र मिश्रण की उस मानसिक स्थिति से उबरने का प्रयास करते हुए, प्रणय ने कहा "महामना ! वह भेंट मेरे लिए कोई लघु भेंट नहीं अपितु आपके विशाल हृदय से प्रदत्त, अनुपम एवं अनमोल भेंट है, जिसे मैं अपने कर्म-काल में तथा कर्म-भूमि पर सदैव धारण करता हूँ। अभी उसे द्वार पर उतारकर ही अन्दर आया हूँ।"

"प्रणय.... तुम्हारा यह समर्पण देखकर मेरा मन मुदित है, मेरा हृदय का आशीष सदैव तुम्हारे साथ है।"

प्रणय ने, महामना का पुनः चरण-स्पर्श करते हुए, वहाँ से प्रस्थान की अनुमति निवेदित की। महामना का सकारात्मक संकेत पाते ही, उसने उन्हें

प्रणाम किया और कक्ष के बाहर निकल। । द्वार पर अपनी चरण-पादुका धारण करने के उपरांत, उसने अपने कुछ सहपाठियों से भेंट की। उसके बाद वह अपने निवास-स्थान के लिए रवाना हो गया। घर के द्वार के सम्मुख पहुँचते ही वह द्वार खटखटाने जा ही रहे था कि उससे पूर्व ही द्वार खुल गया। द्वार पर बहन उमा को विद्यमान पाकर उन्हें आश्चर्य हुआ।

"तुम्हें मेरे आगमन का आभास कैसे हुआ?" उन्होंने पूछा।

"भाई............आपकी खड़ाऊँ बहुत वाचाल है" उमा ने अंदर की और बढ़ते हुए कहा।

"तुम्हारी श्रवण-शक्ति अत्यंत सबल है" प्रणय ने अपने बहन के कथन पर टिप्पणी की और अपने कक्ष के अन्दर चले गए।

उमा के पास उस संबंध में बताने को बहुत कुछ था। वह जानती थी कि भाई की खड़ाऊँ, उसके लिए प्रभावशाली समय-सूचक का काम करती है। प्रत्येक दिवस की भोर में वह खड़ाऊँ, फर्श से घर्षण द्वारा स्वर उत्पन्न करती हुई, उसे जगाकर सजग एवं जागरूक करती थी। उसे यह भी ज्ञात था कि वह खड़ाऊँ भाई को महामना ने विशेष अवसर पर भेंट की थी। वह रहस्य उसे गत वर्ष भाई और छोटे भाई की परस्पर वार्ता सुनकर ज्ञात हुआ था। वह यह भी जानती थी कि घर में प्रवेश करने पर, भाई अपनी खड़ाऊँ हमेशा अपने कक्ष के बाहर

उतारते हैं। उस समय भी उन्होंने वैसा ही किया था। उमा खड़ाऊँ के पास गयी और उन्हें उठाकर आँगन में ले गयी। नल के नीचे रखकर उन्हें धोने के बाद, उसने उन्हें सूखने के लिए, दीवार से टिकाकर रख दिया। वह अपने कक्ष की ओर बढ़ ही रही थी कि उसे भाई का स्वर सुनाई दिया।

"उमा ! ज़रा जल ले आओ ....साथ में कुछ गुड़ भी लेते आना।"

भाई का स्वर सुनकर, उमा तुरंत रसोई में गयी और एक गिलास में पीने का पानी और एक छोटी कटोरी में कुछ गुड़ लेकर, भाई के सम्मुख उपस्थित हो गयी। भाई ने उससे गिलास और कटोरी लेकर, गुड़ का सेवन प्रारंभ कर दिया। गुड़ का स्वाद लेते हुए, उसने बहन से पूछा "तुम्हारा अध्ययन कैसा चल रहा है?"

"ठीक चल रहा है भाई" उमा ने उत्तर दिया।

"सरस्वती सेवा समिति के कार्य में प्रगति हो रही है या नहीं" भाई ने प्रश्न किया।

"अपनी चार घनिष्ठ सखियों को समिति की सदस्यता ग्रहण करवा दी है" उमा ने बताया।

"अच्छी बात है, पर सदस्यता मात्र औपचारिक नहीं होनी चाहिए" भाई ने प्रशंसा करते हुए परामर्श दिया।

उमा अपने कक्ष में जाकर, बीज गणित के प्रश्न हल करने लगी। दो घंटे के अध्ययन के बाद, उसने भोजन बनाना प्रारंभ किया। भोजन निर्मित करने के बाद, वह पुनः अपने कक्ष में जाकर, पाठ्यक्रम में सम्मिलित हिंदी-पुस्तक पढ़ने लगी। भाई का सन्देश पाते ही, उसने आसन बिछाकर भोजन परोसा। उनको भोजन कराने के बाद, उसने स्वयं भोजन किया और उनकी खड़ाऊँ वापस यथावत रखने के, भाई को प्रणाम करते हुए, अपने कक्ष में जाकर, बिछावन पर लेट गयी। शीघ्र ही उसे नींद आ गयी।

अगले दिवस, उसका समय से जागरण नहीं हो पाया। ऐसा इस कारण हुआ कि भाई की खड़ाऊँ की आवृत्ति का स्वर उसके कानों में उस दिन नहीं पहुँचा। उस दिवस उसकी निद्रा सूर्योदय के कुछ समय बाद ही टूटी। जागते ही, वह उठकर भाई के कक्ष की ओर गयी। कक्ष के सम्मुख पहुँचने पर, उसे भाई सुप्त अवस्था में लीन दिखाई दिए। उसे वह दृश्य देखकर आश्चर्य हुआ क्योंकि सामान्यतः वैसा होता नहीं था।

"कहीं भाई अस्वस्थ तो नहीं हैं" उसने मन ही मन सोचा।

वह भाई के पास गयी और उनके माथे पर अपनी हथेली रखकर महसूस किया। उसे भाई के माथे पर भीषण ताप का आभास हुआ। पुष्टि हेतु उसने

भाई की कलाई एवं पाँव के तलवे का भी स्पर्श किया। दोनों अंग ज्वर से तपते मिले। बहन के हाथों की उँगलियों के स्पर्श से, प्रणय की निद्रा भंग हुई और उसके नयन खुल गए।

"चिन्ता की कोई बात नहीं है, बस थोड़ा औषधीय काढ़ा बना लाओ, सब ठीक हो जाएगा" भाई ने बहन को आश्वासन दिया।

"पर भाई ज्वर अधिक लग रहा है, कहिये तो डॉक्टर भैया को बुला लाऊँ" उमा बोली।

"उसकी आवश्यकता नहीं है, काढ़े से ही सब ठीक हो जाएगा" प्रणय ने बहन को घर से बाहर जाने को मना कर दिया।

भाई के आदेश का अनुपालन करते हुए, उसने रसोईघर में जाकर काढ़ा बनाया और उसे एक विशेष पात्र में निकाल कर भाई को दिया। भाई ने उसे एक श्वास में पी लिया। उस दिवस उमा ने खिचड़ी बनाई। भाई के स्वास्थ्य का ध्यान करते हुए, वह स्कूल भी नहीं गयी। अगले दो दिवसों तक वैसा ही हुआ। घर में खिचड़ी और काढ़े का योग चलता रहा। तीसरे दिवस की संध्या बेला तक, भाई का स्वास्थ्य सामान्य हो पाया। वे बाहर जाने के बारे में विचार ही कर रहे थे कि उनके कुछ अभिन्न मित्र उन्हें देखने आ गये। अपने मित्रों से बात करके उन्हें अच्छा लगा। उस दिवस से घर में पुनः सामान्य भोजन पकने लगा।

एक माह तक सब कुछ सामान्य रूप से चलता रहा, किन्तु अगले माह, स्थिति पुनः असामान्य हो गयी। उमा का ध्यान दसवीं बोर्ड की परीक्षा पर केंद्रित हो गया। होली के ठीक पूर्व, बोर्ड परीक्षा प्रारम्भ हो गयी। अध्ययन में रत रहने के कारण, उसे उत्सव का पूर्ण आनंद प्राप्त नहीं हो पाया। परीक्षा होली के ठीक एक पक्ष उपरांत समाप्त हुई।

कुछ दिवस बाद प्रणय पूर्ण स्वस्थ हो गया। उसके फलस्वरूप उसकी खड़ाऊँ का नाद भी पहले के समान बुलंद हो गया। भोर की शांति और अर्द्धरात्रि के सन्नाटे में वह अद्‌भुत नाद, यदा-कदा अनुनाद का रूप धारण कर लेता था। अगले माह भाई भी, एम.ए. प्राचीन इतिहास के अंतिम वर्ष की परीक्षा की तैयारी में व्यस्त हो गये। ग्रीष्म के चरम चरण में, बोर्ड परीक्षा के परिणाम घोषित हुए। उमा अच्छे अंकों से उत्तीर्ण हुई। उसे भाई की उन्मुक्त बधाई प्राप्त हुई। वर्षा ऋतु के आगमन के दिवस ही, भाई की परीक्षा का परिणाम घोषित हुआ। भाई के प्रथम श्रेणी में उत्तीर्ण होने का समाचार पाते ही, रमा का मन प्रफुल्लित हो गया। उस दिवस, छोटी बहन ने अपने बड़े भाई के लिए, मन से खीर बनाई। भाई ने उस विशिष्ट व्यंजन का मन से सेवन किया। अगले दिवस, उन्होंने भेंट के रूप में, अपनी एकमात्र बहन को, एक उन्नत कोटि की

बनारसी साड़ी लाकर दी। उमा ने भाई की उस हार्दिक भेंट को सँभालकर कर रख लिया।

कुछ ही माहों में, प्रणय की दिनचर्या अत्यंत व्यस्त हो गयी। क्रमिक एवं आकस्मिक सभाएँ, सरस्वती सेवा समिति के कार्य, क्षेत्र–भ्रमण, अध्ययन एवं लेखन में समय तीव्र गति से बीतने लगा। उसके पास शिक्षण-क्षेत्र में नियुक्ति के अनेक प्रस्ताव आने लगे। काशी से, सागर से, उन्नाव से, प्रयाग से और अनेक अन्य नगरों से प्रस्ताव प्राप्त हुए। उसका परिणाम यह हुआ कि उनकी चरण–पादुका को अनेक स्थलों की माटी का स्वाद मिलने लगा। छोटी बहन के ऊपर भी खड़ाऊँ पर विशेष ध्यान देने का दायित्व बढ़ता गया।

अपने गुरुजनों की प्रेरणा से, प्रणय ने अगले वर्ष, अपने गृह जनपद देवरिया के एक अत्यंत पिछड़े क्षेत्र में सेवा करने का संकल्प लिया। डॉक्टर राजबली पांडेय जैसे नामचीन विद्वान् की सद्भावनाएँ एवम् ब्रह्मर्षि योगिराज देवरहा बाबा का परम आशीष, उनके साथ था। महामना मदन मोहन मालवीय के समस्त आदर्श, उसके मन में सुसंचित थे। राजर्षि पुरुषोत्तम दास टंडन जैसे मौलिक अधिष्ठाता का प्रोत्साहन उनकी शक्ति थी। अतः उसकी खड़ाऊँ का कर्म–स्थल, काशी जैसे विकसित क्षेत्र से स्थानांतरित होकर, देवरिया के अविकसित क्षेत्र में पहुँच गया। देवरिया जनपद के सलेमपुर तहसील में स्थित भाटपार रानी क़स्बे का वह परम

सौभाग्य था कि प्रणय जैसे योग्य एवं शिक्षित युवक ने, भावी आर्थिक लाभों के मोह को त्याग कर, उस पिछड़े क्षेत्र को, अपना कर्म-स्थल बनाया। उसने अपने संकल्प पर अमल करते हुए, भाटपार रानी में मदन मोहन मालवीय महाविद्यालय स्थापित करवाया। उस पुनीत स्थापना के उपरांत की विशिष्ट अवधि का एक दिवस, उमा के लिए विशेष विस्मय का कारण बना। भाई के साथ, महाविद्यालय के मुख्य द्वार पर पहुँचने पर, रमा ने देखा कि, भाई का चरण-स्पर्श करने हेतु प्रयत्नशील एवं तत्पर विद्यार्थियों तथा अध्यापकों की अपार भीड़ एकत्रित है। वह दृश्य देखकर उमा स्तब्ध रह गयी। उस अवधि तक प्रणय को लोग आचार्य जी संबोधित करने लगे थे। आचार्य जी ने अपने कक्ष की ओर प्रस्थान किया और अपनी खड़ाऊँ, कक्ष के द्वार पर उतार कर, उसके अन्दर प्रविष्ट हुए। उमा ने क्षेत्र के अनेक वासियों को उस खड़ाऊँ का नमन करते हुए देखा।

"ऐसे महापुरुष के चरणों एवं चरण-पादुका से हमारा यह कस्बा धन्य हो गया" एक व्यक्ति का कथन सुनाई दिया।

"ये पादुका पूज्य है" एक अन्य व्यक्ति कहता दिखाई दिया।

वह दृश्य देखकर और उन उक्तियों को सुनकर, बहन उमा को विस्मय एवम् सम्मोहन का आभास होने लगा।

"क्या किसी के साथ ऐसा भी हो सकता है?" उसने अपने आप से प्रश्न किया।

उन्हीं भावों और प्रश्नों में लीन, वह घर वापस लौट आई। उसे सब कुछ स्वप्न सा लग रहा था। मन को व्यवस्थित करने के लिए, उसने एक आध्यात्मिक पुस्तक के पाठन का सहारा लिया।

आचार्य प्रणय के सार्थक प्रयासों से, शिक्षा एवं शिक्षण के विकास के साथ, उस क्षेत्र का भौतिक विकास भी होता गया। अनेक प्रकार की दुकानें खुलने लगीं। मिठाई, राशन, साबुन, सिलाई, कढ़ाई, हजामत, चाय, पकौड़ी, कपड़ा इत्यादि सब क़स्बे में उपलब्ध होने लगा।

भाई के निर्देश पर, बहन उमा ने, अपने मूल ग्राम बगहाँ में बच्चों को शिक्षित करने का दायित्व निभाना प्रारंभ कर दिया। माता कालिंदी के सान्निध्य में रहते हुए भी उसे किसी भी क्षण अपने भाई एवं उनकी खड़ाऊँ का ध्यान नहीं बिसरता था। वैसे तो आचार्य जी के बड़े भाई विजय और उनसे छोटे भाई विनय भी, खड़ाऊँ ही पहनते थे पर प्रणय जी के खड़ाऊँ की बात ही कुछ और थी। भाटपार रानी के विद्यालय का परिसर हो, ग्रामों के विस्तृत खेत हों या नगरों अथवा महानगरों का बसेरा हो, भाई की खड़ाऊँ, कोई दिव्य-सजीव-साधन प्रतीत होती थी। कर्म–बोध एवं धर्म–साधना के अनन्य संकेतक के समान। समय के गतिज स्वरूप

की प्रबल धरोहर। उसकी स्मृति उसके मन में विवाह उपरांत भी पोषित रही। उस खड़ाऊँ की गरिमा के सम्बन्ध में उमा ने अपने पति सुबोध को ही नहीं अपितु अपने तीनों देवरों को भी विस्तार से बताया। आचार्य प्रणय के प्रयाग आगमन पर, उसके पति और तीनों देवरों को भी उस खड़ाऊँ की गरिमा का आभास हुआ। कुछ माह उपरान्त, छोटा देवर भाभी के साथ बगहाँ और भाटपार रानी गया। वहाँ उसे आचार्य प्रणय की मान-प्रतिष्ठा का गहन आभास हुआ।

समय आगे बढ़ता गया। प्रणय के सतत प्रयास से, भाटपार में स्थापित संस्था ने अनेक उन्नत स्वरूप एवं उच्च सोपान प्राप्त किये जिसके अंतर्गत उसका उच्चीकरण हुआ और वहाँ मदन मोहन मालवीय स्नातकोत्तर महाविद्यालय स्थापित हो गया। उस वर्ष तक उमा के ज्येष्ठ पुत्र अभिनव की आयु नौ वर्ष हो चुकी थी। माँ के साथ ननिहाल जाने पर उसे दो तथ्यों ने विशेष आकर्षित किया जिनमें एक था नानी कालिंदी का अथाह स्नेह और दूसरा था मामा प्रणय की खड़ाऊँ। नानी के मुख से अपने नाती को 'अभिनव जी' का स्नेहिल संबोधन उसके मन को मोहित करता था, जबकि मामा की खड़ाऊँ का नाद उसके हृदय को सम्मोहित करता था। वह सम्मोहन, कुछ वर्षों उपरान्त, एक विशिष्ट दिवस अधिक वृद्ध हो गया। उस अवधि में वह प्रयाग विश्वविद्यालय में विज्ञान से स्नातक का पाठ्यक्रम कर

रहा था। ग्रीष्म के अवकाश में वह अपनी माँ उमा के साथ ननिहाल गया। उसी अवधि में एक दिवस बगहाँ से भाटपार रानी की यात्रा नियोजित हुई। भाटपार रानी में मामा जी के आवास में उसने एक अति विशिष्ट तथ्य का आभास किया। उसे घर के सभी सदस्यों का जीवन-क्रम मझले मामा की खड़ाऊँ के इर्द-गिर्द घूमता नजर आया। सभी का शयन, जागरण और कर्म, आचार्य जी के खड़ाऊँ से संचालित होता दिखाई दे रहा था। अगले दिवस अभिनव को मामा जी महाविद्यालय हेतु प्रस्थान के लिए, समय से तैयार दिखाई दिए। पर घर से ही नमन कर्ताओं का ताँता प्रारंभ हो गया। घर से निकलकर महाविद्यालय के मुख्य द्वार तक पहुँचने में उन्हें एक घंटे से भी अधिक समय लगा। वह आदर और सम्मान देखकर, अभिनव हतप्रभ हो गया। ननिहाल से वापसी पर भी, वह अनमोल स्मृति, उसके मन में संचित हो गयी। माता द्वारा बताये गए समस्त तथ्य, किसी सजीव सचित्र कथानक के समान, उसके मानस में लहराने लगे।

उस विशिष्ट यात्रा के पश्चात, अभिनव ने अपने सभी निकट संबंधियों एवं घनिष्ठ मित्रों को भी, अपने मामा के गौरव और खड़ाऊँ की गरिमा के बारे में, बताना प्रारंभ कर दिया।

एक दिवस पिताजी ने अभिनव को समझाते हुए कहा "तुम्हारे प्रणय मामा एक अनन्य योगी हैं और उनकी खड़ाऊँ दैवी वरदान है।"

अपने दार्शनिक पिता का वह कथन सुनकर अभिनव विचारशील हो गया। उसी दिवस एक पुराने प्रसंग की चर्चा होने पर माता उमा ने अभिनव को यह अवगत कराया कि, भाई जब भी अपने प्रिय देसी वस्त्र धारण कर और खड़ाऊँ पहन कर महाविद्यालय में निकलते हैं, तो सम्पूर्ण परिसर में सहसा सन्नाटा छा जाता है। उनके द्वारा यह भी सूचित किया गया कि अध्ययन-कक्ष अथवा प्रशासनिक-कक्ष के बाहर उतरा अथवा रखा उनकी खड़ाऊँ, युवकों और दर्शकों के मन में अद्‌भुत रोमांच उत्पन्न करती है।

माँ से वह सब सुनकर, अभिनव को गत वर्ष अपने मूल ग्राम ब्रह्मपुर का वह पारिवारिक समारोह भी याद आया जिसमें प्रणय मामा पधारे थे। उस अवसर पर अनेक दूर-सुदूर क्षेत्रों से विद्वान, मामा जी के दर्शनार्थ, आयोजन-स्थल पर पधारे थे। सभी ने उनके चरण-स्पर्श के दौरान उनकी खड़ाऊँ को भी पर्याप्त आदर प्रदान किया था।

बी.एस.सी. अंतिम वर्ष के परिणाम घोषित होते ही, अभिनव के मन में आनंद की लहर प्रवाहित हो गयी। उसे प्रथम श्रेणी प्राप्त हुई थी। उसने कुछ दिवस ननिहाल में बिताने की इच्छा

व्यक्त की। उसकी उस इच्छा को उसके पिता जी ने स्वीकार कर लिया। उस यात्रा की अवधि में, अभिनव ने मामा जी की दिनचर्या पर विशेष ध्यान दिया। एक बार पुनः उनकी खड़ाऊँ के प्रभाव का प्रतिमान प्रसारित हुआ। भाटपार रानी स्थित स्नातकोत्तर कॉलेज का भ्रमण भी विशेष निष्कर्ष लेकर आया। एक हिंसात्मक आंदोलन समूह के सदस्यों को मामा जी के खड़ाऊँ पर गौर करते हुए आंदोलन स्थगित करने का निर्णय लेता देख, उसे असीम आश्चर्य हुआ। उस प्रवास के दौरान, प्रणय ने मामा जी के खड़ाऊँ के सम्बन्ध में अपने भाई-बहनों और अनेक अध्यापकों से विस्तृत वार्ता की। उसने इस तथ्य पर विशेष ध्यान दिया कि मामा जी के खड़ाऊँ की, घर में उनके अध्ययन-कक्ष के बाहर उपस्थिति, वातावरण की गंभीरता एवं गौरव को बढ़ाती है।

खड़ाऊँ तो वही रही पर खड़ाऊँ-धारक के गौरव में विस्तार होता गया। समय के प्रवाह के संग आचार्य जी, महामना मदन मोहन मालवीय संस्थान के कुलमुख्य हो गए। उनके साथ उनकी खड़ाऊँ को मात्र भारत के विभिन्न क्षेत्र नहीं अपितु, अनेक विदेशी स्थलों के सार्थक भ्रमण का भी अवसर प्राप्त हुआ। मामा जी भले मौन रहें पर उनकी खड़ाऊँ अवश्य वाचाल रहती, कभी नाद में तो कभी अनुनाद में। समाज में साहित्यिक, सांस्कृतिक और शैक्षणिक सुधा बाँटने वाले आचार्य प्रणय को जब

मधुमेह ने जकड़ा तब तक उनका एवं उनकी खड़ाऊँ का स्वर कुछ मध्यम होने लगा। पर दोनों का कर्म-क्रम यथावत चलता रहा। कुछ वर्ष बाद, कॉलेज के वार्षिकोत्सव में सम्मिलित होते हुए, अभिनव ने पुनः मामा जी के गौरवशाली अस्तित्व एवं उनके खड़ाऊँ की अनन्य महिमा के प्रभाव का दर्शन किया।

कुछ वर्ष उपरांत अभिनव की तैनाती तत्कालीन अविभाजित उत्तर प्रदेश के पर्वतीय भाग में हो गयी। उसी तैनाती के दौरान एक दिवस उसे अपने मामा जी के आकस्मिक निधन का समाचार प्राप्त हुआ। उसके हृदय के लिए वह अशुभ समाचार एक भीषण आघात था। उसने तत्काल आकस्मिक अवकाश का आवेदन सक्षम अधिकारी के नाम प्रेषित करते हुए भाटपार रानी हेतु प्रस्थान किया। किन्तु उसके वहाँ पहुँचने तक मामा जी का दाह संस्कार संपादित हो चुका था। अतः उसे मात्र उनकी अंतिम यात्रा एवं दाह-संस्कार की रिकॉर्डिंग के अवलोकन से संतोष करना पड़ा। अंतिम यात्रा के चित्रों एवं वीडियो-अंशों को देखकर ऐसा लग रहा था जैसे समस्त ब्रह्माण्ड, आचार्य प्रणय को अंतिम विदाई देने उमड़ पड़ा हो। शोकाकुल मामी के सम्मुख काफ़ी अवधि तक मौन मुद्रा में बैठने के बाद, उसने शयन हेतु प्रस्थान किया।

उस रात्रि, अभिनव के मन में अपने मामा जी से सम्बन्धित अनेक प्रसंग उभरते रहे। कुछ देर

पश्चात्, वह सोने का प्रयास करने लगा। बहुत प्रयत्न के बाद ही उसे नींद आयी। अगले दिवस, वह बहुत देर तक सोता रहा। देर से जागने के बाद, उसने देखा कि,घर-परिवार के अधिकांश सदस्य, उस समय तक भी सो रहे हैं। उसे आभास हुआ कि सदस्यों को जगाने वाली खड़ाऊँ का स्वर शांत हो चुका है। मात्र मामी जी जाग रही थीं। अभिनव के मन में पल भर के लिये यह विचार आया कि वह मामी से मामा जी के खड़ाऊँ के बारे में कुछ पूछे। पर उसे वैसा करने का साहस नहीं हुआ। मामी की दृष्टि भांजे पर पड़ी तो उन्होंने उसे अपने पास बुलाया। अभिनव चुपचाप मामी के पास जाकर, उनके सम्मुख बैठ गया।

"देखो बेटा, सब सो रहे हैं न"मामी बोलीं।

"हाँ मामी, देख रहा हूँ" अभिनव ने हामी भरी।

"सब को जगाने वाली खड़ाऊँ ठहर गयी है" मामी ने कहा।

उस उक्ति के समय मामी के नयन सजल हो गये।

अभिनव ने पुनः अपना शीर्ष हिलाते हुए मामी के कथन का समर्थन किया किन्तु उसे खड़ाऊँ के बारे में कोई प्रश्न करने का साहस नहीं हुआ।

अगले दिवस, कुछ अध्यापकों एवम् शिक्षकों द्वारा, आचार्य जी के विशाल चित्र पर, पुष्पों द्वारा श्रद्धांजलि अर्पित करते हुए, उनके खड़ाऊँ के उचित प्रदर्शन की माँग की गयी। खड़ाऊँ के विधिवत रूप से प्रदर्शित होते ही, अनेक अनुयायियों ने उन्हें आदर तथा प्रणाम प्रेषित किया। अभिनव के मन को भी उस खड़ाऊँ के दर्शन एवम् नमन से विशेष संतोष प्राप्त हुआ। उस खड़ाऊँ की छवि में, आचार्य प्रणय के अविरल कर्म और शैक्षणिक धर्म, संचित प्रतीत हो रहे थे।

आचार्य प्रणय की वह खड़ाऊँ, उनके अध्ययन-कक्ष की चौखट के ठीक बाहर प्रदर्शित होकर, अनेक युवकों, शिष्यों, अध्यापकों और परिवार-जनों हेतु, चिर प्रेरणा की अविरल संकेतक बन गयी। अनेक सदाचारी कर्मों एवम् सार्थक यात्राओं की अविस्मरणीय स्मृतियाँ उसमें पोषित हो गयीं। उस खड़ाऊँ और उसके दिव्य धारक की महिमा का बखान करना, असंख्य लोगों का नैसर्गिक आचार बन गया। उमा और अभिनव उस विशाल समूह के विवेकशील सदस्य के रूप में, अवसर प्राप्त होते ही, आचार्य प्रणय की उस खड़ाऊँ का वर्णन संचारित करते हुए गौरव का आभास करने लगे। श्रोता उन वर्णनों को सुनकर पुलकित, प्रेरित और प्रभावित होने लगे। आचार्य प्रणय की खड़ाऊँ के नाद एवम् अनुनाद का कथानक, काशी की पवित्रता, प्रयाग की दार्शनिक गूढ़ता, वृन्दावन की

निश्छलता, बगहाँ की मौलिकता और भाटपार रानी की विकसित सुषमा के रूप में स्थापित हो गया।

अंतर्द्वंद्व

विकास मणि,उस समय योगासन करने के उपरान्त, विश्राम करने ही जा रहे था, जब उसके सहयोगी मित्र विवेका के स्वर ने,उसका ध्यान भंग किया|

"अरे गज़ब हो गया मणि जी ....आप मध्य प्रदेश पी.सी एस. में सेलेक्ट हो गये|"

किन्तु विवेका के उस विशेष सन्देश का,विकास पर कोई ख़ास प्रभाव नहीं पड़ा| मित्र की उस अप्रभावित मुद्रा से निराश होते हुए, विवेका ने पुनः बल देते हेतु कहा "अरे मणि जी डिप्टी कलेक्टरी में हुआ है .....मिठाई खिलानी पड़ेगी|"

उस महत्वपूर्व सन्देश का भी अपने मित्र पर कोई प्रभाव न पाकर, विवेका ने उदास स्वर में कहा "आप भी अजीब हैं ....इतनी बड़ी खुशखबरी का आप पर कोई असर नहीं हो हो रहा है ....एकदम बकवास हैं आप|"

मित्र की उस टिप्पणी पर विकास तनिक सजग हुआ और बोला "विवेका भाई, गुस्सा मत करो ..आज आपको नेतराम की कचौरी और मिठाई दोनों खिलाऊँगा .....लेकिन मुझे अपने चयन की कोई विशेष खुशी नहीं है|"

"ऐसा क्यों कह रहे हैं ...आपने इस परीक्षा के लिए कितनी भीषण तैयारी की थी ...आपको प्रसन्न होना चाहिए" विवेका ने पुनः टिप्पणी की।

"सच कहते हैं ....तैयारी तो बहुत की थी पर आप तो जानते हैं कि मैं रामकृष्ण मिशन का सक्रिय सदस्य और स्वामी विवेकानंद का परम भक्त हूँ" विकास ने स्पष्ट करने का प्रयास किया।

"मान्यवर, आप जैसे समर्पित नैतिक भक्त की सेवाएँ तो मध्य प्रदेश पुलिस के लिए अनन्य वरदान सिद्ध होंगीं" विवेका ने तत्काल अपनी प्रतिक्रिया प्रस्तुत की।

"अच्छा ..यह बताएँ आपने परिक्षा परिणाम देखा कहाँ है?"

विवेका ने मित्र की उस प्रेक्षा पर, अपने हाथ में विद्यमान समाचार-पत्र उन्हें पकड़ाते हुए, उनका ध्यान, प्रकाशित परिणाम की और आकर्षित किया। विकास ने पूरे ध्यान से, उस समाचार में प्रकाशित परिणाम में, अपने अनुक्रमांक को पुष्ट करने की चेष्टा की। पुष्टि होते ही, उसके मुखमंडल पर प्रसन्नता की क्षणिक लहर प्रवाहित हुई।

"मित्र, मैं तो सचमुच चयनित हो गया ....चलो अभी शुद्ध देशी घी की जलेबी खिलाता हूँ" विकास ने विवेका की पीठ थपथपाते हुए कहा।"

शीघ्र ही दोनों मित्र तैयार होकर, अपने कक्ष से बाहर निकले और बातें करते हुए, कटरा के प्रसिद्ध नेतराम मिष्ठान भण्डार की ओर पैदल ही बढ़ने लगे। **मार्ग में कुछ और मित्र भी मिले**। उनमें से अवनीश और विनोद भी, उनके साथ हो

लिए। बातों बातों में,तीन किलोमीटर की पद-यात्रा का, चारों को पता ही नहीं चला। विकास ने तीनों के लिए मन से कचौरी और जलेबी मँगवाई। किन्तु दुकान से कमरे पर वापस आने की यात्रा के दौरान, वह लगातार मौन ही रहा। उसके मौन से ऊबकर अवनीश ने कहा "आपके कारण हम लोगों का भी पुलिस में जलवा हो जाएगा।"

"लेकिन मेरा उनमें योगदान देने का कोई विशेष इरादा नहीं हैं" विकास बोला।

विनोद ने प्रश्न किया "फिर मिठाई क्यों खिलाई?"

"मिठाई तो अपने परम मित्रों के स्नेह में खिलाई है" विकास ने समझाया।

मार्ग में चारों,अवनीश के आवास पर एकत्रित हुए। तीनों ने अपने तर्कों से, विकास को पुलिस सेवा में योगदान देने हेतु प्रेरित करने का भरसक प्रयास किया। उन तर्कों का, विकास के मन पर, काफी प्रभाव पड़ा। कुछ दिवस तक उसके मन में भीषण अंतर्द्वंद्व होता रहा।

"पुलिस सेवा में जाना है या नहीं जाना है?" वह स्वयं से प्रश्न करता रहा। स्थिति और अधिक विचित्र तब हो गयी,जब कुछ दिवसों उपरान्त, उसका मध्य प्रदेश पुलिस सेवा का नियुक्ति-पत्र आ गया। उसके मित्र, उसे तत्काल योगदान देने का परामर्श देने लगे। विकास का मानसिक अंतर्द्वंद्व, वृद्ध हो गया। किन्तु उसके कुछ ही दिवस उपरांत, मध्य प्रदेश माध्यमिक शिक्षा द्वारा निर्गत शिक्षक के पद पर नियुक्ति-पत्र की प्राप्ति से, वह अंतर्द्वंद्व चरम पर पहुँच गया। एक ओर, उसकी समस्त मित्र मंडली थी, जो उसे निरंतर,

पुलिस अधिकारी के पद पर, योगदान देने का परामर्श, देती जा रही थी। दूसरी ओर, उसका शिक्षा में योगदान देने का, मौलिक रुझान था। अंत में उसे अपने अंतर्द्वंद्व से उभरने के लिये, अपने परम गुरु के परामर्श की आवश्यकता पड़ी। गुरुजी ने उसका मार्गदर्शन करते हुए कहा **"विशाल... वही करो ....जो तुम्हारा विवेक कहे ...लेकिन मेरे विचार से, तुम शिक्षा के क्षेत्र में, समाज हेतु अधिक उपयोगी सिद्ध होगे।"**

विकास अनेक दिवसों तक, गुरुवर के कथन, मित्रों के परामर्श और अपनी मौलिक आकांक्षाओं का परस्पर विश्लेषण करता रहा। अंत में, उसके मौलिक लक्ष्य ने,गुरुवर के परामर्श से एकाकार होते हुए, उसके मानसिक अंतर्द्वंद्व पर विजय प्राप्त की और उसने पुलिस अधिकारी बनने के बजाय, माध्यमिक शिक्षक बनना स्वीकार किया। शिक्षा जगत में योगदान देते हुए उसने, बस्तर के दुर्गम क्षेत्रों में योगदान दिया और समाज में ज्ञान के दीप प्रसारित करने में लीन हो गया।

समय के साथ,उसको एक शिक्षक के रूप में योगदान देते हुए, पच्चीस वर्ष हो गये। किन्तु उस अंतर्द्वंद्व की स्मृतियाँ, उसके मानस पटल पर स्थापित रहीं। कुछ दिवस पूर्व ही प्रयाग की यात्रा और प्रयाग विश्विद्यालय के परिसर की पदयात्रा ने, उसकी पुरानी यादों को पुनः ताजा कर दिया। अपने घनिष्ठ मित्र के फुफेरे भाई विनय के घर पर जाकर, उसको मानसिक शान्ति का आभास हुआ। उनके घर में आगमन से, विनय अचंबित हो गया और कुछ क्षणों तक उनके मुखमंडल को ध्यान से एकटक निहारता रहा।

कुछ देर के मौन के बाद, विनय ने उनसे एक सीधा प्रश्न करते हुये कहा "मणि जी कैसा लग रहा है?"

"बहुत आनंद आ रहा है" मणि जी ने संयमित उत्तर दिया।

विनय ने उन्हें अल्पाहार करवाया। उनके मुख पर शांति का सुखमय वास देखकर, विनय ने उनसे, एक और प्रश्न किया।

"आपको पुलिस सेवा में योगदान नहीं देने का कोई अफ़सोस तो नहीं होता है?"

"एकदम अफ़सोस नहीं है अपितु असीम प्रसन्नता है क्योंकि मेरी अंतर्आत्मा निरंतर यह कहती है कि,मेरा जन्म ही शिक्षक बनने के लिये हुआ है। यह मेरे लिए कोई व्यवसाय नहीं अपितु पूजा और उपासना है" मणि जी ने संकल्पित स्वर में कहा। उनके आगमन की सूचना पाकर, पास-पड़ोस के कुछ बुद्धिजीवी भी, उनका दर्शन करने हेतु,उपस्थित हो गये। एक बार पुनः, विकास ने, अपने अतीत के उस उस अंतर्द्वंद्व को सबसे साझा किया। सबने उनके साथ, आदर एवं उत्सुकता से सेल्फी खींची। उनके प्रस्थान से पूर्व विनय ने उनसे तीसरा प्रश्न पूछा

"समाज की भावीपीढ़ी के लिए आपका क्या सन्देश है?"

"अपने विवेक को शुद्ध रखो, अपने लक्ष्यांकित संकल्प पर दृढ-प्रतिज्ञ रहो और अपने सद्गुरु के परामर्श पर पूरा ध्यान दो, क्योंकि यही अंतर्द्वंद्वों का लौकिक निदान है।

विकास मणि तो अपने वर्तमान कर्मक्षेत्र सतना के लिए रवाना हो गये, पर उनके द्वारा प्रस्तुत मानव अंतर्द्वंद्व के समाधान का उदाहरण, अनेक लोगों के मानसिक पटल पर अंकित हो गया। उस दिवास की शाम तक, फेसबुक, व्हाट्सएप्प,ट्विटर और इन्स्ताग्राम के माध्यम से,असंख्य लोग, उस अंतर्द्वंद्व से भिज्ञ हो गये।

दर्शन

मध्यकालीन भारत की दिल्ली जटिल सामाजिक व्यवस्थाओं से जूझ रही थी। हिंसा, षड्यंत्रों और शंकाओं का दौर था। यातनाओं और व्यक्तिगत परेशानियों से त्रस्त लोग, नयी राहों एवं नवीन विचारधाराओं के उत्पत्ति की कामना प्रारम्भ कर चुके थे।

पीपल के एक विशाल वृक्ष की छाया में बने एक चबूतरे पर तीन युवक बैठकर आपस में बात कर रहे थे।

"भई फ़ारसी की नज़ाकत और नफ़ासत का कोई सानी नहीं है" एक ने कहा।

"पर फारसू, अरबी के सामने तो फ़ारसी भी फीकी पड़ती है" दूसरा बोला।

"लेकिन फारसू और अरबी, तुम दोनों इतना मान लो कि मौलिक भाषा तो संस्कृत ही है" तीसरे ने कहा।

"पर संस्कार ....मैं तुम्हारी ये बात एकदम नहीं मानता" फारसू ने असहमति व्यक्त की।

वह संवाद गम्भीर होने लगा। शीघ्र ही वह विवाद बढ़कर, परस्पर रोष उत्पन्न करने लगा। एक आदमी जो काफी देर से तीनों की बातें बड़े ध्यान सुन रहा था हस्तक्षेप करते हुए बोला "भई, भाषा के लिए लड़ते क्यों हो, भाषा मेल के लिए होती है न कि अलगाव के लिए।"

तीनों युवक, उस अपरिचित व्यक्ति को गौर से देखने लगे।

संस्कार ने पूछा "भाई ......आप ....हैं कौन?"

उसने उत्तर दिया "आप सब के समान मैं भी एक मानव हूँ।"

कुछ देर तक वार्ता करने के बाद, चारों पैदल चलने लगे। चौथे व्यक्ति की बातों में तीनों को रस मिलने लगा। तीनों उसके पीछे-पीछे चलने लगे।

साँझ हो चली थी। जमुना के कगार पर क्रियाशील, मंद शीतल समीर की पुचकार, चारों का मन मोह रही थी। एक स्थल पर पहुँचकर, चौथा व्यक्ति रूककर, जमीन पर बैठ गया। तीनों ने उसकी पलकों को बंद होते हुए देखा। कुछ देर तक वैसी ही स्थिति बनी रही। तीनों ऊबकर, घर के लिए प्रस्थान करने लगे। उनके कदमों की आवाज कानों में पड़ते ही, ध्यानकर्ता का ध्यान भंग हो गया।

"अब मुझे छोड़कर तुम तीनों कैसे जा सकते हो" वह बोला।

“पर आप तो ध्यान में डूबे थे” फारसू ने कहा।

“मैं तो यह सोच रहा था कि आखिर भाषा कैसी होनी चाहिए” उसने बताया।

चारों पुनः नदी के कगार पर चलने लगे। रास्ते में एक स्थल ऐसा पड़ा जहाँ लोगों की भीड़ जमा थी। वहाँ पर समूह-गीत के बोलों और धुन में मग्न होकर, लोग वसंतोत्सव मना रहे थे। गीत और नृत्य के साथ ही, रंग और गुलाल उड़ रहा था। पलक झपकते ही चौथा व्यक्ति, उसी भीड़ में शामिल होकर झूमने लगा। शीघ्र ही उसके कंठ से गीत के बोल निकलने लगे।

“हे.........री......आज.....रंग........है
.....रंग......रंग........हे........री.....”

लोग, बोलों की धुनों में रमते जा रहे थे। कुछ क्षणों तक तीनों विस्मय में खड़े, वह दृश्य देखते रहे पर अधिक देर तक वे भी निष्क्रिय न रह सके। सहसा तीनों उसी भीड़ में शामिल होकर नाचने गाने लगे। हवा में चारों ओर कुछ बोल गूँजने लगे : “ए....री......आज रंग है।”

वह नृत्य और गायन बहुत देर तक चलता रहा जिसके उपरांत मिष्ठानों का वितरण हुआ। सबने प्रेम से उनका सेवन किया। अचानक एक रथनुमा

बग्घी वहाँ पहुंचकर खड़ी हो गयी। उस पर गाड़ीवान के बगल बैठा व्यक्ति नीचे उतर कर, मुख्य गायक के सम्मुख पहुँचा और बोला "हुज़ूर ...सुलतान ने आपको तुरंत बुलाया है।"

गायक ने सभी को धन्यवाद दिया और बग्घी पर सवार हो गया। उसने तीनों युवकों की ओर देखते हुए कहा "आप सबका अच्छा साथ रहा, अब इस हिदायत के साथ विदा लेता हूँ कि आप सब कभी भाषा पर मत लड़ियेगा।

गाड़ीवान ने घोड़े की पीठ पर चाबुक घुमायी। लोगों ने गाड़ी को नज़र से दूर जाते हुए देखा।

"लगता है वह कोई बड़ी हस्ती है" फारसू ने दूर जाती हुई बग्घी को देखते हुए अनुमान लगाया।

"अरे.....अरे ......आप ....इन्हें .....नहीं .....जानते" गाँव वाला चौंका।

उसको मौन देखकर एक अन्य गाँव वाले ने बताया "ये अमीर खुसरो साहब हैं,,,,,सुलतान के शाही गीतकार।"

युवक आश्चर्यचकित थे। उन्हें यह विश्वास ही नहीं हो रहा था कि उन्होंने उस दिवस की शाम के चन्द घंटे, अमीर खुसरो के अनमोल सान्निध्य में बिताये हैं। उनके मन में उस पल तक भी "आज रंग है ...." के बोल गूँज रहे थे।

तीनों अपने घर वापस पहुँचकर, सारी रात, उस सुहानी शाम के अमूल्य अनुभव पर विचार करते रहे।

अगले दिवस, तीनों ने सम्मिलित रूप से यह निर्णय लिया कि वे एक दूसरे की भाषा को सीखने का भरसक प्रयास करेंगे और भाषा पर कभी नहीं लड़ेंगे। तीनों एक दूसरे के भाषा–गुरु बन गए।

संस्कार फारसू और अरवी को संस्कृत, अरवी संस्कार और फारसू को अरबी और फारसू अरवी और संस्कार को फारसी सिखाने लगे। तीनों का अध्ययन तथा अभ्यास चलता रहा।

कई माह बीत गये। एक़ दिवस तीनों ने औलिया निजाम के दर्शन का संकल्प लिया। निजाम यानी निजामुद्दीन औलिया ! सूफी दर्शन के जीवंत स्वरूप ! सादगी के सहज प्रमाण ! अगले दिवस की भोर में, तीनों निजाम के दर के लिए रवाना हुए।

दर के निकट पहुँचने पर, उन्हें काफी भीड़ दिखाई पड़ी। लोग उस समय झूमकर नाचते हुए कोंई गीत गा रहे थे। तीनों ने गीतों के बोलों पर गौर किया।

"छाप तिलक....सब छीनी ....मोसे नैना मिलाइके।"

तीनों का मन, बोलों तथा अंतरों में डूबने लगा। शीघ्र ही तीनों स्वयं भी झूमकर नाचने–गाने लगे। बोल उठकर प्रसारित होते जा रहे थे।

"खुसरो निजाम के बल बल जाए" की गूँज होने लगी।

गीत और नृत्य की समाप्ति पर, तीनों अंदर की ओर बढ़े। उन्हें ऊँचे चबूतरे के मध्य में बैठे एक फकीराना व्यक्ति नज़र आये। चबूतरे के किनारे बैठे लोग, उस समय भी, अपनी पलकें बंद किये झूम रहे थे। कुछ लोग चबूतरे के ऊपर भी बैठे थे। उनमें से एक व्यक्ति, फ़कीर के चरणों पर माथा रखकर लेटा हुआ था। कुछ देर बाद वह व्यक्ति, माथा उठाकर खड़ा हो गया और गाने लगा "अगर फिरदौस बार रूहे जमीन अस्त हमीं अस्त ......ओ हमीं अस्त ..ओ हमीं अस्त।"

तीनों ने आवाज और गायक को तत्काल पहचाना। वे साक्षात अमीर खुसरो थे। यह भी स्पष्ट था कि बीचोंबीच बैठे फ़कीर औलिया निजाम हैं।

वातावरण पूरा सूफियाना हो चुका था। लोग उसकी गहनता में डूबते जा रहे थे। कुछ देर बाद निजाम अपनी कुटिया के अन्दर चले गये। अचानक खुसरो की नज़र चारों तरफ मौजूद लोगों के चेहरों पर से घूमती हुई, तीनों युवकों के मुखमंडलों पर पड़ी।

उन्होंने तीनों से प्रश्न किया "अरे .....आप सब अभी डूबे नहीं?"

उस प्रश्न पर तीनों मौन रहे। तीनों के मौन की स्थिति बने रहने पर उन्होंने पुनः प्रश्न किया "डूबे कि नहीं?"

उस पर तीनों का मौन बना रहा।

प्रश्नकर्ता ने समझाते हुए कहा "खुसरो दरिया प्रेम का, उलटी वाकी धार, जो उतरा सो डूब गया, जो डूबा सो पार।"

संस्कार, फारसू और अरवी, खुसरो की ओर विस्मय से देखते जा रहे थे। शेष लोगों का ध्यान भी उन पर केन्द्रित हो गया।

वह अनुपम एवं अलौकिक दृश्य था। गीत गूँज रहा था और लोग झूम रहे थे। कुछ देर बाद, लोगों की भीड़ छँटने लगी। तीनों युवकों ने भी विदा लेनी चाही।

खुसरो ने तीनों को हिदायत देते हुए कहा "भाषाओं में डूबकर जनभाषा बनाना।"

संस्कार, फारसू और अरवी गये थे सूफी निजाम का दर्शन करने पर उन्हें खुसरो के दर्शन से ही अलौकिक आनंद प्राप्त हो चुका था। रास्ते में कुछ लोगों से बात करने पर उन्हें पता चला कि गत कई माहों से खुसरो, अपना अधिकांश समय, निजाम की शरण में ही बिताने लगे हैं। घर वापस पहुँच कर तीनों काफी देर तक आपस में खुसरो और उनके तरानों की बातें करते रहे।

अगले कुछ माहों में तीनों ने खुसरो की रचनाओं के बारे में काफी जानकारियाँ प्राप्त कीं। उनकी कुछ रचनाएँ तो तीनों को कंठस्थ हो गयीं। मौक़ा मिलने पर तीनों उन्हें लोगों को सुनाने भी लगते। खुसरो की पहेलियाँ धीरे-धीरे प्रचलित और प्रसारित होने लगीं। उनके तरानों और ग़ज़लों की धूम होने लगी।

कई माह बीत जाने पर एक दिवस तीनों के दिलों में खुसरो से पुनः मिलने की इच्छा जागृत हुई। तीनों चलकर औलिया निजाम के डेरे पर गये। पर वहाँ का अवसाद भरा माहौल देखकर तीनों स्तब्ध हो गये। वहाँ पर उपस्थित सभी लोगों के चेहरों पर उदासी स्पष्ट रूप से नज़र आ रही थी।

संस्कार ने एक आदमी से पूछा "ये सब क्या है?"

"कल दिने में औलिया गुजर गइन" उसने बताया।

फारसू ने प्रश्न किया "खुसरो बाबा कहाँ हैं?"

"अभइने औलिय के दफ़नाय के लौटिन हयन, बिन खाये-पीये कुटिया में लेटिन हयन" उसने बताया।

उस दिवस तीनों को खुसरो के दर्शन नहीं हो पाये। पर अगले दिन खुसरो कुटिया के बाहर निकले। उन्होंने बाहर प्रतीक्षा कर रहे लोगों को देखते हुए कहा "अब क्या आये हो, मेरे पास देने को कुछ

नहीं है ....सब मेरे निजाम के साथ चला गया।"

उतना कहकर वे एक पेड़ की छाया में जमीन पर बैठ गये और अपनी आँखें बंद करके कुछ गुनगुनाने लगे। पर लोगों के पास पहुँचते ही, उनकी गुनगुनाहट बंद हो गयी।

"मुझे आप सब अकेले छोड़ दो, मुझे निजाम चाहिये" वे बोले और पुनः कुटिया में चले गये।

उनकी वह बात सुनकर, वहाँ पर विद्यमान सभी लोग निराश हो गये। तीनों युवक भी निराश मन लिये वापस आ गये। कुछ माहों में दूर-दूर तक यह प्रसारित हो गया कि खुसरो ने लिखना बंद कर रखा है और दिन-रात अपने निजाम की यादों में लीन रहते हैं। खुसरो की ग़ज़लें, कसीदे, कते, तराने, दूर-दूर तक गाए और पढ़े जाने लगे।

"पिया पिया मैं करत हूँ पहरों, पल भर सुख ना चैन" के बोल दूर-दूर प्रसारित होने लगे।

धीरे-धीरे यह खबर भी फैलने लगी कि खुसरो द्वारा कई रचनाओं में एक से अधिक भाषा का प्रयोग किया गया है। कई माह बीतने के बाद एक दिवस, तीनों के मन में पुनः खुसरो के दर्शन की कामना जाग उठी। तीनों तेज चाल से औलिया दरगाह पर पहुँचे। पर तब तक बहुत देर हो चुकी थी। खुसरो के प्राणों का कबूतर ऊपर जा चुका था। उन्हें मिट कर अपने ईश निजाम औलिया के बगल में स्थान

मिल चुका था। मातम का माहौल था। लोगों की भीड़ उनकी कब्र पर माथा टेक रही थी। संस्कार विचलित, फारसू विस्मित और अरवी अचंभित था। तीनों ने अपना माथा टेकते हुए अपनी आँखें बंद कर लीं। कुछ देर बाद उन्होंने वहाँ से वापसी प्रारंभ की। तीनों रास्ते भर खुसरो की यादों में खोये चलते रहे। अपने मोहल्ले में पाँव रखते ही उनके कानों में कुछ मधुर बोल गूंजे। बोलों में फारसी और ब्रजभाषा का अद्भुत मेल था। बोल और ताल पर सभी धर्मों के लोग नाच रहे थे।

तीनों को खुसरो से मिलाप की प्रथम संध्या याद आयी।

"भाषा पर कभी लड़ना मत" की सलाह का भी ध्यान आने लगा।

संस्कार उभर चुके थे। भाषाएँ मुदित हो चुकी थीं। फारसू आनंदित तथा अरवी उत्साहित था। तबलों की थापें और कव्वालियाँ जन्म ले चुकी थी। लोग खड़ी बोली में खुसरो की यादों को ताजा करने लगे। दर्शन अपना प्रभाव स्थापित कर चुका था।

दोषी

गिरीश जी उस समय, अपने घर के आँगन में बैठकर, उस दिन का समाचार-पत्र पढ़ रहे थे। भोर-भ्रमण से वापस आये हुये उन्हें कुछ देर हो चुकी थी। उत्तर रेलवे के संकेत एवं दूरसंचार अभियन्ता के पद से सेवानिवृत्त हुए, उन्हें दस वर्ष हो चुके थे, पर उनकी जीवन शैली में कोई विशेष परिवर्तन नहीं हुआ था। पद-यात्रा, टेनिस, टेबिल-टेनिस, बिलियर्ड, बैडमिंटन, शतरंज, ब्रिज, देशाटन इत्यादि जारी था। उत्सवों एवं पार्टियों में उनकी सक्रिय भागीदारी कायम थी। सहसा उन्हें यह ध्यान आया कि, उस दिवस की संध्या में भी वे सपरिवार, रेलवे आफीसर्स क्लब के विशेष आयोजन में आमंत्रित हैं। उस विशिष्ट निमन्त्रण का ध्यान आते ही उन्होंने पत्नी को आवाज दी।

"अरे भई सुनती हो।"

शीघ्र ही उनकी पत्नी उनके सम्मुख उपस्थित हो गयीं और बोलीं "कहिए क्या बात है?"

"अरे श्रीमती जी, आज शाम बहुत खास पार्टी है" उन्होंने बताया।

"देखिये जी, बहुत हो चुकी पार्टी-वार्टी, अब मैं उनमें आपका साथ नहीं दे पाऊँगी" पत्नी ने बौखलाते हुये कहा।

गिरीश जी अपनी पत्नी का वह वाक्य सुनकर विस्मित एवं व्याकुल हो गये। उन्हें हमेशा ऐसा लगता था कि उनकी पत्नी को उत्सवों एवं पार्टियों में शामिल होना अच्छा लगता है। पत्नी के उस कथन ने उनके मन को चौंका दिया।

उन्होंने तत्काल प्रश्न किया "पर अचानक ऐसा निर्णय क्यों? "

"पार्टियों में आप तो पूरा आनंद लेते हैं, पर मैं तो अकेले बैठी ऊबती रहती हूँ " पत्नी ने उलाहना देते हुए कहा।

"पर मैं तो यह समझता था कि, आपको भी उनमें मजा आता है " गिरीश जी ने टिप्पणी की।

"आपको पार्टियों में मेरी चिन्ता ही कहाँ रहती है " पत्नी बोलीं।

पत्नी की उस टिप्पणी को सुनकर, गिरीश जी का मन गंभीर हो गया। वह अपनी जीवन शैली का मानसिक विश्लेषण करने लगे। उनके मन को यह बात कचोटने लगी कि, विगत दस वर्षों में, उन्होंने अपनी अर्धांगिनी के अस्तित्व की घोर उपेक्षा की है। आत्मग्लानि से ग्रसित उनका हृदय, गहन

विचारों में डूब गया। कुछ पल का मौन छाया रहा जिसे पत्नी के स्वर ने भंग किया।

"आपको बुरी तो नहीं लगी मेरी सच्ची बात? "

"बुरी तो नहीं लगी, किन्तु आश्चर्य अवश्य हुआ है क्योंकि, आपने कभी इस बारे में कभी कुछ कहा ही नहीं "

"अब आपके पास केवल दो विकल्प हैं, या तो आप पार्टियों में अकेले जाएँ, या फिर, आप किसी अन्य कार्य में, अपना मन लगा लें " पत्नी ने परामर्श दिया।

"अब अकेले तो नहीं जाऊँगा पर यह सोचकर अधिक चिंतित हूँ कि खेल खेलने और पार्टी जाने के अलावा, मैं आखिर कर भी क्या सकता हूँ " गिरीश बोले।

पत्नी का मुखमंडल, पति की उस उक्ति को सुनकर, भावपूर्व हो गया। शीघ्र ही उन्होंने, अपने मन के विचार व्यक्त करते हुए कहा "आपने अपने एक हुनर का, आज तक, बहुत सीमित उपयोग किया है। "

पत्नी के उद्गार सुनकर, गिरीश जी का मन, तत्काल विचारशील हो गया। अपने सभी गुणों का मंथन करते हुए, वे निष्कर्ष के कगार तक पहुँचने ही वाले थे कि पत्नी का स्वर पुन: मुखर हुआ।

"आप साहित्य साधना बहुत अच्छी प्रकार कर सकते हैं।"

अपनी पत्नी का वह विशिष्ट परामर्श सुनते ही, गिरीश को अपनी वर्षों पूर्व रचित, कुछ काव्य रचनाओं, ग़ज़लों और गीतों का ध्यान आने लगा। कुछ विशेष अवसरों पर, अपने सेवाकाल के दौरान भी, उन्होंने उनका नियोजित प्रयोग किया था। पर वैसा यदा-कदा ही संभव हो पाता था। उस दिशा में उनके स्तर से कोई सतत प्रयास नहीं हो पाया था। वे उस संबंध में कुछ सोच ही रहे थे कि, पत्नी का स्वर पुनः मुखरित होकर उभरा।

"साहित्य सृजन ही एक ऐसा कार्य है जो आपको भरपूर व्यस्त रखते हुए आपको उत्सवों और पार्टियों के निरर्थक आडंबरों से दूर रख सकता है।"

पत्नी का वह सुस्पष्ट परामर्श सुनकर, गिरीश के मन में अनेक विचार हिलोरें लेने लगे। कुछ देर के मौन के उपरांत उन्होंने मंद स्वर में अपनी पत्नी से कहा " यदा-कदा लिखना, अलग बात है और नियमित सृजन, एक पृथक चीज है। पता नहीं, मैं इस संबंध में, मैं कुछ कर भी पाऊँगा या नहीं।"

"मुझे पूरा विश्वास है कि यदि आप मन से कोशिश करेंगे तो आपको उसमें अवश्य सफलता मिलेगी " पत्नी ने पुनः हिदायत दी।

"चलिये आप कहती हैं, तो अवश्य कोशिश करूँगा" गिरीश ने भी आश्वासन देने का प्रयास किया।

"आप साहित्य साधना का संकल्प ले लीजिये पर, आज आप पार्टी में अकेले ही चले जाइये।"

"नहीं...... एकदम नहीं.... आज इसी समय से पार्टी-वार्टी सब बन्द " गिरीश ने संकल्पित स्वर में अवगत कराया।

उस दिवस, वर्मा दम्पति ने, परस्पर मौन रहते हुए ही, सारी आवश्यक क्रियायें संपादित कीं। बीच-बीच में, श्रीमती वर्मा ने मौन तोड़ने का प्रयास जरूर किया, जिस पर वर्मा जी खामोश रहते हुए ही, उन्हें एकटक देखने लगते। संध्या बेला में, वर्मा जी ने, अपनी कुछ पुरानी डायरियाँ तलाशने का प्रयास किया। कुछ डायरियाँ मिल भी गयीं। उनमें से एक डायरी काम की निकली। उन्होंने, उस डायरी के पन्नों को पलटना प्रारम्भ किया। उसमें उनको, अपनी अनेक रचनायें मिलीं। उनको पढ़ते हुये, उनके मन को यह विश्वास ही नहीं हो रहा था कि वह रचनायें उसके द्वारा सृजित हैं। रात्रि भोजन के बाद, शयन से पूर्व, उन्होंने वह डायरी, अपने तकिये के नीचे छिपाकर सुरक्षित रखी। उनके मन में काफी देर तक, उस दिवस पत्नी द्वारा की गई समस्त टिप्पणियाँ, याद आती रहीं। उत्सवों एवं पार्टियों में लीन, अपने वर्तमान अस्तित्व का भी ध्यान आता

रहा। स्वयं द्वारा की गयी पत्नी की उपेक्षा भी, उनके मन को झकझोरती रही।

उन्होंने मन ही मन अपने आप से प्रश्न किया"क्या मैं दोषी हूँ? "

उस प्रश्न के उत्तर की तलाश करते-करते, उन्हें नींद आ गयी।

उनके बगल में लेटी श्रीमती वर्मा काफी देर तक जागती रहीं।

उन्होंने मन ही मन अपने आप से सवाल किया "कहीं मैंने अपने पति को कुछ अधिक तो नहीं कह दिया? "

शीघ्र ही उन्हें स्वयं ही उत्तर भी मिल गया।

"गिरीश जी को सही दिशा दिखाने के लिये शायद यह आवश्यक था........पर कहीं कुछ अधिक तो नहीं हो गया? "

उसी उधेड़-बुन में उन्हें भी नींद आ गयी।

अगले दिवस गिरीश जी काफी देर तक सोते रहे। उनके जागरण के समय तक, सूर्य की किरणों का ताप बढ़ चुका था। उन्होंने बिछावन से उठ कर स्नानागार का आवश्यक उपयोग किया और अपनी एकमात्र बरामद पुरानी डायरी के भरे हुये पन्नों का पुन: अवलोकन करने लगे। पत्नी के आगमन की आहट पाते ही, उनके नेत्र सजग होकर, उसके मुख को एकटक निहारने लगते। अल्पाहार करते हुए

भी, उनकी दृष्टि, पत्नी के मुख पर टिकी रही। कुछ दिवस तक वह क्रम चलता रहा। एक दिवस की रजनी के प्रथम प्रहर में, उनका मन बहुत संवेदनशील हो गया। भावुकता के चरम पर, उन्होंने अपनी पत्नी के सम्मुख अपने दोनों हाथ जोड़ते हुये कहा "मैं आपका दोषी हूँ, मुझे क्षमा कर दीजिए।"

वह कहते हुये उनका माथा, पत्नी के चरणों की ओर झुकने लगा। श्रीमती वर्मा ने, भावी सम्भावना का अनुमान लगाते हुए, अपने दोनों पाँव समेट लिये और पति से स्पष्ट स्वर में पूछा "ये आप क्या कर रहे हैं, मुझे पाप लगाओगे क्या? "

"नहीं नहीं.... मैं सचमुच का दोषी हूँ" वर्मा जी ने कहा और स्पष्ट स्वर में टिप्पणी करते हुये बोले "इसे आप, मेरी स्वीकारोक्ति समझिए क्योंकि, गत वर्षों में मैने आपकी, बहुत उपेक्षा की है।"

"आपने तो मेरी बात दिल से लगा ली, मैं तो बस आपके अंदर की सृजन-शक्ति को जगाना चाहती थी " श्रीमती वर्मा बोलीं।

"आप कह रहीं हैं तो वैसा ही होगा और मैं उसके लिये आपका आभारी हूँ" गिरीश जी बोले और अपनी पत्नी से पुनः क्षमा याचना की।

उस दिन से वर्मा दंपति में परस्पर अंतरंग वार्तालाप प्रारंभ हो गया। स्मृतियों और पुरानी घटनाओं पर चर्चा भी होने लगी। उन चर्चाओं के दौरान,

विभिन्न भाव प्रस्फुटित होने लगे। समय के साथ उन भावों को समुचित शब्द भी प्राप्त होने लगे। पुरानी डायरी की रचनाओं ने भी, नये साहित्यिक रूपों और स्वरूपों को जन्म दिया। पुरानी रचनाओं का परिमार्जन और नयी रचनाओं का सृजन साथ-साथ होने लगा। कोई भी रचना पूर्ण करते ही, गिरीश जी उसे सर्वप्रथम अपनी पत्नी को सुनाया करते। तीन वर्षों में, उनकी रचनाओं के समूह ने, उनके प्रथम कविता संग्रह की पाण्डुलिपि का स्वरूप धारण कर लिया।

एक दिवस की भोर में, भ्रमण के उपरांत, संग्रह की पाण्डुलिपि को पढ़ते हुए, उनके मन में चंद अभिनव भाव जागे जिनके प्रभाव में उन्होंने अपना साहित्यिक उपनाम 'दोषी' रख लिया। संग्रह का नामकरण भी उसी क्रम में संभव हुआ। अनेक संभावनाओं के मानसिक मंथन के पश्चात्, एक नाम पर मन स्थिर हुआ। वह चयनित नाम था 'हम अँधेरों में गुम हो गये '।

उन्होंने अपनी पत्नी को भी संग्रह के नाम और अपने उपनाम से अवगत कराया। दोनों नाम जान कर, वह बहुत प्रसन्न होते हुये बोलीं "आज मुझे बहुत खुशी हो रही है कि मेरा परामर्श आपके काम आया और आपका यह हुनर पुनर्जीवित हो गया। "

गिरीश जी को पत्नी का वह कथन सुनकर, मानसिक आनन्द की प्राप्ति हुई।

"मेरा यह सुझाव है कि अब आप कुछ साहित्यिक लोगो और कतिपय साहित्यिक संस्थाओं से संपर्क स्थापित करें और कुछ साहित्यिक गोष्ठियों में भी भाग लेना प्रारम्भ कर दें" पत्नी ने परामर्श दिया।

कुछ माहों में, गिरीश जी ने, कुछ साहित्यिक विभूतियों से संपर्क स्थापित किया। उनमें श्री कृष्ण मुरारी 'विकल', डा रंगनाथ मिश्र 'सत्य', श्री धुरेन्द्र स्वरूप बिसरिय 'प्रभंजन', बाबा रविकान्त खरे और डा सुरेश प्रकाश शुक्ल प्रमुख थे। उन्होंने कुछ मासिक काव्य गोष्ठियों में भी सम्मिलत होना प्रारंभ कर दिया। उनमें भाग लेने से उन्हें सुनाने और सुनने का अनूठा अनुभव सुलभ होने लगा। उसके अलावा वे, प्रतिदन शयन से पूर्व, अपने नवोदित मनोभावों से, पत्नी को भिज्ञ कराते हुए, उनसे क्षमा भी माँगते। उनकी क्षमा याचना की नैसर्गिक मुद्रा से प्रभावित होते हुए, पत्नी उनका प्रोत्साहन करती और उन्हें सतत साहित्य सृजन हेतु प्रेरित करती। उस पर गिरीश जी, पत्नी से बड़े प्रेम से कहते "चिंता मत करिये अब मुझे भी काफी मजा मिलने लगा है।"

कुछ माहों के बाद, दोषी जी का प्रथम कविता संग्रह 'हम अँधेरों में गुम हो गये' प्रकाशनाधीन हुआ। एक वर्ष उपरांत एक शुभ दिवस, अखिल भारतीय वैचारिक मंच तथा अखिल भारतीय अगीत परिषद् के संयक्त संयोजकत्व में आयोजित 'कवि-कुम्भ' में उनकी उस कृति का लोकार्पण

हुआ। लोकार्पण समूह के मध्य, प्रफुल्ल मुद्रा में शान से खड़े अपने पति को देखकर श्रीमती वर्मा के मन को अनन्य सुख की अनुभूति हो रही थी। लोकार्पण के उपरांत दोषी जी को अपनी पुस्तक पर कुछ कहने का अवसर मिला। उन्होंने मंच पर जाकर, अपना वक्तव्य दिया और अपनी एक रचना प्रस्तुत की। वह रचना, उपस्थित श्रोताओं को बहुत पसन्द आयी। उनकी पत्नी, उस मनोरम प्रस्तुति की सुधी साक्षी थीं। सभागार में उपस्थित, सभी साहित्यकारों ने, मुक्त हृदय से दोषी जी को आशीष एवं शुभकामनाएँ दीं। डक्टर रंगनाथ मिश्र 'सत्य' ने भी दोषी जी को बधाई देते हुए कहा "दोषी जी, मेरी यही कामना है कि आप हमेशा लिखते रहें और साहित्य सृजन के नये आयाम बनाते रहें।"

"आप सबका आशीष इसी प्रकार मिलता रहेगा तो मैं लगातार लिखता रहूँगा " दोषी जी ने सभी को आश्वासन देते हुये कहा।

आयोजन की समाप्ति के पश्चात्, गिरीश जी पत्नी के साथ, कार द्वारा घर के लिये रवाना हुए।

घर वापस पहुँचते उन्होंने पत्नी से प्रेमपूर्वक पूछा "अच्छी काफी मिल सकती है क्या? "

"आज आप जो भी माँगेंगे, मैं आपको सहर्ष उपलब्ध कराऊँगी " पत्नी ने आश्वासन दिया और रसोईघर की ओर चली गईं।

कुछ ही देर में श्रीमती वर्मा, अपने हाथ में काफी से भरे दो प्याले ट्रे में लिए, पुनः सम्मुख उपस्थित हो गयीं। दोनों ने साथ-साथ, काफी की चुस्की लेना प्रारंभ किया। सहसा गिरीश जी ने, अपने प्रथम प्रकाशित संग्रह की लोकार्पित प्रति, पत्नी को आदरपूर्वक हस्तगत करते हुए हिदायत दी "इसे सँभाल कर रखियेगा क्योंकि इसके अंदर के प्रथम पृष्ठ पर सभी मंचासीन साहित्यकारों के हस्ताक्षर हैं।

श्रीमती वर्मा ने वह पुस्तक लेकर पहले अपने माथे से लगाई फिर अधरों से चूमी और अपने पास सुरक्षित करते हुए रख ली।

ठीक उसी समय, गिरीश जी के चलभाष-यंत्र की घंटी बज उठी। उन्होंने यंत्र के परदे पर अपनी बड़ी बेटी का नाम देखते ही काल स्वीकार किया।

"पापा .....आपको आपकी पहली पुस्तक के लोकार्पण की बधाई " बेटी का स्वर सुनायी दिया।

"थैंक यू बेटी।"

कुछ ही पल के बाद छोटी बेटी का बधाई संदेश भी प्राप्त हुआ।

दोषी जी, अपने अर्द्धांगिनी की, मोहक विचारशील मुद्रा का, सूक्ष्म अवलोकन करते हुये, एक बार पुनः हरकत में आये। उन्होंने, अपनी नव प्रकाशित पुस्तक की एक प्रति उठायी और उसके अंदर के प्रथम पृष्ठ पर अपनी कलम से 'अपनी

सुधी प्रेरक पत्नी को, अपने सभी दोषों की स्मृति में, सादर एवं सप्रेम भेंट' अंकित किया और उसके ठीक नीचे अपना हस्ताक्षर करते हुए, अपना नाम एवम् उपनाम अंकित किया। उस अंकन और हस्ताक्षर के पश्चात्, गिरीश जी ने पुस्तक की उस प्रति को अपनी पत्नी को सादर और सप्रेम देते हुये कहा "अतीत में पति से उपेक्षित पत्नी को अपने दोषी पति की हार्दिक भेंट है यह संग्रह।"

अपने पति की उस स्वीकारोक्ति के श्रवण से, श्रीमती वर्मा हतप्रभ एवं प्रफुल्लित थीं।

उन्होंने संवेदनशील शैली में पति से कहा "मैं आपके इस अनुपम संग्रह को सानंद स्वीकार करती हूँ और आज आपको अपनी ओर से दोषमुक्त करती हूँ।"

"पर अब तो दोषी का जन्म हो चुका है " गिरीश जी ने पत्नी को बताया।

"कैसा विचित्र संयोग है कि, दोषमुक्त होते हुए भी, दोषी का जन्म हो चुका है " श्रीमती वर्मा ने टिप्पणी की।

"मैं आज यह खुले दिल से यह स्वीकार करता हूँ कि, पार्टियों और उत्सवों के आडंबर और मिथ्यावादी तत्त्वों में, मैंने आपके अस्तित्व की, अनेक वर्षों तक बहुत उपेक्षा की थी" गिरीश ने दार्शनिक भाव में कहा।

"यह चर्चा अंतहीन है, अतः आइए, इसको एक सार्थक निष्कर्ष देने का प्रयास करें" श्रीमती वर्मा ने कहा।

दोषी जी ने तत्काल जिज्ञासा जाहिर करते पूछा "वह कैसे? "

"आपके अगले संगह का नाम निर्धारित करते हुए " पत्नी बोलीं।

गिरीश जी ने सरल भाव से पूछा "आपके मन में कोई नाम हो तो बताइए।"

"स्वीकारोक्ति " पत्नी ने संकल्पित स्वर मे सुझाया।

वह सुझाव सुनते ही दोषी जी का मन विचारशील हो गया। स्वीकारोक्ति शब्द का सहज उच्चारण ही, सम्मोहन का आभास दे रहा था। सम्मोहन के उस अद्‌भुत प्रभाव में, दोषी जी को अपनी कुछ गजलों और चन्द शेरों, चयनित मनोद्गारो, कुछ बिखरे पन्नों और कतिपय मानसिक टीसों का ध्यान आया। दोष द्रवित होकर साहित्य सृजन की सरिता में समाहित हो चुके थे। दोषी की विस्मृतियाँ, नव रूप धारण कर, नये सोपानों को चूमने हेतु तत्पर हो चुकी थीं।

मृत्युंजय

नशपुरवा ! जनपद के अंदरूनी दूर दराज क्षेत्र में बसा एक अदना सा गाँव। पास पड़ोस के ग्रामीणों के लिए अनिष्ट एवं अशुभ का प्रतीक।

उस गाँव के अधिकांश परिवार, ग्राम से पलायन कर चुके थे। महुआबारी और जमुनही के बीच,सरयू नदी से कुछ ही दूरी पर बसे उस गाँव में,बाढ़ से प्रत्येक वर्ष विनाश होता था। आस-पास के वृद्ध पुरनिया लोगों का यह मानना था कि उस गाँव पर कोई पुरातन दैवी श्राप है। पर कुछ माहों से नशपुरवा, मृत्युंजय के कारण काफी चर्चित हो चुका था।

मृत्युंजय ! आम ख्याति में एक सिद्ध पुरुष, जिनकी वर्तमान आयु के सम्बन्ध में, लोग भाँति-भाँति के अनुमान लगाते थे। कोई उन्हें अस्सी वर्ष का तो कोई सौ वर्ष से अधिक का बताता था। कुछ तो उनके मुखमंडल पर विद्यमान तेज और उनकी ओजस्वी वाणी की प्रशंसा करते हुए, उनको तीस-चालीस के बीच का कहते थे। पर उनके सम्बन्ध में, दूर-दूर तक प्रचलित सबसे विशेष तथ्य यह था कि

मृत्युंजय ने अपने नाम के अनुरूप, मृत्यु पर विजय प्राप्त कर ली है।

उस दिवस की संध्या बेला में, गाँव के श्मसान से संलग्न बाग में, एक अति विशिष्ट यज्ञ का आयोजन नियत था। यह संदेश भी प्रसारित हो चुका था कि उस दिवस की रात्रि में,बाबा मृत्युंजय अपने चार प्रिय शिष्यों को, अमरत्व का वरदान देकर, नशपुरवा को अनिष्ट से मुक्ति प्रदान करने का मार्ग सुगम बनाने वाले हैं।

शाम तक गाँव का वह बाग जगमगा उठा। विशाल पंडाल, दीप शिखाएँ और यज्ञ भाव से उत्पन्न अद्वितीय सुगन्ध। पारंपरिक धरोहर के सार में उपस्थित विशाल जन-समूह। ग्राम का वह बाग, मात्र नाम का बाग रह गया था। एक रहस्यमय बरगद तथा एक देव पीपल के अतिरिक्त, उसमें मात्र गिनती के आम तथा जामुन के कुछ पेड़ शेष रह गए थे। दीपों के शुभ प्रकाश में, उन जैविक अवशेषों का अस्तित्व, स्पष्ट रूप से मुखरित था।

पंडाल में उपस्थित लोगों ने देखा कि मंच पर चार व्यक्ति, पद्मासन की मुद्रा में बैठे हैं। चारों के नेत्र बंद थे। शीघ्र एक पारम्परिक धुन बजना प्रारंभ हुई। धुन की लय में अधिकांश लोगों का मन रमने लगा। सम्मोहन समान स्थिति उत्पन्न होने लगी। प्रभावित व्यक्तियों में कुछ प्रशासक और पुलिस कर्मी तथा कतिपय राजनीतिज्ञ भी विद्यमान थे। कुछ पत्रकार-बंधू भी तन्मय होकर लीन होने लगे।

कुछ देर तक धुन प्रवाह की वह श्रृंखला जारी रही। सहसा एक गंभीर स्वर उत्पन्न होकर प्रतिध्वनित हुआ।

"अनिष्ट और अशुभ पर विजय पाकर, आप सबको, जीवन पर ही नहीं अपितु मृत्यु पर भी विजय प्राप्त करनी है ....।"

शब्द बार-बार गूँजते रहे। स्वरोक्ति की उस श्रृंखला में, मंच पर विशेष पुरुष का आगमन होने लगा। अग्रिम पंक्ति में बैठे लोग, उनका प्रवेश देखते ही, श्रद्धापूर्वक अपने-अपने स्थान पर खड़े हो गए। उनका अनुकरण कर, शेष लोग भी खड़े होने लगे।

विशिष्ट आगमनकर्ता ने,अपार जन समूह का अभिवादन स्वीकार करते हुए, उन्हें बैठने का संकेत किया और स्वयं मंच के मध्य में आसन ग्रहण किया।

"ओ-इ-
म................ओ......इ......म
...............ओ..........इ........
..म।"

उस पीयूषमय शब्द के दीर्घ उच्चारण के साथ ही, उनके नेत्र बंद होने लगे। दीर्घ ध्यान-सत्र के उपरांत, उन्होंने मंच पर आसनबद्ध चारों व्यक्तियों के शीर्ष पर, बारी-बारी अपनी हथेली फेरी।

"आज से तुम सब मृत्युंजय की शरण में हो" उन्होंने चारों को आशीष देते हुए कहा।

उस लघु उद्घोष के उपरान्त, यज्ञ-शिविर में योगासन सत्र का संचालन हुआ। आयोजन की समाप्ति तक, सम्मोहन अपने चरम पर पहुँच चुका था।

एक प्रतिभागी ने अपने मन की शंका के निवारण हेतु सीधा प्रश्न किया।

"बाबाजी, क्या आप सचमुच मृत्यु पर विजय दिलवा सकते हैं?"

"जीवन पर नियंत्रण ही, मृत्यु पर विजय का आधार है" बाबा ने गंभीर वाणी में समझाया।

एक युवती ने पूछा "क्या ये चारों अपने प्रयास में सफल होंगे?"

"सब कुछ इनकी श्रद्धा और इनके समर्पण की गहनता पर निर्भर होगा" बाबा ने बताया।

एक युवक दोनों उत्तरों को सुनकर कुछ अधिक विचलित हो गया। उसने सीधा प्रश्न किया "क्या आपने मृत्यु पर विजय प्राप्त कर ली है?"

बाबा के मस्तक तथा मुखमंडल पर विद्यमान आभा, प्रतिभागियों को वृद्ध होती दिखाई देने लगी। उन्होंने अपनी उँगलियों से ऊपर नभ ओर संकेत करते हुए कहा "मृत्यु पर विजय, मात्र मृत्युंजय को सुलभ है।"

समूह में विद्यमान एक प्रतिभागी जिज्ञासु हो उठा।

"बाबाजी ! आपकी वर्तमान आयु क्या है?"

"सरल गणितीय क्रिया है। मेरी वर्तमान आयु को इस यज्ञ में सम्मिलित सभी प्रतिभागियों के उम्रों के औसत के तुल्य माना जा सकता है" बाबा ने घोषित किया।

आयोजन के समापन से ठीक पूर्व, दो विशिष्ट सूचनाएँ घोषित हुईं। एक सूचना आगामी आयोजन की तिथि से संबंधित थी और दूसरी सूचना यह घोषणा थी कि मंच पर बाबा मृत्युंजय के अगल-बगल बैठे चारों विशिष्ट व्यक्ति, उस दिवस से पाँच वर्ष तक, नियमित रूप से नशपुरवा में ही प्रवास करते हुए, लोक मंगल के लिए, विधिवत संकल्पित साधना करेंगे।

मृत्युंजय द्वारा अभिमंत्रित चार विशिष्ट व्यक्तित्वों में से दो के नाम **'धीरज'** और **'विवेक'**, एक का नाम **'प्रेम'** तथा चौथे का नाम **'चमत्कार'** था। अगले दिवस से चारों ने नशपुरवा में रहना प्रारंभ कर दिया। उनको गाँव में रहने के लिए, एक विशाल हवेली उपलब्ध हो गयी। नशपुरवा की उस आलीशान हवेली के स्वामी का नाम **'विज्ञान'** था।

'विज्ञान' ! एक अति मेधावी छात्र जिसके पास अति विशिष्ट उच्च स्तरीय तकनीकी अर्हताएँ और दक्षताएँ थीं। अनेक देशी एवं विदेशी शोध संस्थानों में कार्य करने के बाद, उसने अपने गाँव वापस आकर,

अपना शोध जारी रखने का निर्णय ले लिया था। कुछ दिवस पूर्व ही, उसने अपनी हवेली को पुनः आबाद किया था। अपने परिवार का वह एकमात्र जीवित सदस्य था। कुछ परिचित बुजुर्गों ने, उसे वर्षों पूर्व इस तथ्य से अवगत कराया था कि, उसके माता-पिता, उसके शैशव में ही दिवंगत हो गए थे। गत वर्ष ही, उसका लालन-पालन करने वाले रामू काका की भी मृत्यु हो गयी थी।

विज्ञान के अधिकांश परिचित उसे आधा पागल और कुछ पूरा पागल समझते थे। विगत एक माह, उसने अपना समस्त ध्यान तथा शोध, मृत्यु पर विजय प्राप्ति की विधियों पर केन्द्रित कर दिया था। उसकी हवेली में स्थित एक विशाल सभागार, अनेक दुर्लभ रसायनों तथा मृत्यु के दर्शन से सम्बंधित दुर्लभ साहित्य से समाविष्ट था।

विज्ञान, विवेक, धीरज, प्रेम और चमत्कार के परस्पर वाद तथा वाद-विवाद की श्रृंखला, उस दिन से प्रारम्भ हो गयी। प्रतिदिन, कम से कम एक बार, वे गाँव के देव-पोखर के कगार पर स्थित पर्ण-कुटी में जाकर, बाबा मृत्युंजय से भी अवश्य वार्तालाप करते। मृत्यु से सम्बंधित ज्ञान,विज्ञान,मनोविज्ञान,दर्शन एवं वेदना पर नियमित रूप से चर्चा होने लगी। चिंतन एवं विश्लेषण की गहनता में दिन प्रतिदिन वृद्धि होती गयी।

दो वर्ष उपरान्त, माघ के मौनी अमावस्या के पावन दिवस,हवेली में बाबा मृत्युंजय की, पाँचों

विशिष्ट व्यक्तित्वों से विस्तृत वार्ता हुई जो भोर से प्रारम्भ होते हुए अर्द्धरात्रि तक चली। उस वार्ता में,महामृत्युंजय जाप में महारथ प्राप्त कुछ विशेष ग्रामीणों ने भी भाग लिया।

उस पावन दिवस, नशपुरवा और उसके आस-पास के ग्रामों में एक विशिष्ट संदेश प्रसारित हुआ जिसका मूल भाव यह था कि मृत्युंजय समूह ने मृत्यु पर विजय प्राप्त करने के मार्ग का आविष्कार कर लिया है। अगले दिवस नशपुरवा में एक विशेष आयोजन हुआ जिसमें लोगों ने काफी संख्या में भाग लिया। उस आयोजन में एक विशिष्ट तथ्य यह भी स्पष्ट हुआ कि अनेक वर्षों के परित्यक्त ग्राम नशपुरवा में, पचास प्रतिशत ग्रामीण-गृह पुनः आबाद हो चुके हैं। पड़ोसी ग्रामों के वासियों को यह ज्ञात हो चुका था कि नशपुरवा की बँसवाड़ी एवं पोखरे, परिष्कृत और परिमार्जित होकर, अनुरक्षित तथा संरक्षित हो रहे हैं।

मृत्युंजय समूह की ख्याति में निरंतर वृद्धि होती रही। तहसील,जिला, मंडल,प्रदेश एवं देश की सीमाओं को पार करते हुए वह यश, अंतर्राष्ट्रीय पटल पर भी चर्चित हो गया। समाचार पत्रों तथा पत्रिकाओं में उससे सम्बंधित लेख प्रकाशित होने लगे।

“मृत्यु पर विजय का सूत्र मिल चुका है” एक अध्यापक ने अपने शिष्यों को विश्वास से बताया।

“वह विशिष्ट सूत्र विज्ञान की हवेली में बाबा मृत्युंजय के चरणों में अर्पित हो चुका है” गाँव के एक जिज्ञासु युवक ने अपने मित्रों को अवगत कराया।

पत्रकार समूह में, बाबा मृत्युंजय और उनके विशिष्ट समूह की चर्चा होने लगी। नशपुरवा के वासियों ने समूह के मार्गदर्शन में बाढ़ एवं अन्य दैवी आपदाओं से संघर्ष का मार्ग तलाश कर,सम्मिलित प्रयास करना भी प्रारंभ कर दिया। गाँव के पौराणिक उत्सव के अवसर पर, समूह के महायज्ञ के आयोजन का निश्चय हुआ। अतः उत्सव की तैयारिओं के साथ, महायज्ञ की भी तैयारियाँ प्रारम्भ हो गयीं। दिवस बीतते गए और व्यस्तता बढ़ती गयी। ठीक एक माह उपरांत महायज्ञ का दिवस आया।

प्रातःकालीन हवन एवं स्वरीय मंत्रोच्चारण तथा सामूहिक अल्पाहार के उपरान्त योग-साधना सत्र संपादित हुआ। उस आयोजन के उपरान्त, विशिष्ट मृत्युंजय समूह ने, मंच पर आसन ग्रहण किया। मध्य में बाबा मृत्युंजय, उनके बाएँ बगल धीरज और विवेक तथा दाईं ओर प्रेम और चमत्कार एवं उनके ठीक पीछे विज्ञान। प्रतिभागी स्वरूप, अनेक युवक विद्यार्थी, पत्रकार और शोधार्थी उपस्थित थे।

एक पत्रकार ने पूछा “बाबा ....क्या मृत्यु पर विजय का पथ प्रशस्त हो चुका है?”

बाबा ने चमत्कार और विज्ञान की ओर संकेतक दृष्टि से देखा।

"सूत्र मेरे पास है" विज्ञान ने विश्वासपूर्वक बताया।

"भाव मेरे स्वामित्व में हैं" चमत्कार ने घोषित किया।

एक विद्यार्थी ने अपनी प्रेक्षा प्रस्तुत करते हुए पूछा "किंतु स्वामी जी आपके पास क्या है?"

"मेरे पास मृत्यु के बोध से परे वह जीवन भाव है, जिसे मैं मन से सहर्ष, सब में वितरित करने का प्रयास करता हूँ" बाबा ने सहज शब्दों में समझाने का प्रयास किया।

उस समय उनके अधरों पर दिव्य मुस्कान आच्छादित हो चुकी थी। कुछ देर तक मंडप में मौन छाया रहा।

सहसा एक शोधकर्ता ने पूछा "जीवन से पृथक मृत्यु की परिभाषा क्या है?"

बाबा ने संयमित भाव से धीरज को देखा। धीरज भावुक हो गया। उसका कवि हृदय तत्काल कह उठा :

मध्य अंत आरम्भ के, प्रश्न-भेद का सार।
जीवन का लौकिक चरम, मृत्यु बोध आधार।।

"जीवन और मृत्यु में परस्पर एक विशिष्ट साम्य यह है कि दोनों में प्रेम के अंकुर समाहित हैं" प्रेम ने अपना मत प्रस्तुत किया।

विवेक का मन उन प्रस्तुतियों को सुनकर विचारशील हो गया। उसने भी अपने मौन को तोड़ते हुए कहा **"जीवन–मृत्यु एक जटिल युग्म है। जीवन का अंत मृत्यु और मृत्यु का अंत जीवन।"**

चमत्कार पर उन वाक्यों का कोई विशेष प्रभाव नहीं पड़ा। सहसा वह बोला "मैं जीवन को मृत्यु और मृत्यु को जीवन बना सकता हूँ।"

विज्ञान की पैनी दृष्टि चमत्कार के मुखमंडल पर पड़ी।

तभी एक नवयुवती ने अनुरोध किया "मृत्यु पर विजय का सरलतम मार्ग तो बताएँ।"

"जीवन की सार्थकता से प्रेम ही, मृत्यु पर विजय का सबसे सरल मार्ग है" विवेक ने पुनः मधुर स्वर में स्पष्ट किया।

एक युवती ने तत्काल प्रश्न किया "किन्तु बाबाजी, आपने यह नहीं बताया कि आपने मृत्यु पर विजय प्राप्त कर ली है अथवा नहीं?"

बाबा मृत्युंजय के नेत्र स्वतः धीरे–धीरे बंद होने लगे। कुछ क्षणों के मौन के बाद उनका कंठ फूटा "इसका प्रमाण तो, आप सबका हृदय ही दे सकता है।"

पीछे बैठे हुए एक पत्रकार को संभवतः बाबा का वह कथन रास नहीं आया। उसने व्यंग्यात्मक शैली में एक अद्‌भुत प्रश्न किया "बाबाजी ! आखिर आपके अस्तित्व की परिभाषा क्या है?"

वह प्रश्न सुनते ही बाबाजी के मस्तक और मुखमंडल पर भाव परिवर्तन होने लगा। उनका मौन भी दर्शकों को वाचाल प्रतीत हो रहा था।

"बाबा मेरी शक्ति हैं" चमत्कार ने सहज वाणी में कहा।

"बाबा मेरा ज्ञान हैं" विज्ञान ने दावा किया।

"बाबा मेरी वाणी हैं" प्रेम बोला।

"बाबा मेरी आत्मा हैं" धीरज ने धैर्य से घोषित किया।

विवेक ने चारों को स्नेह भाव से देखा और कुछ क्षणों के मौन के उपरान्त बोला "बाबा मृत्युंजय मेरा आध्यात्मिक विश्लेषण हैं।"

आयोजन में अध्यात्म और आत्म-बोध का अद्‌भुत मिश्रण प्रभावी हो चुका था। उत्साह एवं सम्मोहन के मध्य की स्थिति सृजित हो चुकी थी।

एक युवक ने एक जानकारी की प्राप्ति हेतु प्रश्न किया "बाबाजी, भविष्य हेतु आपकी योजना क्या है?"

बाबा ने शांत भाव से, सभी उपस्थित प्रतिभागियों को देखा। उन्हें यह आभास हुआ कि

विज्ञान और चमत्कार कुछ कहने को तत्पर हैं। प्रेम विचलित और धीरज असंयत नज़र आया। उन्होंने विश्वासपूर्वक विवेक को संकेत किया।

"बाबा ने जीवन को सार्थक बनाने और मृत्यु का भय मिटाने का बीड़ा उठाया था जिसका भावी कार्य उन्होंने इन सबको सौंप दिया है" विवेक ने संयम से समझाया।

अनेक अन्य प्रश्नों और उत्तरों के उपरांत प्रसाद वितरण हुआ।

यज्ञ के समापन से ठीक पूर्व,बाबा मृत्युंजय ने पद्मासन में होकर अपनी आँखों को मूँदते हुए 'ओम' का दीर्घ उच्चारण किया। दर्शकों को उस स्वरोक्ति की लय में मंचीय कंपन का दर्शन प्रतीत हुआ। अधिकांश श्रोताओं को देववाणी के श्रवण का आभास हुआ। बाबा के अधरों पर विद्यमान दिव्य मुस्कान से उनके हृदयों में आत्म तृप्ति का बोध उत्पन्न हुआ।

वह आयोजन अर्धरात्रि के एक घंटा बाद समाप्त हुआ। उस दिवस, लगभग सभी समाचार पत्रों में, मृत्युंजय समूह के उस विशेष आयोजन का समाचार विस्तारपूर्वक प्रकाशित हुआ पर सूर्योदय के दो घंटे उपरांत प्रेम ने अत्यंत उदास स्वर में एक विशेष समाचार अपने प्रियजनों में प्रसारित किया "बाबाजी नशपुरवा त्याग अन्यत्र जा चुके हैं।"

वह समाचार सुनते ही, विवेक का मन मलिन तथा धीरज का हृदय अधीर हो गया।

नशपुरवा के वासियों की पाँच–छह घंटों की तलाश ने इस तथ्य की पुष्टि कर दी कि बाबा नशपुरवा से दूर जा चुके हैं।

"संभवतः बाबा, किसी अन्य अभिशप्त गाँव को सँवारने और अपना मृत्युंजय-संदेश अन्य क्षेत्रों में प्रसारित करने के लिए प्रस्थान कर चुके हैं" धीरज ने संयत स्वर में अपने मित्रों को बताया।

कुछ लोगों ने बाबा के चमत्कारिक तौर पर अंतर्ध्यान हो जाने का अनुमान लगाया। प्रेम के पास स्मृतियों की अनमोल धरोहर थी। चमत्कार अपने कौशल से बाबा की यादों को ताजा करने को तत्पर था। विज्ञान अपने सूत्रों को समेटे आशावान हो चुका था। विवेक उन दोनों के प्रति सजग था।

विज्ञान की हवेली में विद्यमान रसायनों एवं दुर्लभ पुस्तकों में मृत्युंजय की स्मृतियाँ पोषित हो गयीं। देव-पोखर के कगार पर स्थित पावन पर्ण-कुटी में बाबा मृत्युंजय, एक यथार्थवादी रहस्य के रूप में स्थापित हो गये। मृत्यु पर वास्तविक विजय का भाव मुखर तथा सूत्र स्पष्ट हो चुका था। मृत्युंजय समूह का उत्साह असीम हो चुका था। प्रचारक क्रियाशील तथा प्रसारक विचारशील हो चुके थे। मृत्यु पर विजय का रहस्य, बाबा मृत्युंजय के दिव्य व्यक्तित्व में समाहित होते हुए, आत्मा के अमरत्व को अर्पित हो गया।

किन्ना

"किन्ना अइलें कि नाहीं शुक्कू?" राजलक्ष्मी ने बड़े बेटे शुकदेव से पूछा।

"आ जाई माई, ते चिंता जिन कर" बेटे ने माँ को आश्वासन दिया।

पर वह स्वयं हृदय से चिंतित था। उसे ऐसा अनुमान हो रहा था कि उसका छोटा भाई

किन्ना, किसी न किसी लोक-कार्य अथवा परोपकार में व्यस्त हो गया होगा। वैसे वह कोई नयी बात नहीं थी क्योंकि वैसा प्रायः हो जाता था। दूसरों की उलझनों को सुलझाना अथवा उनकी समस्याओं का हल करना कृष्णदेव उर्फ़ किन्ना की प्रकृति का मौलिक गुण था।

"ए ....बाबू ...तनी पता लगाव ....हमरे मनवा में बेचैनी होता" माँ ने पुनः बड़े बेटे से अनुरोध किया।

ठीक उसी समय, किन्ना घर के अंदर प्रवेश करते हुए दिखाई दिया।

"कहाँ ....गइल रहलअ बाबू" माँ ने किन्ना से पूछा।

"तनी घूमे गइल रहलीं रे" किन्ना ने बड़े भाई से नजरें बचाते हुए माँ को बताया।

उसे पता था कि बड़े भाई से कुछ भी छिपा पाना असंभव है। माँ से दूर जाते ही, बड़े भाई का प्रश्नवाचक स्वर उसके कानों में प्रविष्ट हुआ।

"सच बताओ किन्ना कहाँ थे?"

"भाई साहब, गंगाराम के दाह संस्कार में गया था" किन्ना ने बताया।

बड़े भाई शुक्कू यानी शुकदेव किन्ना के उस कथन पर मौन हो गए। वे अपने अनुज की सहृदयता एवम् संवेदनशीलता से भली प्रकार परिचित थे। अपने शेष दो भाई की तुलना में उन्हें किन्ना से अधिक प्यार था। उस स्नेह के साथ ही वे उसकी कुशाग्र बुद्धि और वाक्पटुता के भी प्रशंसक थे। उसकी उपस्थिति और सान्निध्य से उनका आत्मविश्वास स्वतः बढ़ जाता था।

हाथ-मुँह धोकर भोजन करने के बाद किन्ना ने कुछ देर तक अपनी पत्नी से आत्मीय वार्तालाप किया और अपने चारों बच्चों को दुलारा। उसके बाद वह प्रतिदिन की तरह अध्ययन करने में लीन हो गया। उसे उत्कृष्ट साहित्य पढ़ने का बहुत शौक था। उपन्यास, कहानी, नाटक, इतिहास, दर्शन, मनोविज्ञान, कविता, निबंध, आत्मकथा और रेखाचित्र, सभी उसके मन को आकर्षित करते थे। मुंशी प्रेमचंद और चेकाव की कहानियाँ उसे विशेष

रूप से पसंद थीं। उसने पेमचंद की कहानियों का एक विशिष्ट संकलन निकाला और उसे ध्यान से पढ़ने लगा। कुछ ही देर बाद उसे यह ध्यान आया कि विश्वविद्यालय के विधि पाठ्यक्रम के तृतीय वर्ष की परीक्षा के प्रारंभ होने में मात्र एक माह शेष रह गया है। उस तथ्य का ध्यान आते ही, उसने विधि की एक पुस्तक उठायी और उसे पढ़ने लगा। शीघ्र ही उसे नींद सी आने लगी। उसे ध्यान आया कि अगले दिवस कार्यालय जाना है। वही ए.जी. आफिस और उसमें कार्यरत अनेक वरिष्ठ लिपिकों में से एक सामान्य वरिष्ठ लिपिक। उन सब का विचार आते ही वह पुस्तकें बंद करके अपने कक्ष में जाकर पत्नी के पास में लेट गया। पत्नी उस समय तक भी उसके आगमन की प्रतीक्षा में जाग रही थी। उसने तत्काल उठकर अपने पति के सर की चंपी की। कोमल उँगलियों के स्पर्श और मधुर दबाव से किन्ना को नींद आ गयी।

अगले दिवस की भोर होते ही घर में पुनः कोहराम मच गया। किन्ना को घर से नदारद पाकर माँ, पत्नी, बच्चे, भाई, भतीजे सब चिंतित हो गये। सब की वह चिन्ता काफी समय तक बनी रही। बहुत देर बाद किन्ना बड़े भाई साहब को प्रवेश करता दिखाई दिया।

"अब कहाँ गए थे किशुनदेव?" उन्होंने पूछा।

"मोहल्ले के कामराज को कुछ लोग परेशान कर रहे थे .....उन्हें समझाने गया था" किन्ना ने बताया।

भाई साहब कामराज को जानते थे। वह उनके मोहल्ले में रहने वाला एक ऐसा मानव था जिससे सभी घृणा करते थे। अपने कोयले जैसे काले रंग और गरल समान शब्द-वाणी के कारण वह उस इलाके के जन-जन में अप्रिय एवम् बदनाम था। पर उसके बहुत करीबी लोग इस तथ्य से परिचित थे कि वह मन तथा आचरण से शुद्ध और सात्विक है।

"उसे सब पीटने जा रहे थे, अतः मैं अपने आपको रोक नहीं पाया" किन्ना ने बड़े भाई की प्रश्नों से भरी आँखों को देखते हुए कहा।

उतना कहकर वह कार्यालय जाने के लिए तैयार होने चला गया। शीघ्र ही उसने तैयार होकर साइकिल से कार्यालय के लिए प्रस्थान किया।

प्रतिदिन की भाँती वह दिवस भी किन्ना के लिए बहुत व्यस्त रहा। उसका सामाजिक संपर्क-क्षेत्र विशाल और विराट था। वह इलाहाबाद महालेखाकार ऑफिस के प्रतिष्ठित संगठन 'ब्रदरहुड' का सचिव था। उसके समर्थक एवम् हितैषी हर कदम पर विद्यमान थे। उसके परामर्श की प्रायः सभी को आवश्यकता पड़ती थी चाहे वह अधिकारी हो, लिपिक हो या फिर चपरासी हो। उसकी तीखी-तरेरती आँखें और वीरता छलकाती मूँछें, कार्यालय

तथा मोहल्ले के अधिकांश लोगों में मशहूर थीं। कार्यालय में लोग उसे के.डी. अथवा के.डी. साहब के संबोधन से पुकारते थे। के.डी. किधर है? के.डी. को बुलाओ? के.डी. के बिना काम नहीं चलेगा। के.डी.ज़रा मदद कर दे यार। ऐसी उक्तियाँ इलाहाबाद के ए.जी.ऑफिस परिसर में उन दिनों आम थीं। कुछ विशिष्ट क्षणों में, अधरों के बीच सिगरेट रखकर सुलगाने या चन्द दोस्तों को सिगरेट प्रस्तुत करने वाली मुद्रा भी प्रचलित थी। पर उसे सदैव मर्यादा का ध्यान रहता था जिस कारण वह कभी अपने अधिकारियों अथवा पारिवारिक सदस्यों के सम्मुख सिगरेट नहीं पीता था। उस दिवस भी उसने अनेक प्रस्तुत समस्याओं का समाधान किया। घर वापस पहुँचने तक वह तन-मन से बहुत थक चुका था।

थकान दूर करने के लिए किन्ना ने अपने सबसे छोटे पुत्र प्रवीन को गोद में उठाकर पुचकारा और उसे हवा में जोर से उछालकर वापस अपनी गोद में लिया। उसने तीन बार वैसा ही किया। पत्नी, भाभी, माँ, पिता जी, भाई साहब और बच्चे, सब उसकी उस क्रीड़ा शैली से सदा भयभीत रहते थे। उसके ठीक उपरांत उसने अपनी पुत्री सुमन को भी वैसे ही प्यार-दुलार किया। शेष दो बच्चे वह विशिष्ट कृत्य देखकर वहाँ से अन्यत्र चले गये। किन्ना ने अपने मनोरंजन का दूसरा मार्ग तलाशा। उसने अपने बड़े भतीजे विनोद से पढ़ाई-लिखाई के बारे में

पूछा और उसकी वाद-विवाद प्रतियोगिता की तैयारी का विश्लेषण किया।

कुछ ही देर बाद उसके विधि पाठ्यक्रम वाले अनेक सहपाठी आने लगे। मात्र पंद्रह मिनट में उनकी संख्या बीस हो गयी। शीघ्र ही उनका संयुक्त-अध्ययन प्रारंभ हो गया। विधि पाठ्यक्रम के तृतीय वर्ष के परीक्षा की गहन तैयारी होने लगी। घर के सबसे बड़े कक्ष में उस समय ऐसा लग रहा था जैसे कोई शास्त्रार्थ हो रहा हो। बीच-बीच में चाय-पान से सृजित लघु-विरामों के साथ वह दीर्घ अध्ययन सत्र जारी रहा। वह क्रम अगले दो माह तक चलता रहा। संयुक्त अध्ययन कर्ताओं का वह समूह एक जटिल सामाजिक मिश्रण था। कुछ राजकीय कर्मचारी, कुछ व्यवसायी, कुछ दिग्भ्रमित वयस्क, कुछ उत्सुक युवक, कुछ कलाकार और कुछ पत्रकार। यदा-कदा किसी गूढ़ विधिक विषय पर परामर्श हेतु किन्ना उन सब की अपने पिताजी से भी वार्ता करवा देता था। पिताजी अपने वकालत के समस्त अनुभव पिरोते हुए, विद्यार्थियों का मार्गदर्शन करने में तल्लीन हो जाते। प्रतिदिन संध्या बेला से प्रारम्भ होकर अध्ययन-सत्र अर्धरात्रि तक ही समाप्त हो पाता था।

एक माह उपरांत प्रयाग विश्वविद्यालय के विधि तृतीय वर्ष की परीक्षा हुई जो पूरे एक माह तक जारी रही। संयुक्त अध्ययन मंडली के सभी

सदस्यों ने पूरी तैयारी के साथ परीक्षा दी। दो माह बाद घोषित परीक्षा फल में अच्छे अंकों से उत्तीर्ण होने की सूचना मिलते ही किन्ना को बहुत प्रसन्नता हुई। घर में भी ख़ुशी का वातावरण हो गया।

"अब मेरा भाई, असली वकील हो गया" बड़े भाई साहब ने किन्ना को गले लगाते हुए कहा।

किन्ना ने तत्काल भाई साहाब का चरण स्पर्श करते हुए उनका आशीर्वाद ग्रहण किया।

"चाचा बधाई" बड़े भतीजे विनोद ने भी उसे बधाई दी।

किन्ना ने भतीजे को अपने गले लगाते हुए धन्यवाद दिया। बड़े भाई ने तत्काल एक किलो इमरती और पचास समोसे मँगवाये। शीघ्र ही संयुक्त अध्ययन समूह के अन्य सदस्य भी घर में उपस्थित हो गए। संयोगवश वह दिवस रविवार का दिन था। सभी सदस्यों में उत्तीर्ण होने की और सफल विधि स्नातक बनने की प्रसन्नता विद्यमान थी। सब ने मिलकर इमरतियों और समोसों का सामूहिक सेवन किया। कुछ देर उपरांत चाय-पान की भी व्यवस्था हुई। खान-पान के साथ परस्पर वार्तालाप भी चलता रहा। सभी ने अपनी भावी योजनाओं के संक्षिप्त विवरण को प्रस्तुत किया।

"मैं भी अगले वर्ष तक, बार काउंसिल में पंजीकरण करवा कर, उच्च न्यायालय में वकालत

करना आरम्भ कर दूँगा" किन्ना ने अपने मित्रों को बताया।

अगले दिवस किन्ना समय से साइकिल से कार्यालय के लिए रवाना हुआ। कार्यालय पहुँचकर, उसे अपने अन्य सहयोगियों को भी मिठाई खिलानी पड़ी। उसके नियंत्रक अधिकारी ने भी उसे बधाई दी। ब्रदरहुड के अनेक सदस्यों और पदाधिकारियों ने भी उसके उपलब्धि की सराहना की।

इलाहाबाद के उस मोहल्ले में किन्ना एक संवेदनशील समाजसेवी के रूप में पहले से ही लोकप्रिय हो चुका। उसकी निस्तारण क्षमता और वाक्पटुता कई वर्षों पूर्व चर्चित हो चुकी थी। अब उस लोकप्रियता में 'अधिवक्ता' का आभूषण भी सम्बद्ध हो चुका था।

उस दिवस कार्यालय से घर वापस आने पर, किन्ना ने अपने चारों बच्चों और दोनों भतीजों को तलाशा। शीघ्र ही उसे अपने बच्चे, बड़े भाई साहब के सम्मुख अध्ययन में रत नज़र आये। बड़ा भतीजा गणित के प्रश्न हल करता दिखाई दिया। छोटे भतीजे विनय को खाली पाकर वह उसी से बातें करने लगा।

"चाय लायें?" पत्नी ने सम्मुख आकर पूछा।

"बन गयी है तो ले आओ" किन्ना ने कहा।

"बनी तो नहीं है, बस बनाने जा रही हूँ" पत्नी ने बताया।

"तब रहने दो.............ज़रा चौराहे तक घूम कर आता हूँ" किन्ना ने कहा और छोटे भतीजे से बातें करके अपना मन बहलाने लगा।

सहसा उसे पिता जी का ध्यान आया। उसने उनके पास जाकर कुछ अवधि तक उनसे वार्तालाप किया। माँ भी उस समय वहीं उपस्थित थी। उसने उनसे भी काफी बातें की।

"अच्छा माई, ज़रा बाहर घूम कर आता हूँ" किन्ना ने माँ को बताया।

बेटे को बाहर जाने के लिए तैयार देखकर माँ ने कहा "देख किन्ना ज्यादा देर मत करिहे।"

"अरे चिंता न करो, जल्दी आ जाऊंगा" किन्ना ने आश्वासन दिया और घर के बाहर निकल गया।

कुछ ही दूरी पर होरी लाल की दुकान पर कुछ लोगों का जमावड़ा नज़र आया जिसे देखकर उसके कदम अपने आप ठिठक गए।

"अरे भैया, अब हमारे जमीन का मामला ठीक करवा दो" होरी लाल ने किन्ना से अनुरोध किया।

"अरे किन्ना भाई के लिए वो बाएँ हाथ का खेल है" विमल साहू बोले।

"भैया के लिए वो बहुत छोटा काम है" होरी लाल ने कहा।

"कितने लोगों का फार्म भरकर, भैया ने उनकी नौकरी लगवा दी" विमल साहू बोले।

"अरे यार, पहले कड़क चाय तो पिलाओ" किन्ना ने होरी लाल से विनीत स्वर में अनुरोध किया।

"और सबके लिए बनाना" किन्ना ने पुनः स्पष्ट किया।

होरी लाल ने चाय का पानी भट्ठी पर चढ़ाते हुए पूछा "आज सिगरेट नहीं लेंगे क्या?"

"यार होरी, सोच रहा हूँ अब सिगरेट पीना छोड़ दूँ" किन्ना ने कहा।

"ये बात बहुत अच्छी सोचे भैया" होरी ने टिप्पणी की।

"सही किये भैया, ये सिगरेट-वुगरेट की आदत बहुत बुरी है" विमल ने कहा।

शीघ्र ही चाय तैयार हो गयी। सभी ने आपस में बात करते हुए चाय का आनंद लिया।

चाय-पान के उपरान्त किन्ना ने कर्नलगंज चौराहे की ओर कदम बढ़ाए। मार्ग पर चलते हुए नमस्कार, प्रणाम, उत्तर, टिप्पणी और अभिवादन की श्रृंखला चलती रही।

सत्य दास स्वीट्स, लल्लू टी स्टाल, कर्नलगंज थाना और स्वराज भवन से होते हुए वह घर वापस आ गया। उस पूरे चक्र में पूरा दो घंटा लग गया। घर पहुँचते ही उसे ज्ञात हुआ कि उसी दौरान कुछ मित्र किन्ना को बधाई देने आये थे। बच्चों को विधिवत दुलारने के बाद, किन्ना ने पत्नी के साथ भोजन किया जिसके उपरांत शयन प्रारंभ हुआ।

अवकाश के दिवसों को छोड़कर, शेष दिवस वही दिनचर्या चलती रही। कुछ माहों उपरांत वसंत के आगमन पर कुछ परिवर्तन आरंभ हुआ। होली तक वह परिवर्तन अपने चरम पर पहुँच गया। होली के दिवस दिन में, किन्ना ने कर्नलगंज से कटरा बाज़ार तक पूरा चक्कर लगाया। घर वापसी तक उसका उसका कुर्ता-पायजामा, विभिन्न रंगों से सराबोर हो चुका था। घर में भाई साहब, माँ, पिता, पत्नी, भाभी और बच्चों से किन्ना ने खुले मन से होली खेली। दोपहर में स्नान के बाद उसने कुछ देर तक विश्राम किया। शाम को भी होली-मिलन क्रियाशील रहा। अबीर-गुलाल का पारंपरिक प्रयोग हुआ। साथ में घर में निर्मित गुजिया और मठरी का सेवन भी चलता रहा।

होली के कुछ दिवस उपरांत तक, फागुन के कच्चे-पक्के रंगों का प्रभाव बना रहा। किन्ना की समाज-सेवा निरंतर सक्रिय रही। ब्रदरहुड के कार्यों के सम्पादन में भी उसका योगदान जारी रहा। उसने

सिगरेट पीना एकदम त्याग दिया। एक दिवस वह कार्यालय से काफी विलंब से घर वापस आ पाया। उस समय तीव्र वर्षा हो रही थी। उसका शरीर वर्षा में बुरी तरह भीग चुका था।

वस्त्र बदलने के बाद किन्ना ने घर में निर्मित अदरक वाली चाय पीकर, अपने मन को शांत करने का प्रयास किया। उस रात उसने भोजन नहीं किया। वास्तव में उसे भोजन करने की इच्छा भी नहीं हो रही थी।

"थोड़ा दूध लाऊँ क्या?" पत्नी ने उससे पूछा।

"हाँ.......लेते आओ" किन्ना ने हामी भरी।

शीघ्र ही पत्नी उसके लिए दूध ले आई। किन्ना ने दूध का सेवन किया और बिस्तर पर लेट कर सोने का प्रयास करने लगा। पत्नी ने उसका शीर्ष दबाकर उसकी निद्रा को त्वरित करने का प्रयास किया। कुछ ही समय बाद, किन्ना को नींद आ गयी।

अगले दिवस, किन्ना देर तक सोता रहा। उसकी पत्नी ने उसका माथा छूकर महसूस किया। उसे पति का माथा तपता मिला।

"डॉक्टर को बुलाएँ क्या?" पत्नी ने प्यार से पूछा।

"डॉक्टर की आवश्यकता नहीं है, एक-दो दिन आराम करने से सब ठीक हो जाएगा" किन्ना ने कहा।

किन्ना ने उस दिवस का आकस्मिक अवकाश ले लिया। शाम तक उसका स्वास्थ्य सामान्य होता दिखाई दिया। कुछ मित्रों ने घर आकर उनका हाल-चाल भी पूछा। किन्तु अगले दिवस उसकी दशा पुनः खराब होने लगी। बड़े भाई साहब उसे रिक्शे पर बैठाकर केंद्रीय राजकीय स्वास्थ्य स्कीम के मुख्य चिकित्सालय ले गए।

चिकित्सक ने किन्ना का परीक्षण करके तीन दिवस हेतु औषधि लिख दी। किन्ना ने तीन दिवसों तक उन औषधियों का सेवन किया। फिर भी उसके स्वस्थ्य को विशेष लाभ नहीं मिला। तीसरे दिवस उसका स्वास्थ्य अधिक खराब हो गया। बड़े भाई को घबड़ाकर उसे स्वरूप रानी अस्पताल में भरती करना पड़ा। प्राथमिक जांच के उपरान्त चिकित्सक ने बताया कि कोई ख़ास परेशानी की बात नहीं है। किन्ना सभी आगंतुकों से हँस-बोल कर बातें करता रहा। अगले दिवस, कुछ अन्य चिकित्सकीय-परीक्षण संपादित हुए। उसकी रिपोर्ट दूसरे दिन प्राप्त हुई। मुख्य चिकित्सक ने रिपोर्ट देखकर भाई साहब को अपने चेम्बर में बुलाया।

"मैं चकित हूँ, आपके छोटे भाई का हेमोग्लोबिन बहुत कम है" उन्होंने बताया।

"ऐसा कैसे हो गया?" बड़े भाई ने उनसे पूछा।

"यह तो आपको पता होना चाहिए" उन्होंने टिप्पणी की।

भाई साहब वह सुनकर विचलित हो गए। साहस बटोर कर उन्होंने पूछा "कोई घबराने की बात तो नहीं है, ठीक तो हो जाएगा न?"

"ठीक हो जाएँगे, बस खून देना होगा और कुछ उपचार करने होंगे" चिकित्सक ने अवगत कराया।

भाई साहब के मन को चिकित्सक का वह आश्वासन सुनकर कुछ राहत मिली। उन्होंने वहाँ से बाहर निकलकर, किन्ना के कक्ष में प्रवेश किया और प्यार से अपने छोटे भाई के माथे पर हाथ फेरा। वैसा करते हुए उनकी आँखें डबडबा गयीं और आँसू की कुछ बूँदें किन्ना के गाल पर गिर पड़ीं।

"ये क्या करते हैं भाई साहब......कमजोर मत पड़िये" किन्ना ने धीमे स्वर में कहा।

बड़े भाई साहब, अपने अनुज के माथे को प्यार से सहलाते हुए, उसे अपलक निहारने लगे।

"चिंता मत कीजिए, मैं शीघ्र स्वस्थ हो जाऊँगा" किन्ना ने उसे आश्वासन देते हुए कहा।

उसने देखा कि उसके बड़े भाई ने उसकी पत्नी को कुछ बताया जिसे सुनते ही वह अति

संवेदनशील हो गयी। उसने अपनी पत्नी को संयम बनाए रखने का संकेत किया।

उस दिवस की रात्रि तक किन्ना की दशा में कुछ सुधार हुआ। किंतु अगले दिन उसका स्वास्थ्य पुनः खराब हो गया। चिकित्सकों को विवश होकर उसे 'गहन देखभाल इकाई' में स्थानांतरित करना पड़ा। दूसरे दिन तक वह समाचार किन्ना के कार्यालय, मित्र-मंडली और संबधियों में प्रसारित हो गया। अस्पताल में उसको देखने वालों की अपार भीड़ एकत्र होने लगी। उस दिवस की रात्रि में मुख्य चिकित्सक ने कुछ और परीक्षण संपादित किये जिनके परिणाम भोर में प्राप्त हुए। पर उन परिणामों से कोई ठोस निष्कर्ष नहीं निकल पाया। उधर किन्ना की दशा निरंतर बिगड़ती जा रही थी। रात तक उसके वाणी की तीव्रता लगभग नगण्य हो गयी। वह मात्र संकेतों से ही अपनी बातें कहने लगा। सभी आगंतुकों को वह अपने कर जोड़कर प्रणाम करता और मुस्कराने का भरसक प्रयास करता। उसके मुखमंडल पर भाव एवम् रंग परिवर्तन अति तीव्र हो गया। विशेषज्ञ चिकित्सकों के एक दल ने उसका पुनः परीक्षण किया।

"आखिर हुआ क्या है मेरे भाई को डॉक्टर?" बड़े भाई ने 'गहन देखभाल इकाई' चैम्बर से बाहर निकलते हुए पूछा।

"मेरे चेम्बर में आइए, मैं बताता हूँ" चिकित्सक ने कहा।

बड़े भाई साहब चिकित्सक के पीछे-पीछे जाने लगे। किन्ना की पत्नी भी अपने जेठ के पीछे चलने लगी।

चिकित्सक ने अपने चेम्बर में पहुँचकर अपना आसन ग्रहण करने के बाद गंभीर स्वर में बताया "आपके भाई को ल्यूकेमिया है।"

"ये क्या होता है डॉक्टर साहब?" भाई साहब ने पूछा।

"ल्यूकेमिया........... यानी खून का कैंसर" डॉक्टर ने समझाया।

"कैंसर! ....ठीक तो हो जाएगा न?" भाई साहब ने चौंकते हुए पूछा।

कैंसर का आखिरी स्टेज है, फिर भी हम सब अपनी ओर से पूरी कोशिश कर रहे हैं" डॉक्टर ने बताया।

किन्ना की पत्नी भी तब तक उस चेम्बर में प्रविष्ट हो चुकी थी। डॉक्टर का अंतिम वाक्य सुनकर वह बेहोश हो गयी। डॉक्टर ने तत्काल दो नर्सों को आवाज देकर उनकी सहायता करने का आदेश दिया। बड़े भाई को भी मूर्च्छा का आभास हो रहा था। वे दुर्बल चाल से चेम्बर के बाहर निकले और अपने बड़े बेटे विनोद को अपने छोटे भाई की

दयनीय दशा के बारे में बताते हुए कहा "बेटा, घर जाकर सभी को स्थिति बता दो।"

विनोद अपने पिता जी के वचन सुनकर स्तब्ध हो गया। उनके आदेश का पालन करते हुए उसने घर जाकर सभी बुजुर्गों को चाचा के बुरे स्वास्थ्य के बारे में बता दिया। अपने चचेरे भाई-बहनों में से मात्र चाचा के ज्येष्ठ पुत्र प्रदीप को ही उसे स्थिति बताने का साहस हुआ और वह भी परोक्ष रूप में। शाम को माँ भी उसके साथ अस्पताल गयी। किन्ना ने अपनी भाभी को देखते ही उन्हें हाथ जोड़कर प्रणाम किया। उसकी मुद्रा देखकर उसकी भाभी को ऐसा प्रतीत हुआ जैसे वह कुछ कहना चाह रहा हो। पर उसका बुरा स्वास्थ्य उसे बोलने की ऊर्जा नहीं दे पा रहा था। वह प्रत्येक आगंतुक को देखकर उत्साहित हो जाता जो उसके मुख पर उभरते भावों से स्पष्ट होने लगता। बड़े भाई, पत्नी और भाभी, उसके मुख को गौर से देखने लगते। उसके मुख पर विद्यमान भावों के अवलोकन से उन्हें ऐसा आभास होता जैसा वह सभी से कुछ कहना चाह रहा हो।

"ए जी .....कुछ बोलिए न" उसकी पत्नी ने उसके शरीर को धीमे-धीमे हिलाते हुए कहा।

भाई को ऐसा लग रहा था जैसे वह बेसब्री से जीवन-दान हेतु संघर्ष कर रहा हो।

"किन्ना .....ओ किन्ना ...उठ मेरे भाई ....कुछ बोल" उन्होंने मलिन स्वर में अनुरोध किया।

उस अनुरोध का श्रवण करते हुए उसकी आँखें सजल हो गयीं। रात भर वह संग्राम चलता रहा। किन्तु अगले दिवस की भोर के प्रथम प्रहर में किन्ना का वह जीवन-संघर्ष समाप्त हो गया। अपनी बिलखती पत्नी, विक्षिप्त अग्रज, प्रिय सम्बन्धियों और मित्रों को छोड़कर एवम् समस्त लोक बंधनों को तोड़कर, किन्ना किसी अज्ञात लोक का वासी हो गया।

उस दिवस की संध्या तक, किन्ना उर्फ़ कृष्णदेव उर्फ़ के.डी. का पार्थिव शरीर लेकर, उसके आकस्मिक अंत से विक्षिप्त अग्रज और शोकाकुल पत्नी घर पहुँचे। उसके मृत शरीर को घर के विशालतम कक्ष में, बर्फ की बड़ी सिल्लियों पर उचित व्यवस्था से रखा गया। यही वह कक्ष था जिसमें जिसमें गत माहों में, किन्ना का अपने मित्रों एवं सहपाठियों के साथ संयुक्त अध्ययन संपादित हुआ था। उसकी निर्जीव काया की मुख-मुद्रा को देखकर ऐसा आभास हो था कि वह सहसा उठकर अपना कोई विधिक परामर्श देने लगेगा।

रात्रि भर किन्ना के पार्थिव शरीर का दर्शन करने, अनेक मोहल्ले वाले, आते-जाते रहे। सभी आगंतुकों से बड़े भाई साहब यह कहते हुए नहीं

थक रहे थे "मेरा शेर चला गया..........मेरा लक्ष्मण चला गया।"

दर्शनार्थियों का ताँता अगले दिवस भी जारी रहा। मित्र, संबंधी, सहयोगी और अफसर आते जाते रहे। अंतिम यात्रा के प्रारंभ से पूर्व, सबने मृतक का चरण-स्पर्श किया। किन्ना के सबसे छोटे बेटे प्रवीण ने बड़े चचेरे भाई से सहज प्रश्न किया "भैया ! क्या पापा अब कभी नहीं बोलेंगे?"

वह नैसर्गिक प्रश्न सुनते ही, विनोद बहुत भावुक हो गया। स्वयं पर नियंत्रण करने का भरसक प्रयास करते हुए उसने प्रवीण को चाचा का चरण-स्पर्श करने का संकेत किया। परंपरागत रस्मों-रिवाजों के बाद, किन्ना की अंतिम यात्रा प्रारम्भ हुई। प्रशंसकों, अनुयायिओं एवं संबंधियों की अपार भीड़ ने उस यात्रा में पाँच किलोमीटर चलकर साथ दिया। अंतिम यात्रा में सम्मिलित छोटे भाई गणेश, अतीत की प्रतिध्वानियों में खोए हुए रास्ते भर चलते रहे और सभी परिचितों को यह भी बताते रहे कि किस प्रकार कृष्णा भैया उन्हें निरंतर उन्नत अध्ययन करने एवं नैतिक उत्थान करने हेतु प्रेरित करते रहते थे।

श्मशान घाट पर, किन्ना के दाह संस्कार के साथ उनसे संबंधित अनेक स्मृतियों पर चर्चा होती रही। चर्चा में अनेक ऐसे लोग भी सम्मिलित हुए जिनकी नौकरियाँ किन्ना के व्यक्तिगत प्रयास से लगी थीं। दाह के उपरांत सभी मित्र एवम् सहयोगी

अपने-अपने घर चले गए। परिवार वाले घर वापस जाने लगे। घर पहुँचने पर उन्हें ऐसा लगा जैसा वहाँ सब कुछ असामान्य हो चुका गया है। किन्ना की पत्नी का मानसिक संतुलन बिगड़ चुका था। बड़े भाई शुकदेव को ऐसा लग रहा था कि किन्ना कहीं कोई समाज सेवा करने हेतु गया है और शीघ्र ही वापस आ जाएगा। मोहल्ले वाले जानते थे कि भविष्य में किन्ना के अभाव में होली प्रभावहीन और दीपावली दीप विहीन हो जाएगी। महालेखाकार के ब्रदरहुड संगठन को नीरस खालीपन का आभास हो चुका था। निकट संबंधी राम बृक्ष जी भाई साहब को मानसिक सांत्वना देने पधार चुके थे।

"बिरला व्यक्तित्व था कृष्ण देव" उन्होंने गंभीर स्वर में कहा।

"पूरे नगर में अनन्य स्थान बनाता अद्भुत विवेकशील शेर के समान" भाई साहब बोले।

राम बृक्ष जी उच्च न्यायालय के नामचीन न्यायाधीश थे। विधिक ज्ञान के साथ ही उनकी सामाजिक समझ भी अनन्य आशावादी तथा सकारात्मक थी।

कुछ देर के मौन के उपरांत उन्होंने पंडित शुकदेव से पूछा "किन्ना के कितने बच्चे हैं?"

"चार बच्चे ....तीन लड़के और एक लड़की" शुकदेव ने बताया।

"चार बच्चे ....बाप ....रे....बाप" किसी का स्वर सुनाई दिया।

"चार बच्चे ......बहुत अच्छा ....कम से कम एक तो महान बनेगा" जज साहब ने संतुलित वाणी में कहा।

सभी उपस्थित रिश्तेदारों ने उस उक्ति का खुलकर समर्थन किया।

न्याय एवं न्यायाधीश की उस विशिष्ट उक्ति की सुधा में किन्ना की प्रतिभा और समाज सेवा की अनमोल स्मृतियाँ पोषित हो गयीं।

पर्वत की पुकार

धर्मानंद उत्तर प्रदेश के पावन नगर वाराणसी का मूल निवासी था। बाल्यकाल से ही उसे देशाटन से बहुत लगाव था। माध्यमिक शिक्षा के अंतिम चरण के एक अध्याय ने उसके मन में पर्वतों की यात्रा और पहाड़ चढ़ने के प्रति काफी उत्साहित कर दिया। 'देवबन का सम्मोहन' शीर्षक उस पाठ को हिंदी अध्यापक ने इतनी रोचक विधि से पढ़ाया कि उसके मन में पहाड़ों के सम्बन्ध में विशिष्ट आकर्षक चित्र बन गये। उस पाठ का एक वाक्य 'पर्वत की पुकार सुनो, समझो और आत्मसात करो' तो उसके मानस पटल पर अंकित हो गया। उस पाठ को अनेक बार पढ़ने के उपरांत, धर्मानंद के मन में पहाड़ों की पुकार सुनने, समझने और उनके संदेशों को ग्रहण करने की उत्कंठा उत्पन्न हो गयी।

बनारस हिंदू विश्वविद्यालय से भौतिक विज्ञान, गणित और रसायन विज्ञान विषयों के स्नातक पाठ्यक्रम के दौरान वसंत में आयोजित मीरजापुर की पहाड़ियों के शैक्षिक भ्रमण के समय पलास के फूलों की अनुपम छटा देखकर उसके मन को ऐसा आभास हुआ जैसे पर्वत उन्मुक्त रूप से यह घोषित

कर रहा हो कि "होली आ चुकी है।" एक पहाड़ी के शीर्ष पर पहँचकर उसे एवं उसके मित्रों को ऐसा लगा जैसे शून्य का स्वर सुनाई पड़ रहा हो। उसी वर्ष की शरद् ऋतु में चित्रकूट के शैक्षिक भ्रमण में पर्वतांचल उसे मुखरित हरसिंगार के माध्यम से विजयादशमी के आगमन और हेमंत के भावी पदार्पण की घोषणा करता प्रतीत हुआ।

विन्ध्याचल की पहाड़ियों के आकार और संचार से भिज्ञ धर्मिनंद तब तक हिमालय की शोभा और संचार से अनभिज्ञ था। उसका प्रथम अवसर उसे उत्तर प्रदेश राज्य वन सेवा के दो वर्षीय प्रशिक्षण के प्रथम वर्ष में आयोजित प्रथम प्रशिक्षण-भ्रमण के दौरान मिला। वह देहरादून से चकराता, कनासर और देवबन का पहाड़ी भ्रमण था। चीड़ के सुईनुमा छत्र के अवलोकन से प्रारंभ होता वह टूर जब देवबन पहुँचा तब तक खरम्बा-चोटी की ट्रेकिंग (दीर्घ पैदल यात्रा)

नियोजित हो चुकी थी। उस दीर्घ ट्रेकिंग के दौरान उसे यह आभास हुआ कि पर्वत का प्रत्येक अंश अनन्य है जो भिन्न-भिन्न स्वरों में जैविक संवाद करता रहता है। देवदार के दिव्य द्रुमों से पुलकित परिवेश, शांति का संदेश प्रसारित करते प्रतीत हुए। उन्नत देवदार द्रुम तपस्वी समान लग रहे थे। बहती हुई नीर-धाराएँ, शुद्धता और संपन्नता के प्रतिमान लग रहे थे। खरम्बा-चोटी पर पहँचने तक शरीर बहुत थक चुका था। पर वहाँ पहुँचने पर समूह को दिव्य

आभास होने लगना। कुछ तो परिवेश का प्राथमिक अवलोकन करने के उपरांत, अपने नेत्रों को बंद करके, उस उन्नत वन की मृदा पर बैठ गये और परमज्ञान का ध्यान करने लगे।

नाना प्रकार के पक्षियों के अनन्य स्वर भी शैल की गाथा सुनाते नजर आए। किंतु अगले दिवस, व्यास चोटी तक की पर्वतीय पदयात्रा ने एकदम पृथक जैविक स्वरूप प्रस्तुत किया।

व्यास चोटी पर पहुँचकर तो प्रभाव अलौकिक हो गया।

एक प्रतिभागी ने टूर-प्रभारी से सहज स्वर में पूछा "सर. . .क्या यही मोक्ष है?"

"मोक्ष तो नहीं पर मोक्ष-जैसा अवश्य है" प्रभारी ने समझाते हुए कहा।

देवबन, चकराता और कनासर के शैक्षिक भ्रमण के दौरान अनेक निर्झर स्वरूपों एवं जलाशयों का अवलोकन हुआ। कुछ दुर्लभ गुफाओं में महाभारत कालीन अवशेषों एवं स्वरों के दर्शन एवं श्रवण की सुखद अनुभूति हुई।

अरक्षित वन क्षेत्र से संलग्न कतिपय ग्रामों में निवास कर रहे गूजर जनजाति के लोगों से बात करने से यह ज्ञात हुआ कि उनके मन में भी यह

आस्था है कि सारे पहाड़ प्रति क्षण कुछ न कुछ कहते रहते हैं और एकाग्र-चित्त अवलोकन में

लीन मनुज से संवाद भी करते हैं। धर्मानंद का मन, गूजरों के उस संदेश से विशेष प्रभावित हुआ। वह प्रभाव प्रशिक्षण काल के उपरांत प्रथम तीन वर्ष की मैदानी क्षेत्र में तैनाती के दौरान भी कायम रहा। उसके ठीक उपरांत हिमालयी जलागम प्रबन्ध परियोजना में परियोजना प्रबंधक के पद पर श्रीनगर (गढ़वाल) में तैनाती ने उसे प्रभावशाली उन्नयन का अवसर प्रदान किया। विस्तृत राजकीय भ्रमण ने उसे यह बताया कि पर्वतों की पुकार सुनने और समझने के लिए, उनके आरोहण एवं सूक्ष्म अवलोकन के साथ, संबंधित पर्वत वासियों से गहन सम्पर्क और सार्थक वार्ता भी आवश्यक है। इस कार्य में उसके अधीनस्थ कर्मचारी सहायक सिद्ध हुये। कुछ विशिष्ट ग्रामों के महिला मंगल दल की सक्रिय अध्यक्षाओं एवं सदस्यों से संपर्क और वार्ता ने उन पहाड़ों के विशिष्ट विकल स्वरों तथा स्वरूपों से उसे भिज्ञ बनाया। सबकी बातों और क्षेत्र भ्रमण से धर्मानंद को यह स्पष्ट हो गया कि मध्य हिमालय के सभी श्रृंग, सुधी संरक्षण के आकांक्षी है। उस संरक्षण की सबसे उत्तम विधि वनों के संरक्षण के साथ वन-विस्तार और वृक्षाच्छादन लगी। उसी प्रभाव में लीन होकर, वह प्रत्येक सप्ताह एक शैल-श्रृंग पर पहुँचने का आनंद प्राप्त करने लगा। कहीं तुंगला, धौला, बेर, रोहिणी और मेहल का मिश्रित पादप स्वरूप, कहीं चीड़ का साम्राज्य, कहीं बाँज का अवदान तो कहीं-कहीं केवल चट्टान। सोनाक गाँव की सरहद के ऊपर बाँज के जंगल में उसे ऐसा आभास हुआ जैसे उसके

मन एवं हृदय को शांतिदायक नमी और अनुपम उर्वरता मिल गयी हो। गाँव के प्रधान जी ने सच्चे मन से उसे और उसके सभी कर्चारियों को भोजन कराया और वहाँ की विशेषता बताते हुये कहा "बाँज का जंगल उर्वरता और संपन्नता का प्रतीक है और इस बात का भी संकेत है कि जंगल में रीछ भी हैं।"

वापसी में समूह को एक बड़े भालू का दर्शन भी हुआ जिससे उस तथ्य की पुष्टि भी हुई।

कुछ पर्वतीय ग्रामों के सघन दौरों के दौरान उसे ऐसा लगा जैसे अधिकतर शैलांश पर वृक्षाच्छादन आवश्यकता से कम है जिसके कारण शैलखंड मात्र अवलोकन ही नहीं अपितु वानस्पतिक उपचार के आकांक्षी हैं। उस उपचार हेतु उचित प्रजातियों के पौधों के रोपण की विशेष योजना तैयार की गई जिसमें कंटूर अग्रिम मृदा कार्य (गड्ढे, नाली) को शामिल किया गया। उस अग्रिम मृदा कार्य और रोपण को करने के लिये संबंधित ग्रामों के महिला मंगल दल की महिलाओं को प्ररित किया गया। अनेक ग्रामों में उस संबंध में काफी सफलता मिली। ग्राम कोट के प्रधान जी ने बहुत प्रेमादर से यह बताया कि आप पहाड़ों से जितना अधिक नेह लगाओ वे आपसे उतना ही अधिक प्रेम और सम्मान करेंगे। उस कथन ने धर्मानंद को यह संदेश दिया की पर्वतों एवं शैल-श्रृंगों का सदैव स्नेहिल अवलोकन करना चाहिए और कभी-कभी उसके चयनित अंश पर ठहरकर, विश्राम और चिंतन भी करना चाहिए। उसने अपनी जीवन

शैली को उसी प्रकार संशोधित किया और अपने अभिन्न मित्रों को भी वैसा ही करने का परामर्श दिया। कुछ ने उसके परामर्श को मानते हुये अपनी जीवन शैली का नवीन नियोजन प्रारंभ कर दिया। समय के साथ प्राप्त अनुभव से धर्मानंद को यह ज्ञात हुआ कि पर्वतांचल के विशिष्ट स्थलों पर नियोजित अथवा आकस्मिक विश्राम से शैल गरिमा का जैविक बोध होता है और उनके सार-संदेश का बौद्धिक आभास होता है। प्रत्येक शैल प्रवास में ईष्ट के भिन्न स्वरूप से साक्षात्कार का सुखाभास होने लगा। हर एक स्थलांश के देव-देवी की कथा का अनुमान होता गया। वह अनुमान, मार्ग में काफल एवं अखरोट के सेवन के साथ उन्नत होता गया। उसने यह भी ध्यान दिया कि पर्वतीय स्थलों को जितनी अधिक गहराई से देखा जाए, वे उतनी ही गहरी बात बताते हैं और नियमित रूप से कोई कालजयी संदेश सुनाते हैं। उनके दुर्लभ एवं दुर्गम अंशों पर उनका यह स्वर सुनाई पड़ता है कि "वहाँ पर बारहों महीने बहार होती है।"

उन विश्राम के विशिष्ट क्षणों में उसके मन में देवबन के 'खरंबा चोटी' और 'व्यास चोटी' के अनूठे देवदार द्रुमों से समाविष्ट परिवेश का ध्यान आने लगा जहाँ के मौलिक स्वर वह सम्भवतः महज इस कारण नहीं सुन पाया था क्योंकि उस अवधि में उसका पर्वतों का ज्ञानऔर शैलों के प्रति आदर भाव अपरिपक्व था। किंतु अब उसकी मानसिक स्थिति परिवर्तित और ज्ञान उन्नत हो चुका था। उसको शैलौं

की जैविक विविधता का पर्याप्त दर्शन भी हो चुका था। टेहरी-गढ़वाल के रानीचौरी स्थित पर्वतीय शोध केन्द्र एवं विश्वविद्यालय में आयोजित जलागम प्रबन्ध की अंतर्राष्ट्रीय कार्यशाला ने उसके अनुभव एवं ज्ञान को अभिनव आयाम प्रदान किये। दुनिया भर के पर्वतों के अतिशय दोहन एवं अनियंत्रित विदोहन पर स्तरीय चर्चाओं और विस्तृत परिचर्चाओं ने उसके मन पर ऐसा भीषण प्रभाव डाला कि वह पर्वतों की सुरक्षा, अनुरक्षा, संरक्षण और संवर्द्धन के प्रति सजग और संवेदनशील हो गया। रुद्रप्रयाग उप जलागम में तैनाती के दौरान, पत्नी और बच्चों के साथ, गोचर से बद्रीधाम की यात्रा के की अवधि में उसने अपने उस नवीन बोधात्मक ज्ञान का भरसक प्रयोग किया। पर्वतीय पादपों एवं वन्य-जीवों के दर्शन के अतिरिक्त उसे यह बोध हुआ कि प्रत्येक पर्वत की माला एक ऐसा अनन्य नैसर्गिक तथा जैविक सम्प्रदाय है जिसके संरक्षण के साथ ही उसका यथोचित सम्मान और उपासना होनी चाहिये। उसे अपने दादी के मुख से बचपन में सुनी 'गोवर्धन बोध-कथा' याद आ गयी जिसमें भगवान श्रीकृष्ण का वह कालजयी संदेश था कि "हे मानव इन्द्रदेव के बजाय पर्वत को पूजो क्योंकि पहाड़ों का मौलिक स्वरूप ही वैश्विक सुरक्षा एवं संरक्षण का आधार है।"

अनेक जलीय प्रयागों के सान्निध्य में पनपते अनुपम शैल स्वरूप, मानव के बोधात्मक एवं शोधात्मक पगों को मुक्त आह्वान देते प्रतीत हुए।

बद्रीधाम में इष्ट के दर्शन ने मन को विशेष शांति प्रदान की। वापसी यात्रा में लगभग पचास शैल-खंडों ने मन को मोह लिया। जोशीमठ में शैल सतह पर विद्यमान सेब के उन्नत बागोचों ने फलों का ऐसा प्रसाद दिया कि धर्मानंद का मन आनंदित हो गया। उस आनंद से उन्मादित होकर उसने एक दिवस उपरांत केदारधाम की यात्रा भी नियोजित कर ली। रात्रि विश्राम गौरी कुंड में हुआ। भोर में तप्त-कुंठ में स्नान के उपरांत केदारधाम की पदयात्रा प्रारम्भ हुई। वह एक दीर्घकालीन, दुर्गम, लम्बी एवं चढ़ाई वाली कठिन यात्रा थी। केदारनाथ के देव श्रृंग पर पहुँचते ही ज्योंही धर्मानंद के पिताजी की दृष्टि इष्ट-मंदिर के मुख्य द्वार पर पड़ी उनके नेत्र स्वतः बंद होने लगे।

धर्मानंद पिताजी की वह मुद्रा देखकर व्यथित हो गया क्योंकि उसे अपने पिता के उच्च रक्तचाप का ज्ञान था। उसने तत्काल पूछा "क्या हुआ पिताजी?"

"बेटा शायद यही मोक्ष है" पिताजी के मुख से निकला।

धर्मानंद ने गौर से अपने पिता के मुखमंडल को देखा। उनके नेत्र उस समय बंद थे, अधर वाचाल लग रहे थे और मुख एवं मस्तक पर अनुपम आभा आच्छादित हो चुकी थी जो दिव्य होती जा रही थी। वह भाव लगभग दस मिनट तक बना रहा जिसके उपरांत सबने मिलकर मंदिर में दर्शन एवं पूजन किया।

प्रसाद ग्रहण करने के उपरांत परिवार ने मंदिर के समीपवर्ती श्रृंगों एवं धारों का विधिवत अवलोकन किया। सभी शृंग, आदि-शंकराचार्य की जीवन-गाथा और उनके अलौकिक स्वरूप के लौकिक छंद समान प्रतीत हो रहे थे।

वापसी यात्रा में रामबाड़ा में शैल स्वरूप तनिक प्रदूषित एवं विघटित अवश्य लगा। वहाँ के शैल खंडों पर व्यवसायिक इमारतों एवं कृत्रिम संरचनाओं का भार कुछ असहनीय सा लग रहा था। भावी इमारतों का ढ़ाँचा भी पाँव जमा चुका था।

गौरीकुंड से रुद्प्रयाग पहुँचने पर अलकनंदा और मंदाकिनी के दिव्य संगम को निहारते शैलखंडों का अवलोकन एवं आरोहण संभव हुआ। धर्मानंद ने वहाँ के निवासियों से वार्ता भी की। उन खंडों के संबंध में अमोल जानकारियाँ मिलीं। गोचर तक सारी जानकारियाँ मन को आकुल-व्याकुल करती रहीं।

वह रात धर्मानंद के लिये पर्वतों की अनन्य पुकारों से समाविष्ट एक विशेष पारिवारिक रजनी थी। उसमें भारत के विन्ध्य एवं हिमाले पर्वत पर ही नहीं अपितु विश्व के लगसभ सभी शैल समूहों की पुकारों पर विस्तृत चर्चा करते हुए, उन पर विस्तृत विचार-विमर्श हुआ। पिताजी का भौगोलिक एवं वैज्ञानिक ज्ञान असीम था। उन्होंने लगभग सभी भारतीय शैलों के अतिरिक्त एल्पस और एन्डीज शैल श्रृंगों के विशिष्ट तत्वों और गुणों का भी वर्णनात्मक उल्लेख किया।

उस सामूहिक वैचारिक-विमर्श के चरम पर यह निष्कर्ष स्थापित हुआ कि मानव को पर्वतों के अवलोकन, आरोहण, बोधात्मक भ्रमण, मानसिक विश्लेषण, सुरक्षा, अनुरक्षण और संरक्षण को, अपनी जीवन शैली का अभिन्न अंग बनाना चाहिये।

अगले दिवस की भोर में धर्मानंद ने अपने गोचर स्थित कार्यालय परिसर के निकटतम स्थित शैल ग्राम से संलग्न शैल-खंडों का जैविक भ्रमण किया। उसके मन को यह आभास हो रहा कि सभी खंड उसके पदचापों के प्रति आभार व्यक्त करते हुए संरक्षण और सुरक्षा का संदेश सुना रहे हैं। भावों के चरम पर, उसने एक स्थल पर रुककर अपने नेत्र बंद कर लिए और मन को एकाग्र किया। मन में तत्काल खरम्बा चोटी, व्यास चोटी और केदारनाथ की छवि मुखरित हुई। वह लौकिक आनंद का वह चरम था जिसे प्राप्त करने के किये प्रायः पूरा जीवन कम पड़ जाता है। घर वापस पहुँचने तक पर्वतों की लौकिक जैविक पुकारों को सुनने, समझने और आत्मसात करने तथा उनका संरक्षण, सुरक्षा तथा अनुरक्षा करने का संकल्प दृढ़ हो चुका थ

समर्पण

अपने सहपाठी समर्पण को माध्यमिक विद्यालय के भोजन-अंतराल में भी मैदान के एक कोने में अकेले बैठ कर पढ़ता देखकर, ज्ञान से शांत नहीं रहा गया। वह तत्काल समर्पण के पास पहुँचा। उसकी दृष्टि गणित की पुस्तक पर पड़ी।

'इतना पढ़कर भी कुछ नहीं कर पाते ...परीक्षा में प्रथम दस विद्यार्थियों में कभी नहीं आ पाते"

ज्ञान ने उसे ताना मारा।

"क्या करूँ यार मैं तुम्हारी तरह बुद्धिमान नहीं हूँ दोस्त...मैं तो बस लगन से मेहनत करना जानता हूँ" समर्पण ने सहज स्वर में कहा।

उस समय तक कौशल भी वहाँ पहुँच गया और समर्पण को टोकते हुए बोला "अधिक अध्ययन बेकार है मित्र.....कोई लाभ नहीं होगा।"

"ऐसा नहीं है दोस्त..सर हमेशा कहते हैं कि समर्पित प्रयास कभी न कभी अच्छा फल अवश्य देता है।"

समर्पण का संयमित उत्तर सुनते ही ज्ञान और कौशल तिलमिला उठे और उसे अपशब्द सुनाने लगे। थोड़ी ही दूरी पर खड़ी प्रज्ञा वह सब देख-सुन रही थी। उसे उस समय समर्पण पर दया और ज्ञान तथा कौशल पर क्रोध आ रहा था। वह हमेशा कक्षा की परीक्षाओं में प्रथम आती थी। उसके बावजूद उसे अपनी उपलब्धि पर तनिक भी दम्भ नहीं होता था। किंतु उसे पता था कि परीक्षा में कभी द्वितीय तो कभी तृतीय स्थान पाने वाले ज्ञान और कौशल दूसरे विद्यार्थियों पर व्यंग्य करते रहते हैं, विशेष कर अध्ययन को समर्पित सहपाठी समर्पण पर।

समर्पण के समर्थन हेतु वह थोड़ा ही आगे बढ़ी थी कि तभी विद्यालय का घंटी ने भोजन अंतराल के समाप्ति की घोषणा कर दी। चारों सहपाठी अपनी कक्षा की ओर तेजी से प्रस्थान करने लगे। कक्षा में पहुँचने के बाद भी ज्ञान और कौशल समर्पण को देखकर व्यंग्य भरी दृष्टि से घूरते रहे। पर समर्पण तो वैसे तानों और संकेतों का आदी हो चुका था। वह अपने समर्पित प्रयासों में कभी भी कमी नहीं आने देता था। वह अध्यापकों से अपने प्रश्न और प्रेक्षाएँ तब तक पूछता रहता था जब तक उसकी समस्त शंका दूर न हो जाए। यहाँ तक कि वह अपने नियमित तिरस्कार को भुला कर, ज्ञान और कौशल से भी प्रतिदिन कुछ नया सीखने का प्रयास करता रहता था। उसके सहज समर्पण को देख कर, ज्ञान और समर्पण भी उसकी सहायता करने को विवश हो जाते थे। प्रज्ञा और प्रतिभा तो वैसे भी सहज ही

उसकी मदद कर देतीं थीं। समर्पण को पूरा विश्वास था कि अपने सतत समर्पण से वह अपने ज्ञान और कौशल को चरम पर पहुँचा सकता है। उसकी कक्षा के सभी अध्यापक भी उसके समर्पण से सदैव विस्मित और मोहित रहते थे।

तानों और व्यंग्य बोलों को संयमित भाव से सहता हुआ समर्पण, अपने समर्पित प्रयास और अध्ययन के प्रति पूर्ण समर्पण में डूबा रहा। दो माह पश्चात् अर्द्धवार्षिक परीक्षा हुई। परीक्षा की समाप्ति के पंद्रह दिवस उपरांत उसके परिणाम घोषित हुए। समर्पण को कक्षा में चतुर्थ प्राप्त हुआ था। कौशल को द्वितीय और ज्ञान को तृतीय स्थान मिला। ज्ञान इस सच्चाई को जान कर बहुत चकित था कि समर्पण उससे मात्र दो अंक पीछे रह गया था। हर बार की तरह उस परीक्षा में भी प्रज्ञा को परुक्षा में प्रथम स्थान प्राप्त हुआ था। किंतु अपनी उपलब्धि से अधिक उसे समर्पण के सफलता की खुशी थी। उसने समर्पण के पास जाकर उसे बधाई देते हुए कहा "सब तुम्हारे परिश्रम और समर्पण का फल है।"

विद्यालय के प्रधानाचार्य ने उस उपलब्धि को अनन्य बताते हुए कहा "कक्षा में अंतिम बीस विद्यार्थियों में स्थान पाने वाले समर्पण ने आज सबको चौंका दिया। इससे यह प्रमाणित होता है कि समर्पण मानव को जीवन का सदा उन्नयन करता है।"

ज्ञान और कौशल समर्पण को एकटक निहारते हुए उसकी उपलब्धि का मानसिक मंथन

करने लगे। समर्पण का मन विचारशील हो चुका था। उन सबको निहारते हुए उसका अध्ययन के प्रति समर्पण और दृढ़ हो गया। परीक्षा परिणाम से उत्साहित होकर उसका शैक्षणिक अध्ययन के प्रति समर्पण और वृद्ध एवं अधिक गहन हो गया। उस संबंध में वह अपनी कक्षा के सभी शिक्षकों की सहायता प्राप्त करने हेतु अनुरोधात्मक विनती भी करने लगा। उसके समर्पण को देखते हुए, सभी शिक्षक उसका उचित मार्गदर्शन करने लगे। यहाँ तक कि पाठक जी जैसे गणित के अध्यापक, जो आम तौर पर किसी विद्यार्थी का भी विशेष मार्गदर्शन नहीं करते थे, उन्हों ने भी उसकी सहायता करना प्रारंभ कर दिया। समर्पण में वृद्धि के कारण उसके आचरण में संयम और मानसिक प्रज्ञा में भी वृद्धि होने लगी। सहपाठियों की व्यंग्य भरी टिप्पणियों का उसके आचरण और नियोजन पर तनिक भी प्रभाव नहीं पड़ता था। कौशल समर्पण के समर्पित आचार और संयमित विचार से सम्मोहित होता जा रहा था जबकि ज्ञान का मन समर्पण की अध्ययनशीलता को देखकर विकल और विचलित होता जा रहा था। किंतु समर्पण के अनुरोध को दोनों कभी अस्वीकार नहीं कर पाते थे। प्रज्ञा तो पूर्व के समान समर्पण की सहायता करने के लिए हमेशा तैयार रहती थी। समय के साथ उसकी सहेली प्रतिभा भी समर्पण का बहुत आदर करने लगी।

छह माह उपरांत विद्यालय की वार्षिक परीक्षाएँ आयोजित हुईं। इस बार परीक्षा की समाप्ति

के बीस दिवस बाद उसका परिणाम घोषित हुआ। उस बार के परिणाम ने तो कक्षा के सभी विद्यार्थियों को पूर्णतया विस्मित कर दिया। हर बार की तरह इस बार भी प्रज्ञा ने प्रथम स्थान प्राप्त किया। किंतु इस बार वह सम्मान समर्पण को भी प्रज्ञा के साथ संयुक्त रूप से मिला। समर्पण की उस अनन्य उपलब्धि की, विद्यालय के प्रधानाचार्य महोदय और कतिपय वरिष्ठ शिक्षकों ने भी मुक्त हृदय से प्रशंसा की। ज्ञान तो वह सब जान कर लगभग ज्ञानशून्य हो गया। उसे कक्षा में पाँचवाँ प्राप्त हुआ था। कौशल का मन भी चौथा स्थान पाकर, हतोत्साहित हो गया था। प्रज्ञा के मन को 'प्रथम' के बजाय 'संयुक्त प्रथम' की उस उपलब्धि से तनिक झटका अवश्य लगा पर उसका अंतर्मन,

समर्पण की उस उपलब्धि पर प्रसन्न था। उसने हर्षित स्वर में समर्पण को बधाई दी।

"सब आप लोगों की सहायता और मार्गदर्शन का ही परिणाम है" समर्पण ने अपना आभार अर्पित करते हुए कहा।

बारवहीं कक्षा में प्रवेश करते ही समर्पण का अध्ययन के प्रति समर्पण और संकल्प अधिक प्रबल हो गया। सत्र का प्रारंभ एक वाद विवाद प्रतियोगिता से हुआ। कुछ अध्यापकों के प्रबल परामर्श पर समर्पण ने भी उसमें भाग लिया। किंतु प्रतियोगिता के अंतर्गत मंच पर उसका प्रदर्शन संतोषजनक नहीं रहा। उस संबंध में उसे अनेक लोगों के ताने भी

सुनने पड़े। ज्ञान, कौशल और प्रतिभा ने उसका उस संबंध में बहुत मजाक उड़ाया। उन सभी टिप्पणियों ने समर्पण के मन को आहत अवश्य किया पर उसने समर्पित भाव से एक अच्छा वक्ता बनने का भी संकल्प लिया। उसके मन को ज्ञान का वह व्यंग्य असहनीय लगा कि लिखित परीक्षा में अच्छा प्रदर्शन करने वाला प्रायः बुरा वक्ता होता है। उसके समर्पण को देख कर वाद-विवाद विशेषज्ञ श्रीमान पाण्डेय जी ने उस संबंध में उसका मार्गदर्शन किया। अतः समर्पण पाठ्यक्रम के अध्ययन के साथ में दो माह उपरांत होने वाले अंतर विद्यालय वाद-विवाद प्रतियोगिता हेतु भी तैयारी करने लगा। उसने अपनी दैनिक गतिविधि का आधा घंटा वाक-प्रस्तुति अभ्यास हेतु आवंटित कर दिया। उसके उस सतत समर्पित प्रयास को उसके माता-पिता एवं उसके अध्यापक ध्यान पूर्वक देखने लगे।

दो माह उपरांत विद्यालय में वह प्रतियोगा आयोजित हुई। उसमें नगर के चालीस विद्यालयों ने भाग लिया। प्रत्येक विद्यालय से दो विद्यार्थियों ने प्रतिभाग किया। उसमें समर्पण की प्रसतुति को श्रोताओं ने बहुत सराहा। रविवार के दिवस पूर्वान्ह ग्यारह बजे से प्रारंभ होकर उस प्रतियोगिता का समापन शाम के साढ़े बजे तक ही संभव हो पाया। उस प्रतियोगिता के परिणाम आयोजन के मुख्य अतिथि प्रोफेसर विनोद द्वारा घोषित किए गये। उनकी घोषणा में सर्वश्रष्ठ वक्ता के सापेक्ष

समर्पण के नाम की घोषणा सुनते ही विद्यालय के अधिकांश अध्यापक और विद्यार्थी बहुत प्रसन्न हुए। मुख्य अतिथि ने भी उसके प्रस्तुति की मुक्त प्रशंसा की। विद्यालय के प्रधानाचार्य ने समर्पण की प्रशंसा करते हुए उसकी पीठ भी थपथपायी और भावुक होते हुए बोले "बहुत सुंदर समर्पण...तुम्हारे समर्पित प्रयास ने विद्यालय को प्रतियोगिता में प्रथम स्थान दिलवाकर, विद्यालय के साथ-साथ हम सब का भी मान बढ़ाया।"

समर्पण की उस उपलब्धि से उसके अनेक सहपाठी चकित हो चुके थे और कुछ उससे रुष्ट भी हो गये थे। ज्ञान ने तो उससे बात करना भी बंद कर दिया था। किंतु प्रज्ञा, प्रतिभा और कौशल उसके प्रशंसक बन चुके थे। शीघ्र ही समर्पण ने.एक बार पुनः अपना पूरा ध्यान पाठ्यक्रम पर केंद्रित कर दिया। कक्षा की अद्धवार्षिक परीक्षा में वह पुनः प्रथम आया। किंतु बोर्ड परीक्षा के एक एक माह पूर्व मियादी बुखार से पीड़ित हो जाने के कारण उसके अध्ययन में विशेष बाधा उत्पन्न हुई। परीक्षा के मात्र सात पूर्व ही उसका स्वास्थ्य सामान्य हो पाया। फिर भी उसने अपना पूरा मन लगाकर बोर्ड परीक्षा दी। परीक्षा की समाप्ति के दो माह बाद उसका परिणाम घोषित हुआ। समर्पण को उसमें प्रथम श्रेणी प्राप्त हुई और विद्यालय में पाँचवाँ स्थान मिला। प्रज्ञा को प्रथम, कौशल को द्वितीय, प्रतिभा को तृतीय और ज्ञान को चतुर्थ स्थान मिला था। ज्ञान ने एक बार फिर उसे

देखकर व्यंग्यात्मक हँसी हँसते हुए तीखी टिप्पणी की। उस टिप्पणी को सुनकर प्रज्ञा, प्रतिभा और कौशल ने ज्ञान के आचरण की बहुत निन्दा की। किंतु ज्ञान पर उस निन्दा का तनिक भी प्रभाव नहीं पड़ा। वह दृढ़ स्वर में बोला "तुम तीनों इसका चाहे जितना समर्थन करो पर मैं तो इसे हमेश मेहनत करने वाला घोंचूराम ही मानूँगा।

बोर्ड परीक्षा के परिणाम के एक माह बाद अधिकांश बारहवीं कक्षा उत्तीर्ण विद्यार्थियों ने विश्वविद्यालय के विज्ञान स्नातक, कला स्नातक, या वाणिज्य स्नातक पाठ्यक्रम में प्रवेश ले लिया। कुछ ने अभियंत्रण पाठ्यक्रम प्रवेश परीक्षा तथा कुछ ने चिकित्सा पाठ्यक्रम प्रवेश परीक्षा में भी प्रतिभाग किया। प्रज्ञा,ज्ञान, कौशल और प्रतिभा ने भी बी.एस.सी. में दाखिला ले लिया। किंतु समर्पण ने कहीं और प्रवेश लेने के बजाय, पूरा समय विशेष श्रेणी रेल सेवा परीक्षा हेतु तैयारी की। किंतु उस वर्ष उसे उसमें असफलता ही हाथ लगी। प्रज्ञा को चिकिस्सा पाठ्यक्रम प्रवेश परीक्षा में सफलता मिली जबकि कौशल और ज्ञान को अभियंत्रण पाठ्यक्रम प्रवेश परीक्षा में सफलता प्राप्त हुई। उन सब के सापेक्ष समर्पण के लिए वह वर्ष अत्यंत दुर्भाग्यपूर्ण सिद्ध हुआ। उसे लोगों की अनेक तीखी टिप्पणियों और सामाजिक उपेक्षा का सामना करना पड़ा। कुछ अवसरों पर उसे ऐसा आभास हुआ जैसे उसके संयम का बाँध और समर्पण का दुर्ग भंग होने के

कगार पर है। किंतु उसने हिम्मत नहीं हारी और अपना अध्ययन जारी रखा।

अगले वर्ष के विश्वविद्यालय सत्र में समर्पण ने सुरक्षात्मक नीति अपनाते हुए बी.एस.सी. पाठ्यक्रम में प्रवेश ले लिया। किंतु उसका पूरा ध्यान विशेष श्रेणी रेलवे सेवा प्रवेश परीक्षा में ही लगा रहा। प्रज्ञा और कौशल प्रायः उसका हौसला बढ़ाते रहे। समर्पण के समर्पित लक्ष्यांकित प्रयास ने अपना रंग दिखाया और उसको उस वर्ष की परीक्षा में सफलता मिली।

ज्ञान और कौशल उस परीक्षा में असफल रहे। उस विशेष भारतीय परीक्षा में पूरे भारत में मात्र बीस प्रतिभागियों को ही सफलता मिली थी। समर्पण की उस विशेष उपलब्धि पर उसके पूर्व विद्यालय प्रशासन ने उसके सम्मान में एक विशेष समारोह आयोजित किया और उसे सम्मानित भी किया। उस समारोह में उपस्थित एक पत्रकार ने समर्पण से एक सीधा प्रश्न करते हुए पूछा "समर्पण जी आपकी दृष्टि में आपकी सफलता का आधार क्या है?"

"मैं अपनी सफलता का आधार प्रधानाचार्य महोदय का सतत मार्गदर्शन और अपनी जागरूक सहपाठिनी प्रज्ञा का सतत प्रोत्साहन और सहयोग मानता हूँ" समर्पण ने उत्तर दिया।

पत्रकार की प्रेक्षा समर्पण के उस उत्तर से शांत नहीं हुई। उसने वही प्रश्न विद्यालय के प्रधानाचार्य महोदय से किया।

उस प्रेक्षा का समाधान करने के ध्येय से प्रधानाचार्य जी ने गंभीर स्वर में कहा "समर्पण की सफलता का आधार उसके नाम के शाब्दिक भाव के अनुरूप लक्ष्यांकित अध्ययन के प्रति पूर्ण समर्पण ही है। समर्पण की सफलता इस कालजयी सत्य को सत्यापित करती है कि शिक्षा और ज्ञानार्जन के प्रति मानव समर्पण उसे अनन्य एवं अद्वितीय बना देता है। "

समर्पण के उस सम्मान समारोह में ज्ञान, कौशल, प्रतिभा और प्रज्ञा भी उपस्थित थे।

प्रधानाचार्य ने पत्रकार का ध्यान प्रज्ञा की और आकर्षित करते हुए कहा "आप इनसे भी पूछ सकते हैं क्योंकि ये प्रज्ञा है जो उस गत वर्ष की बोर्ड परीक्षा में विद्यालय में प्रथम आई थी।

पत्रकार के पूछने पर प्रज्ञा ने बोलना प्रारंभ करते हुए कहा "समर्पण की यह विशेष उपलब्धि इस यथार्थ का सामाजिक प्रमाण है कि लक्ष्य के प्रति समर्पण और समर्पित संकल्प से मानव कुछ भी हासिल कर सकता है। उसके अतिरिक्त वह उसके कुछ विशेष सहपाठियों की असफलता के माध्यम से यह भी घोषित करता है समर्पण के अभाव में ज्ञान, कौशल और प्रतिभा भी असफल हो सकते हैं।

उन सभी वक्तव्यों से समर्पण का समर्पित संकल्प और उन्नत हो गया। सबको धन्यवाद देते हुए उसने वहाँ से घर के लिए प्रस्थान किया। घर वापस

पहुँचने पर उसे माता-पिता का विशेष दुलार और पड़ोसियों का विशेष आदर मिला।

दो माह उपरांत समर्पण ने उस विशेष रेलवे सेवा के तकनीकी प्रशिक्षण में प्रतिभाग के लिए जमालपुर हेतु प्रस्थान किया। उस रेल यात्रा के साथ ही समर्पण के समर्पण का एक और अध्याय गतिमान हो गया।

नर-नारी

गोष्ठी प्रारंभ होने वाली थी। होटल स्वर्ग के सभागार में बैठे सभी प्रतिभागी सुसज्जित मंच की ओर उत्सुक नयनों से निहारते हुए उसके दीवार पर चस्पा विशाल पट्टिका पर अंकित शब्दों को बार-बार पढ़ते हुए परस्पर वार्ता कर रहे थे। पट्टिका पर गोष्ठी का विषय सुन्दर अक्षरों में लिखा हुआ था। शीघ्र ही मुख्य अतिथि का आगमन एवं प्रवेश हुआ। उनके मंच पर स्थान ग्रहण करते ही मंच संचालक की वाणी सक्रिय हो गयी।

"नर-नारी कल और आज जैसे इस महत्वपूर्ण प्रासंगिक गोष्ठी में आप सभी का हार्दिक स्वागत करते हुए मैं सभी मंचासीन महानुभावों से यह अनुरोध करता हूँ कि वे दीप प्रज्वलन करते हुए गोष्ठी का शुभारम्भ करने की कृपा करें।"

दीप प्रज्वलन के उपरान्त सभी मंचासीन अतिथियों का माल्यार्पण हुआ जिसके ठीक पश्चात आचार्य भास्कराचार्य का उद्बोधन प्रारंभ हुआ। उन्होंने सृष्टि के प्रारंभ से लेकर प्रागैतिहासिक और प्राचीन काल से गुजरते हुए आधुनिक काल तक का वर्णन किया और उनमें विद्यमान नर-नारी स्वरूप का

विश्लेषण प्रस्तुत किया। श्रोता समूह में विद्यमान अधिकांश लोग उनके वक्तव्यों को ध्यान से सुन रहे थे। विभिन्न पत्र-पत्रिकाओं से पधारे प्रतिनिधि पत्रकार तो विशेष सजग थे। उन्हीं सावधान सजग श्रोताओं में धीरज भी मौजूद था। वह प्रस्तुतकर्ता को सुनते हुए, सभागार में उपस्थित श्रोता समूह का विश्लेषण कर रहा था। गोष्ठी के प्रारंभ से पूर्व भी उसने अनेक प्रतिभागियों से वार्ता करते हुए उनका लघु परिचय प्राप्त कर किया था। उसे यह ज्ञात हो चुका था कि प्रतिभागियों में नर-नारी युग्मों की संख्या अधिक है जिनके अतिरिक्त अनेक महिला कल्याण संगठन, विभिन्न विषयों के विद्वान्, राजनीतिज्ञ, विद्यार्थी, शिक्षक और प्रशासक भी शामिल हैं। कुछ किन्नर प्रतिनिधियों की उपस्थिति का भी आभास हो चुका था। भास्कराचार्य जी के वक्तव्य का समापन वाक्य उसके मन में बस गया।

"नर और नारी दोनों, एक दूसरे से भिन्न, अनन्य शक्तियाँ हैं और नर-नारी एक महाशक्तिशाली युग्म है जिसका वाह्य स्वरूप, समय एवं परिवेश के अनुरूप बदलता रहता है।"

अगले वक्ता का परिचय एक सामाजिक सांख्यिकी विशेषज्ञ के रूप में घोषित हुआ। उन्होंने अपने उद्बोधन में अनेक आँकड़े प्रस्तुत किये। उनमें से एक के अनुसार विश्व के समग्रा इतिहास में महिला विद्वानों की संख्या पुरुष विद्वानों की संख्या के सापेक्ष काफी कम रही है जिसमें विगत तीन

दशकों में सकारात्मक वृद्धि हुई है। महिला संगठनों के प्रतिनिधियों को वह आँकड़ा सुखदायी लगा। तीसरे वक्ता एक वरिष्ठ साहित्यकार एवं समालोचक थे। उनकी प्रस्तुति का प्रारंभ ही सम्मोहक था।

"नर बिना भाव कहाँ, नारी सुषमा बिन काव्य कहाँ और नर-नारी बिन महाकाव्य कहाँ।"

उनकी वाणी रस बरसाती रही और उस प्रस्तुति को लोग बहुत ध्यान लगाकर सुनते रहे। सभी सुधी श्रोताओं के मानस पटल पर उनकी कुछ बातें अंकित हो गयीं। मनु-श्रद्धा, तुलसी-रत्ना, बापू-कस्तूरबा, जवाहर-कमला, सीता-राम, राधा-कृष्ण के अभूतपूर्व युग्म के विस्तारित विवरण तथा गोदान के धनिया-होरी और चित्रलेखा के चित्रलेखा-बीजगुप्त युगल का विवरणात्मक उल्लेख मन पर आच्छादित होने लगा। उनका समापन अंश भी अविस्मरणीय था।

"नर और नारी दोनों भिन्न आवृत्तियों के नाद के तुल्य हैं जबकि नर-नारी उस सामाजिक एवं मनोवैज्ञानिक सामंजस्य का प्रतीक है जिसके उचित समय तथा उन्नत परिवेश प्राप्त होती ही अनन्य दैवी अनुनाद उत्पन्न होता है।"

उस समापन के ठीक बाद एक वयोवृद्ध राजनेता का नाम घोषित हुआ। वह अपने स्थान से उठकर धीरे-धीरे मंच की ओर बढ़ने लगे। उनकी दशा एवं चाल यह संकेत दे रही थी कि उनकी आयु किसी भी दशा में नब्बे से कम नहीं है। माइक

के सम्मुख पहुँचते ही उन्होंने धीमे स्वर में बोलना प्रारम्भ कर दिया।

"नर-नारी के अतीत और वर्त्तमान स्वरूपों को समर्पित इस गोष्ठी में आप सभी सुधी प्रतिभागियों को सादर प्रणाम करता हूँ मात्र यह अवगत कराते हुए की केवल नौ माह उपरान्त ही मैं शतायु हो जाऊँगा। मैं अपने अनुभव के आभार पर बहुत संक्षेप में अपनी बात कहूँगा। नर और नारी एक दुसरे के परस्पर पूरक हैं और नर-नारी एक सामाजिक संतुलन कायम रखने वाला अपरिहार्य युग्म है जो प्रिय और मोहक होने के साथ-साथ सदा प्रेरक, उत्पादक और सकारात्मक रहा है। आज उसके अतीत का सरल भौतिक स्वरूप परिवर्तित होकर बहुत जटिल हो चुका है। भौतिकवाद के अनैतिक आचारों से जनित भ्रामक कृत्यों ने उसकी पावनता को प्रदूषित करते हुए उसके समक्ष अनेक चुनौतियां प्रस्तुत कर दीं हैं। नर-नारी के परस्पर नाद-अनुनाद के सम्मुख अनेक नवीनीकृत अथवा कुंठित सम्बन्ध प्रतिद्वंदी बनकर खड़े हो चुके हैं जिनका यथार्थ स्वरूप इस सभागार में भी विद्यमान है। इन्हें नए युग्मों के नाम से संबोधित किया जा सकता है नामतः नारी-नारी युग्म, नर-नर युग्म, नर-किन्नर युग्म और नारी-किन्नर युग्म। इन युग्मों के अतिरिक्त इसके विरोध में बहुत से ऐसे लोग भी हैं जो मात्र एकल रहते हुए अपने जीवन यापन और लक्ष्य-प्राप्ति को संकल्पित हैं अथवा अंतर्मनसे संन्यास हेतु प्रेरित हैं।

इस चुनौती को स्वीकार करते हुए हम सबको उसका निदान खोजना होगा|"

अंतिम वाक्य के आखिरी शब्द की उक्ति तक उनके स्वर में सहसा असहज कंपन हुआ और वे मंच की फर्श पर गिर पड़े| कुछ लोगों नें मंच पर चढ़कर उन्हें सहारा देते हुए उठाया और उन्हें नीचे ले गये| जिस स्थान पर उन्हें बैठाया गया वह पत्रकार दीर्घा के सम्मुख था| धीरजउन्हें निहारने लगा| कुछ पल के लिए सभागार में सन्नाटा छा गया| उस अद्‌भुत मौन की वह अवधि अगले वक्ता के नाम की घोषणा से भंग हुई|

"अब सर्वोदय महिला संगठन की सम्मानित अध्यक्षा सुश्री कलावती अपने विचार प्रस्तुत करेंगी|"

नाम घोषित होते ही कलावती देवी सौम्य मुद्रा में नियोजित गति से मंच पर माइक के निकट पहुँची और अपना संबोधन प्रारम्भ कर दिया|

"नर-नारी का युग्म नारी के सशक्त रूप और उसके गतिविधियों का परिक्षेत्र और प्रकार बढ़ने के अनुरूप परिवर्तित हुआ है| आज नारी मात्र सूक्ष्म तथा कोमल कार्यों में ही नहीं अपितु कठोर एवं जटिल कार्यों को भी अंगीकृत कर चुकी है| उसी अनुरूप पुरुष भी जटिल और कठोर के अतिरिक्त अनेक कोमल कार्यों को अपना चुके हैं| अनेक स्त्रियाँ हैं जो घर के बाहर निकलकर विभिन्न कार्य संपादित कर रहीं हैं और अनेक पुरुष घरेलू कार्य कर रहे हैं| एक समय

वह था जब सारी स्त्रियाँ केवल घर-घुस थीं और घर के अंदर भी परदे में ही रहती थीं। पर आज वैसा नहीं है। आज महिलाएँ अपना साथी चुनने को ही नहीं बल्कि एकल रहने को भी स्वतंत्र हैं। इतना अवश्य है कि जब भी उन्हें उचित पुरुष का संग अथवा योग्य एवं समर्पित पिता या अभिवाहक का संरक्षण मिल जाता है तो समाज को बहुत लाभ होता है।"

कलावती के उद्बोधन के बाद गोष्ठी का मध्यांतर घोषित हो गया। समस्त प्रतिभागी, भोजन-सभागार की और बढ़ने लगे। वहां पहुँचते ही भोजन ग्रहण करने की क्रिया प्रारंभ हो गयी। धीरज ने अपनी आदत के अनुसार शीघ्र ही अपना भोजन प्लेट में लगाते हुए तीव्र गति से ग्रहण किया और अपने हाथ-मुँह धोकर प्रतिभागियों से परिचय प्राप्त करना प्रारंभ कर दिया। कुछ ही देर में उसे उपस्थित प्रतिभागियों की मौलिक भिन्नता का बोध हो गया। उपस्थित नर-नारी युग्म में पति-पत्नी, प्रेमी-प्रेमिका, मित्र-सखा, पिता-पुत्री तथा पुत्र-माता युगल मौजूद मिले। अन्य युग्मों में नर-नर एवं नारी-नारी के अंतर्गत भाई-भाई, मित्र-मित्र और बहन-बहन की बहुलता दिखी। कुछ किन्नर समूह भी उपस्थित थे जो किसी किन्नर साथी या पुरुष अथवा स्त्री के साथ प्रतिभाग कर रहे थे। इसके अतिरिकत कुछ संन्यासी समूहों से भी लघु परिचय प्राप्त हुआ।

भोजन-सत्र के उपरान्त प्रथम वक्तव्य स्वामी मोक्षानंद का हुआ। उन्होंने अपने धार्मिक तर्कों से अपनी सुस्पष्ट धारणा प्रस्तुत करते हुए एवं नर-नारी युग्म के भौतिक उत्थान तथा नैतिक पतन का वर्णन करते हुए अपना निष्कर्ष प्रसारित किया **"नर-नारी सृष्टि के उस दैवी स्वरूप का प्रतिबिम्ब है जो मोक्ष और परमानंद का आभास देता है।"**

प्रस्तुतकर्ताओं का क्रम आगे बढ़ता रहा। एक एकल युवक ने अपनी विशिष्ट प्रस्तुति में नारी के रूप-स्वरूप को छल-छलावा बताते हुए नर-नारी युग्म को समाज हेतु अहितकारी बताया। उसी प्रकार एक एकल युवती ने अपने तर्कों से यह सिद्ध किया कि 'नारी अपनी सम्पूर्ण शक्तियों का उपयोग तभी कर पाती है जब वह पुरुष से पृथक रहकर अपनी आन्तरिक मौलिक शक्ति का आभास करती है। सहसा एक किन्नर समूह का अध्यक्ष मंच पर पहुँचकर भाषण देने को तत्पर हो गया। मंच संचालक ने उसे रोकना चाहा पर वह नहीं रुका और तत्काल सक्रिय हो गया।

"आप सबको नमस्कार करते हुए मुझे आप सबसे यह अनुरोध करना है कि आप सबको हम लोगों के बारे में भी सोचना होगा और हमारे स्वतन्त्रता का भी ध्यान रखना होगा।"

सभागार में उपस्थित श्रोता, किन्नर की उस उक्ति को सुनकर स्तब्ध और मौन थे।

कुछ अन्य विद्वानों एवं विषय वस्तु विशेषज्ञों ने भी अपने विचार व्यक्त किये। एक वैज्ञानिक ने नर–नारी रूप–स्वरूपों और रूप परिवर्तनों को वैज्ञानिक ऊर्जा परिवर्तन और संचरण का जटिल प्रारूप बताते हुए उसके अतीत और वर्त्तमान की संक्षिप्त तुलना की। शिक्षक समूह में बैठे एक शिक्षक ने अपनी वेदना व्यक्त करते हुए यह बताया की अतीत में सुपोषित नर–नारी के वैवाहिक सम्बन्ध की सार्थकता आधुनिक परिवेश में विघटित और दूषित हो चुकी है जो एक जटिल समस्या का संकेतक है। अंत में मंचासीन महानुभावों के उद्बोधन की बारी आ गयी। विशिष्ट अतिथि समाज सेवी जोशी जी ने नर–नारी युग्म को पर्यावरण संतुलन का उत्प्रेरक और प्रदूषण–विनाश का संवाहक बताया। मुख्य अतिथि प्रसिद्ध उद्योगपति सहगल साहब ने इस तथ्य को सराहा कि इस युग्म की औद्योगिक क्रांति में भूमिका पूर्व की स्थिति के सापेक्ष अधिक स्वस्थ और अधिक सुदृढ़ हो चुकी है। संचालक ने अध्यक्ष जी का नाम पुकारा और उन्हें तत्काल सचल माइक्रोफोन पकड़ा दिया। अंतिम उद्बोधन प्रारम्भ हो गया।

"आज का ये विशेष दिवस अविस्मरणीय है। आज की इस गोष्ठी का विषय था नर–नारी कल और आज। अनेक विद्वानों के विचार प्रस्तुत हुए और सुनने को मिले। उसके सभी स्वरूपों एवं परिवर्तनों पर विस्तार से चर्चा हुई। यह यथार्थ स्पष्ट रूप से हम सबके सम्मुख उभर कर आया कि

पहले के सापेक्ष यह युग्म और इसका स्वरूप अधिक स्वतंत्र, अधिक व्यापक, अधिक जटिल, अधिक भौतिकवादी और अधिक अवसरवादी हो चुका है। नूतन नैतिक परिभाषाओं और सामाजिक संबंधों के नवोदित स्वरूपों ने उसके समक्ष नये अवरोध एवं प्रतिरोध प्रस्तुत कर दिए हैं। हम सबको समेकित रूप से इन सबका सामना करना है। पर्यावरण संतुलन तथा जैवविविधता संरक्षण के लिए भी यह आवश्यक है।"

गोष्ठी के आयोजक समूह के प्रभारी द्वारा समस्त अतिथियों और प्रतिभागियों के प्रति धन्यवाद ज्ञापित करते हुए और सभी को चायपान हेतु आमंत्रित करते हुए, गोष्ठी के समापन की घोषणा की गयी। शीघ्र ही लोग चाय की चुस्कियों का आनंद लेते हुए आपस में बातें भी करने लगे। एकल और युग्मित के उस अनूठे मिश्रण में नर-नारी के अतीत और वर्तमान पर सार्थक बहस पुनः सजीव हो उठी। धीरज भी उसमें मन से सम्मिलित हो गया। वयोवृद्ध राजनीतिज्ञ से भी उसकी विस्तृत वार्ता हुई। एक बार पुनः जटिल संबंधों का भाव तथा बोध मुखरित हुआ। कुछ किन्नरों की व्यथाएँ भी हृदयको द्रवित करने लगीं। उसने इस तथ्य पर भी गौर किया कि उपस्थित प्रतिभागी समूह में नर-नारी युग्म की संख्या कुल उपस्थिति का दस प्रतिशत है। नर-नारी के युग्मित स्वरुप के अतीत एवं वर्तमान का तुलनात्मक विश्लेषण करते हुए उसके मस्तिष्क में समस्त मूल

तत्व, नयी प्रेक्षा बनकर स्थापित हो चुके थे। उन्हें अपने मन में समेटे उसने अपने घर के लिए प्रस्थान किया। अन्य प्रतिभागी भी धीरे धीरे प्रस्थान करने लगे। उनमें सभी युग्म प्रकार सम्मिलित। नर-नारी युग्मों ने शेष जटिल समूहों को सजग नयनों से निहारा और अपने अतीत और वर्तमान का मानसिक मंथन करने लगे।

सम्मान

राष्ट्रीय दैनिक समाचार-पत्र के तृतीय पृष्ठ पर, अपने सम्मान से संबंधित समाचार को पढ़ते ही, ज्ञानेश का मन आनंदित हो गया। वह उसका ग्यारहवाँ साहित्य सम्मान था। एक अति विशिष्ट राष्ट्रीय साहित्यिक गैर सरकारी संस्था द्वारा घोषित उस **'महावीर प्रसाद द्विवेदी सम्मान'** की पुरस्कार धनराशि **'रुपया पचास हज़ार मात्र'** थी। उसने पूरे ध्यान से, एक बार पुनः, समाचार में प्रकाशित सम्मान सूची को देखा और पढ़ा। इस बार उसे उस सूची में अपने साहित्यिक गुरु 'दयालु जी' का नाम भी नज़र आया। गुरुजी का नाम **'साहित्य गौरव सम्मान'** के समक्ष अंकित था जिसकी पुरस्कार धनराशि मात्र दो हज़ार अंकित थी। उस सूची में कुछ अन्य परिचित रचनाकारों के भी नाम दिखाई दिये। ज्ञानेश सामान्यतः स्वयं से संबधित घोषित सम्मानों की सूचना सबसे पहले अपने गुरुवर को ही देता था। पर इस बार उस समाचार में गुरुजी का भी नाम अपने से बहुत कम धनराशि के सम्मान हेतु नामित देखकर,ज्ञानेश के मन में कुछ हिचक हो रही थी। अभी वह उस बारे में सोच ही रहा था कि गुरु जी का फोन आ गया।

"बधाई हो ज्ञानेश" गुरु जी का स्वर सुनाई दिया।

"गुरु जी प्रणाम ...सब आपके मार्गदर्शन और आशीर्वाद का परिणाम है।

शाम को ज्ञानेश ने गुरुजी के आवास पर जाकर उनका चरण-स्पर्श किया। गुरु जी ने उसकी पीठ थपथपाते हुए उसे सतत साधनारत रहने की सलाह दी।

कुछ देर के संकोच के बाद उसने गुरु जी से कहा "गुरु जी आपको भी साहित्य गौरव की बधाई है पर मुझे यह दुःख है कि आपकी पात्रता तो सर्वोच्च साहित्य सम्मान की है।"

"प्रिय ज्ञानेश ....एक गुरु के लिए सबसे बड़ा सम्मान यह है कि उसका शिष्य उससे बहुत बड़ा सम्मान पा रहा है" गुरु जी ने सहज स्वर में कहा।

ज्ञानेश ने देखा कि गुरु जी के मुखमंडल पर उस समय प्रसन्नता और हर्ष की मिश्रित आभा है।

उस अद्भुत आभा का अवलोकन उसके मन को सुखद आभास प्रदान करने लगा। वहाँ से प्रस्थान के पूर्व उसने गुरुवर से अनुरोध किया "गुरु जी कृपया सम्मान समारोह में अवश्य उपस्थित रहिएगा है।"

शिष्य के उस अनुरोध पर दयालु जी कुछ पल के लिये विचारशील हो गये। शीघ्र ही स्वयं को संयत करते हुए उन्होंने कहा "वैसे तो मैं समारोहों में जाता नहीं हूँ और शायद मात्र मेरा सम्मान होता हो जाता भी नहीं ...पर मेरे प्रिय शिष्य का सम्मान है, अतः मैं उसमें अवश्य भाग लूँगा।"

गुरुवर का वह अनमोल कथन सुनकर ज्ञानेश का मन भावुक हो गया। उसने गुरु जी का चरण-स्पर्श करते वहाँ से प्रस्थान किया।

अगले माह के सातवें दिवस, पूर्वान्ह ग्यारह बजे, उस विशेष सम्मान का समारोह प्रारंभ हुआ। सहकारिता भवन के विशाल सभागार में प्रवेश करते ही ज्ञानेश ने देखा कि गुरुजी तृतीय पंक्ति में चुपचाप बैठे हैं। उसने तत्काल उनके सम्मुख जाकर उनको प्रणाम किया।

"खुश रहो ज्ञानेश ...पुनः बधाई ....तुम्हारा सतत साहित्यिक उन्नयन होता रहे यही मेरी मनोकामना है" दयालु जी अपने शिष्य के शीश पर हाथ रखते हुए कहा।

कुछ समय अवधि उपरान्त समारोह प्रारंभ हुआ। माहावीर प्रसाद द्विवेदी सम्मान के नाम की घोषणा होते ही ज्ञानेश मंच पर गया। मंच पर पहुँचते ही उसने मुख्य अतिथि और अध्यक्ष से यह अनुरोध किया कि वह अपना सम्मान अपने साहित्यिक गुरु के हाथों से ग्रहण करना चाहता है।

"यह बहुत उन्नत मनोकामना है ...कौन हैं आपके गुरु?" मुख्य अतिथि ने कहा।

"महाकवि राजेश्वर दयालु जी" ज्ञानेश ने संवेदनशील स्वर में बताया।

"परम आदरणीय राजेश्वर दयालु जी ..कृपया मंच पर पधारने की कृपा करें" संचालक ने घोषित करते हुए अनुरोध किया।

वह घोषणा सुनते ही दयालु जी अपने स्थान से उठकर,धीमी चाल से मंच पर पहुँचे। घोषित अनुरोध के अनुरूप उन्होंने अपने हाथों से अपने शिष्य को सम्मान पत्र और पुरस्कार धनराशि का चेक प्रदान किया। मुख्य अतिथि के हाथों से प्रतीक चिन्ह और अंग-वस्त्र प्राप्त होते ही ज्ञानेश ने उनकी अनुमति से वह सम्मान-शाल आदरपूर्वक गुरुवर को पहनाई। अपने संबोधन में ज्ञानेश ने यह स्पष्ट रूप से यह अवगत कराया कि उसे गुरुवर का उचित मार्गदर्शन नहीं प्राप्त होता तो वह स्तरीय सृजन कदापि नहीं कर पाता। गुरुवर धीरे-धीरे अपने स्थान पर वापस जाकर बैठ गये। शीघ्र ही ज्ञानेश मंचासीन होकर अन्य सम्मानों और समूह चित्रों के छायांकन के अवलोकन में लीन हो गया। समारोह के अंतिम सत्र में साहित्य गौरव सम्मान के नामों की पुकार होने लगी। राजेश्वर दयालु जी के नाम की पुकार होने पर यह ज्ञात हुआ कि कुछ ही समय पूर्व दयालु जी सभागार से बाहर जा चुके हैं। किसी के स्वर से यह सूचित हुआ कि उनका स्वास्थ्य अचानक खराब हो

गया जिस कारण उनको जाना पड़ा। विवश होकर अपने गुरु जी का सम्मान पत्र और प्रतीक चिन्ह ज्ञानेश को ही लेना पड़ा।

समारोह के उपरान्त ज्ञानेश सीधे गुरुजी के आवास पर गया। वहाँ पहुँचते ही उसे घर पर ताला लगा दिखाई दिया। एक पड़ोसी से यह पता चला कि दयालु जी 'प्रभात नर्सिंग होम' में भर्ती हैं। ज्ञानेश तत्परता से वहाँ पहुँचा। जनरल वार्ड में गुरुजी जी का मुख देखकर ही उसके मन को राहत मिली। शरीर बहुत दुर्बल लग रहा था, पर मुख पर वहीं अलौकिक तेज था जो, शिष्य ज्ञानेश का मुख देखते ही, प्रसन्नता में परिवर्तित हो गया। अपने शिष्य के नयन सजल देखकर उन्हों ने उसे प्यार से समझाते हुए बताया "कोई ख़ास बात नहीं है ..बस गत तीन-चार दिनों के ज्वर था।"

"गुरुजी ऐसे में आपको भाग लेने की जरूरत नहीं थी" ज्ञानेश ने शिकायत के अंदाज में कहा।

"अरे कैसे नहीं आता तुम्हारे सम्मान में" उन्होंने दृढ स्वर में कहा।

"गुरुजी मुझे यह दुःख है कि मेरे सम्मान के चक्कर में आप अपना सम्मान नहीं ग्रहण कर पाये" ज्ञानेश ने अफ़सोस जाहिर किया।

"एक गुरु के लिए अपने शिष्य के सम्मान से बड़ा कोई सम्मान नहीं है" दयालु जी ने पुनः प्यार से समझाने का प्रयास किया।

ज्ञानेश ने तत्काल फफकते हुए अपना शीर्ष दयालु जी के चरणों पर रख दिया। उस आकस्मिक क्रिया के प्रभाव से दयालु जी के नयन भी सजल हो गये।

कुछ पल उपरान्त ज्ञानेश ने उठकर गुरु जी का सम्मान पत्र प्रतीक चिन्ह और रुपया दो हजार का चेक उनको आदर पूर्वक हस्तगत किया। उनसे प्रस्थान की अनुमति लेने के बाद उसने नर्सिंग होम के स्वागत-पटल पर जाकर गुरु जी के स्वास्थ्य की अद्यतन स्थिति के सम्बन्ध में जानकारी प्राप्त की। उस सम्बन्ध में वह संबंधित चिकित्सक और प्रशासक से भी मिला। घर वापस पहुँचने के बाद भी वह गुरु जी का हाल-चाल दूरभाष से लेता रहा। गुरु जी तीन दिवस तक भर्ती रहे। उनके अवमुक्त होने के ठीक पूर्व ज्ञानेश ने गुरु जी की चिकत्सा संबंधी रुपया चार हजार का भुगतान स्वयं किया हालाँकि उसने उस बात की भनक गुरु जी को नहीं लगने दी। नर्सिंग होम से गुरु जी को अवमुक्त कराकर और उन्हें घर वापस पहुँचाकर ही ज्ञानेश का मन शांत हुआ। अपने घर वापस पहुँचकर कर ज्ञानेश ने अपने गुरुवर के व्यक्तित्व और कृतित्व पर एक गद्य लेख और एक कविता का सृजन प्रारम्भ कर दिया। अगले दिवस उसने अपनी पुरस्कार धनराशि का चेक तीन वर्ष की सावधि जमा योजना में डालते हुए यह संकल्प लिया कि उसके ब्याज को वह 'साहित्यकार राजेश्वर दयालु सम्मान' हेतु अर्पित करेगा। उस सम्बन्ध में उसने

गुरुजी को कुछ नहीं बताया क्योंकि वह यह जानता था कि गुरु जी का स्वाभिमान वह कृत्य स्वीकार नहीं करेगा।

समय आगे बढ़ता गया। सम्मानों के स्वरूप बदलते गये। ज्ञानेश को निरंतर गुरुवर का मार्गदर्शन प्राप्त होता रहा और गुरु को अपने शिष्य का स्नेह और सहायता सुलभ होती रही।

पाँच वर्ष उपरान्त, हिंदी दिवस के विशिष्ट दिवस,गुरु जी गोलोकवासी हुए। उस समय उनकी अवस्था अस्सी पार कर चुकी थी। चूँकि वह अविवाहित थे और उनके परिवार में अन्य कोई भी शेष नहीं था,अतः ज्ञानेश ने ही उनका दाह संस्कार किया। उसी वर्ष से ज्ञानेश ने 'राजेश्वर दयालु सम्मान' के प्रारम्भ की घोषणा एक विशेष गोष्ठी में की। वह घोषणा करते हुए उसे ऐसा आभास हुआ जैसे गुरुवर उसे गोलोक से देखते हुए उसपर अपने स्नेहिल आशीषों की वर्षा कर रहे हैं। गुरु-शिष्य के उस परस्पर परानुभूति का वह आभास उसके लिए परमानंद से कम नहीं था।

क्रोधी

शीतला प्रसाद अपने नामार्थ के विपरीत बहुत क्रोधी था। उसके क्रोध ने बचपन में माता-पिता को बहुत परेशान किया था। छोटी छोटी बातों पर क्रोधित हो जाना उसके आचरण का प्रमुख अवगुण था। उस एक अवगुण को छोड़कर उसके अन्दर गुण ही गुण थे। सात्विक भोजन, अनुशासित संपादन, संस्कारित व्यवहार,जिज्ञासु प्रवृत्ति, अध्ययनशीलता,पूजन-अर्चन,सत्य-वचन जैसे अनेक विशिष्ट सद्गुण,उसके व्यक्तित्व के विशेष अंग थे। किन्तु उसके क्रोध-काल में उसके सभी गुण बेमानी और निरर्थक हो जाते थे। उन विशेष क्षणों में वह एक अत्यंत अभद्र दुर्जन के समान हो जाता था।

विद्यार्थी जीवन में शीतला के बहुत कम मित्र बन पाए थे। उन सब मित्रों को भी उसके क्रोध से बहुत डर लगता था। दसवीं कक्षा के अंतिम सत्र में एक दिवस उसका क्रोध ऐसे अवांछित चरम पर पहुँचा कि उसके दोस्तों ने उसको एक हिंसक पशु के समान आचरण करते हुए देखा। उस क्रोध में शीतला ने अपने परम मित्र सुशील को इतनी निर्ममता से पीटा कि सब देखकर दंग रह गए। उसके उस क्रोधित आचरण की शिकायत कॉलेज के

प्रधानाचार्य के पास पहुँची। बात बहुत बढ़ गयी और शीतला को विवश होकर 'अनुशासन समिति' के सम्मुख उपस्थित होना पड़ा। समिति के समक्ष उसके आचरण की भरपूर निंदा हुई और उसके कॉलेज से निकाले जाने के प्रस्ताव पर भी गंभीर विचार होने लगा। वरिष्ठ अध्यापक शर्मा ने उसके ज्ञान और प्रतिभा का हवाला देते हुए उसका बचाव किया। चूँकि प्रधानाचार्य भी उसके कौशल और अध्ययनशीलता के प्रशंसक थे,इस कारण वह निष्कासन से तो बच गया पर उसे उनकी विशेष हिदायत सुननी पड़ी : "शीतला प्रसाद जी आपको अपने क्रोध पर प्रभावी नियंत्रण स्थापित करना होगा क्योंकि उसके बिना आपका पूरा ज्ञान और प्रतिभा निरा निरर्थक हो जाएगा।"

शीतला ने उस विशेष परामर्श को आत्मसात करते हुए अपनी अध्ययन शैली में योग और पूजन का भी नियोजित समावेश कर लिया। उसका प्रभाव यह हुआ कि उसके क्रोधित आचार की बारंबारता कम होती गयी। उसके बावजूद उसका क्रोध उसे यदा-कदा विकल करता रहता था। उच्च शिक्षा के उपरान्त,राजपत्रित पद पर चयन से संबंधित साक्षात्कार के दौरान भी समिति सदस्य की एक प्रतिकूल टिप्पणी पर भी उसको अपने अंदर आकस्मिक क्रोध के मानसिक संचरण का आभास हुआ। उसने अपने संतुलित आचार से स्वयं को नियंत्रित किया। उस प्रभावशाली नियंत्रण के माध्यम से उसे उस महत्वपूर्ण राजपत्रित पद पर नियुक्ति मिल गयी।

एक वर्ष की सेवा के उपरांत ही शीतला के विवाह के प्रस्ताव अनेक सभ्य घरानों से आने लगे। उन प्रस्तावों में से उसने सबसे कम प्रभावशाली परिवार की सुशील कन्या का ही चयन किया। विवाह संस्कार के दौरान एक विशिष्ट पारंपरिक प्रसंग में वह अपनी वधु 'सुकन्या' के बड़े भाई पर इतना क्रोधित हो गया कि सारे लोग देखकर दंग और भयभीत हो गए। किसी प्रकार मामला शांत हुआ और उसके वैवाहिक जीवन का शुभारंभ हुआ। पत्नी के संयमित और सहनशील आचरण ने उसके क्रोधित स्वरूप को अवनत करने की दिशा में विशेष योगदान दिया। फिर भी यदा-कदा सुकन्या को अपने पति के आकस्मिक क्रोध का भाजन बनना पड़ता था।

शीतला और सुकन्या का युग्म विकसित होता गया। कुछ वर्षों में दोनों एक पुत्र और एक पुत्री के माता-पिता भी बन गए। अब बच्चों को भी उसके क्रोध का साक्षी और भाजन होना पड़ा। समय के साथ बेटा 'संजय' दसवीं कक्षा में पहुँच गया। बोर्ड परीक्षा के एक माह बाद उसके परिणाम के दिवस, संजय के मात्र बासठ प्रतिशत अंक प्राप्त होने की सूचना पर शीतला ने क्रोधित होकर अपने बेटे को इतनी कर्कशता से डाँटा-फटकारा

कि वह भयभीत होकर काँपता हुआ घर से बाहर चला गया। देर रात तक भी बेटे के घर वापस न आने से माता सुकन्या का मन व्यथित हो गया।

"कुछ करिए ...जाने कहाँ गया होगा" उसने पति से विनती की।

पास-पड़ोस में भी वह खबर प्रसारित हो गयी। किन्तु शीतला के क्रोधी व्यवहार के कारण किसी ने भी सहायता हेतु हाथ नहीं बढ़ाया। लेकिन उसके घनिष्ठ मित्र राजीव और महेंद्र को जब उस विषम परिस्थिति का ज्ञान हुआ तब दोनों उसके सहायतार्थ सक्रिय हो गए। लगभग एक सप्ताह तक,शीतला के आवास में मातम छाया रहा। सातों दिन, शीतला अपने आचरण का मानसिक मंथन करता रहा। उसका मन और विवेक उसकी आत्मा को कचोटता रहा। सुकन्या, पति की उस विपरीत दशा को देखकर स्वयं पीड़ित और अस्वस्थ हो गयी। बेटी भी एकदम गुमसुम सी बन गयी। आठवें दिवस घर से बाहर गया पुत्र फैजाबाद में पुलिस की सहायता से मिला। घर वापस आने पर भी संजय अपने पिटा से दूर-दूर और कटा-कटा रहने लगा। उसकी पढाई-लिखाई पूरी तरह दुष्प्रभावित हो गयी। समय के साथ वह एक औसत विद्यार्थी बनकर रह गया। बच्चों की उस दयनीय स्थिति को देखकर शीतला भी आक्रोशित रहने लगे। उसी विषम पारिवारिक परिस्थिति में,शीतला की आम चुनाव में ड्यूटी लग गयी। उस विशेष राजकीय कार्य के संपादन में एक दिवस एक आकस्मिक उच्च स्तरीय बैठक आयोजित हुई जिसकी अध्यक्षता चुनाव पर्वेक्षक ने की। अध्यक्ष की एक प्रतिकूल टिप्पणी पर शीतला का क्रोध

सहसा अपने चरम पर पहुँचा जिसके प्रभाव में उसके मुख से कुछ अपशब्द निकल पड़े। बस फिर क्या था। अगले ही दिवस शीतला का निलंबन हो गया। उस निलंबन को कुछ ही दिवसों में चुनाव आयोग का अनुमोदन भी प्राप्त हो गया। विशिष्ट परिस्थितयों में निलंबन के कारण उसका अंतराल भी दीर्घ हो गया। वह दुर्गति पूरे पाँच वर्ष तक जारी रही। परिवार को विवश होकर आधे वेतन पर गुजर-बसर करना पड़ा। बेटा विक्षिप्त हो गया और बेटी की शिक्षा भी दुष्प्रभावित हो गयी। उन विषम परिस्थितियों में क्रोधित और आक्रोशित होकर एक दिवस शीतला प्रसाद ने राजकीय सेवा से अपना त्यागपत्र सक्षम स्तर को प्रेषित कर दिया। उच्चाधिकारियों में बदनाम होने के कारण उसका वह त्यागपत्र मात्र एक माह में स्वीकृत भी हो गया। उस स्वीकृति-पत्र की प्राप्ति के दिवस,शीतला घर वापस आकर रात भर,अपने बिखरे हुए परिवार और उसके भावी भविष्य के बारे में सोचता रहा। साथ ही वह अपने क्रोध से जनित परिणामों और उसपर प्रभावशाली नियंत्रण की संभावित विधियों के बारे में भी चिंतन-मनन करने लगा। बच्चों के भविष्य और पत्नी की व्यथा के मध्य स्वप्न में विचरते हुए उसे उसे कुछ दिव्य आश्रमों का दर्शन हुआ जो संभवतः उसे उचित मार्ग सुझा सकते थे। उस दिव्य बोध से उसका मानसिक आक्रोश कुछ शांत अवश्य हुआ किन्तु स्थायी निदान हेतु कोई संभावना नज़र नहीं आई। वह यह समझ चुका था

कि अपने क्रोध का परिणाम उसे आजीवन सहन करना है।

शीतला का क्रोध उसके सभी अन्य संस्कारों पर आच्छादित होकर उसके जीवन को अवनत और उसके परिवार को हतोत्साहित कर चुका था। अंधकारमय भविष्य में भोर का कोई संकेत शेष नहीं रह गया था। उसके क्रोध के प्रभाव से उसके साथ, उसका पूरा परिवार भी बिखर चुका था। शेष रह गयी थी मात्र आकस्मिक क्रोध के अवांक्षित पलों की अविस्मरणीय स्मृतियाँ जो निरंतर मन को परेशान करती जा रही थीं। यथार्थ सम्मुख था और समाधान अदृश्य हो चुका था। आर्थिक विपन्नता का श्राप जीवन का प्रमुख पर्याय बन चुका था।

सृजन

प्रशांत की निद्रा उस दिवस भी भोर के प्रथम पहर में ही टूटी। वह तत्काल बिस्तर से उठकर स्नानगृह में घुस गया। दैनिक क्रियाओं से निवृत्त होकर अभी वह बाहर निकला ही था कि उसे सहसा कुछ ध्यान आया। उसने तुरंत अपने अध्ययन-कक्ष में प्रविष्ट होकर कागज़-कलम उठाया और वापस आकर बैठक के सोफे पर बैठकर कुछ लिखने का प्रयास करने लगा। वह कुछ सोचकर लिखने जा ही रहा था कि घर की कॉल-बेल बज उठी। विवश होकर उसे घर के अंदरूनी द्वार का इंटरलॉक खोलकर बाहर के गेट की ओर जाना पड़ा। मुख्य द्वार के सम्मुख पहुँचते ही उसने देखा कि पड़ोस के शुक्ल जी खड़े हैं।

“क्यों ....आज मॉर्निंग वाक पर नहीं चलना है क्या?”

“तबीयत कुछ ढीली लग रही है ....आज हिम्मत नहीं है”प्रशांत ने मायूस स्वर में उत्तर दिया।

“अच्छा .....तो चलता हूँ” शुक्ल जी बोले और तेज चाल से दूर जाने लगे।

प्रशांत ने राहत के साँस ली और तीव्र गति से तुरंत अपने नवीन कागज़-कलम के पास आकर पुनः सोचने का प्रयास करने लगा। उसने मस्तिष्क पर जोड़ देकर कुछ याद करने का प्रयास किया। किंतु बहुत देर तक कोशिश करने के बाद भी उसे उस भाव का ध्यान नहीं आया जो उसके मन में कुछ ही देर पहले उत्पन्न हुआ था। उस भाव के पैदा होते ही उसके मन में अद्‌भुत आभास जागा था। एक ऐसा भाव जिसकी खोज वह अनेक दिवसों से कर रहा था। उस अभिनव आभास को वह शब्द में बाँधने हेतु प्रयासरत था। पल भर के लिए उसे ऐसा लगा था कि आज उसका विशिष्ट अन्वेषण पूर्ण हो जाएगा। पर शुक्ल जी के आकस्मिक आगमन ने उसकी उस मानसिक निधि को लगभग विलुप्त कर दिया। उस समय शुक्ल जी जैसे सज्जन पुरुष भी उसे किसी खलनायक से कम नहीं लगे। सोचते-सोचने उसका मन खिन्न हो गया। उसने नैराश्य भरे मन से तैयार होकर प्रातः भ्रमण पर प्रस्थान किया। पार्क तक पहुँचकर कुछ देर तक मुख्य-भ्रमण-पथ पर चलने के बाद वह एक नीरव गोलंबर में बैठकर पुनः सोचने लगा। कुछ ही देर में भाव का वह स्वरूप पुनः शब्द के निकट पहुँचने लगा। उसके इर्द-गिर्द प्रभावशाली पर्यायवाचियों के जटिल आच्छादन का प्रारूप तो उभरने लगा पर वह विशिष्ट शब्द किसी अप्राप्य निधि के समान मन को विचलित करने लगा। अचानक उसे ऐसा प्रतीत हुआ कि वह उस अनमोल प्राप्ति के निकट है। तभी उसे अपनी पीठ पर किसी की प्यार

भरी थपथपाहट का आभास हुआ। उसका ध्यान भंग हुआ और उसने अपना सिर घुमाकर देखा।

"यहाँ क्या हो रहा है प्रशांत जी .....चिंतन-मनन?"

प्रशांत ने अपने परम मित्र राजीव जी को अपने सम्मुख पाया।

शीघ्र ही दोनों में अंतरंग वार्ता प्रारंभ हो गयी। पहले घरेलू बातें, फिर विभागीय विमर्श, उसके उपरांत राष्ट्रीय-अन्तरराष्ट्रीय और अंत में चुहलबाजी का आदान-प्रदान। यद्यपि वह उसमें प्रशांत की भूमिका अपेक्षाकृत कम रही क्योंकि वह तो मानसिक तौर पर अपने उस विशिष्ट भाव-शब्द के तलाश में था। किन्तु उस वार्तालाप के समापन तक वह भाव-शब्द पुनः गुप्त हो चुका था। शायद किसी प्रवासी पक्षी के सामान या फिर किसी घने तिमिर में विचरण करते अदृश्य अस्तित्व के समान। घर वापस पहुँचने तक उसके मन की निराशा अपने चरम पर पहुँच चुकी थी। उस बेला तक उसकी पत्नी भी जाग चुकी थी।

पत्नी ने तुरंत प्रश्न किया "क्या कर रहे थे ....बहुत देर लगा दी?"

प्रशांत को उस प्रश्न के स्वर में तनाव का अनुमान हुआ जो उसे पत्नी के मुखमंडल पर भी प्रतिबिंबित होता प्रतीत हुआ। उसके अवलोकन से उसके मन की निराशा और वृद्ध हो गयी। उस

मानसिक नैराश्य को छिपाने का प्रयास करते हुए उसने पत्नी को बताया "वो राजीव मिल गया था ....काफी बातें होने लगीं।"

कुछ देर विश्राम करके स्नान करने के बाद,अल्पाहार करते हुए,प्रशांत अपने भाव-शब्द के सम्बन्ध में पुनः सोचता रहा। वह विशिष्ट सत्य एक ऐसा स्वप्न बन चुका था जो वास्तविक यथार्थ में परिणित होने हेतु आतुर था। किंतु उस समय तक तो उसके आधारिक भाव भी लगभग विलुप्त हो चुके थे। अपनी उस मानसिक स्थिति को नियंत्रित करने के लिए प्रशांत ने अपने मन को कुछ उत्कृष्ट साहित्य के पठन में लगाने का प्रयास किया। उसमें उसे काफी सफलता भी मिली। किन्तु वह भाव-शब्द रह-रह कर मन को परेशान करता रहा। वह परेशानी उसके लिए नवीन समस्या नहीं थी। वह यह भली-भाँति जानता था कि काव्य सृजनरत साधक के लिए वह एक सतत संग्राम है। एक ऐसा संग्राम जो विनाश के बजाय सृजन का आकांक्षी है। उस पर साधक अथवा सर्जक का कोई बस अथवा नियंत्रण नहीं है शायद उसी प्रकार जैसे तपस्वी का तप के परिणाम पर कोई वश नहीं है।

उस दिवस की रात्रि में निद्रा में भी प्रशांत को उस भाव-शब्द से सम्बंधित स्वप्न आते रहे। ऐसे स्वप्न जो उस भाव के इर्द-गिर्द पहुँचकर सहसा थम जाते थे। उस बिंदु पर उसे विचित्र आभामंडल से विकिरण का आभास होता था। वह स्थिति अनेक

दिवस तक बनी रही। समय के साथ उस अन्वेषण की तीव्रता मलिन होने लगी। कतिपय अन्य विषय परिवर्तन मन पर प्रभाव डालने लगे। गोष्ठियों एवं सम्मान समारोहों ने उसका ध्यान अपनी ओर खींचा। राजकीय बैठकों ने भी व्यस्त कर दिया। भाव-शब्द कहीं गम हो गया किन्तु उसके अधूरे अपूर्ण स्वरूप की धूमिल यादें, कभी-कभी उसके मन को विचलित करती रहीं। किंतु कुछ माह बाद वह अपनी उस विशिष्ट खोज के प्रति लगभग पूर्ण निराश होकर अपने महाकाव्य के सृजन को पूर्ण करने में लीन हो गया।

प्रशांत कोई मौसमी लेखक अथवा अंशकालिक साहित्य सर्जक नहीं था। साहित्य-सृजन उसके लिए प्राणवायु के समान था। विशिष्ट शब्दों एवं उनके भावों से अनुपम अनुनाद की उसे सदैव तलाश रहती थी। वैसे तो वह गद्य एवं पद्य दोनों में प्रवीण था पर उसे काव्य सृजन सदा अधिक श्रेष्यकर लगता था। वह काव्य-सृजन को देव-पूजन,कविता को देव-प्रसाद और शब्द को ब्रह्म-वाणी की सुधा मानता था। एक दिवस की अर्द्धरात्रि में एक आकस्मिक घटना हुई। प्रशांत सुप्तावस्था से सहसा जागते हुए उठकर बिस्तर पर बैठ गया। उस कर्म के प्रतिक्रिया में उसकी पत्नी की निद्रा भी भंग हो गयी। वह भी उठकर बैठते हुए अपने पति को विस्मित दृष्टि से देखते हुए पूछ बैठी “अचानक क्या हो गया .....तबीयत तो ठीक है?”

"कुछ नहीं .....बस मिल गया" प्रशांत ने उत्सुकता एवं प्रसन्नता भरे स्वर में कहा।

पत्नी ने पुनः चौंकते हुए पूछा "क्या मिल गया यार .....क्या?"

"कुछ नहीं ...बस वो शब्द मिल गया" प्रशांत ने कहा।

"क्या शब्द......कौन सा शब्द?"

"अभी बताता हूँ पहले डायरी में लिख लेने दो नहीं तो वह पुनः भाग जाएगा।

उतना कहते हुए प्रशांत बिस्तर से उठकर अपने अध्ययन-कक्ष की और गया।

शीघ्र ही वह हताश सा वापस लौटा।

"अरे क्या है भाई ....कौन सा शब्द है ....बताओ तो सही" पत्नी ने पुनः अपनी प्रेक्षा प्रस्तुत की।

पत्नी का वह प्रश्न सुनकर प्रशांत के चेहरे पर छाई उदासी बढ़ गयी। उसने पुनः पति से पूछा "क्या हुआ .....नोट कर लिया न?"

"कहाँ नोट कर पाया .....एक बार फिर दिमाग से फिसल गया ....बस ज़रा देर हो गयी।

प्रशांत के उस उत्तर से पत्नी भी बहुत निराश हो गयी। वह काफ़ी देर तक अपने पति को जागते हुए और चिंतन करते हुए देखते रही। अगली सुबह

आँख खुलने पर उसने पति को बिछावन से नदारद पाया। बिस्तर से उठकर बैठक की ओर जाने पर उसे प्रशांत सोफे पर बैठकर कुछ चिंतन करते दिखाई दिए। उसने उस अवस्था में कोई व्यवधान डालना उचित नहीं समझा। कुछ ही देर बाद उसने चाय बनाकर और प्याले में डालकर पति के सामने रख दी और अपने गृह कार्यों में व्यस्त हो गयी।

उसी दिवस प्रशांत को तीन दिवस के राजकीय भ्रमण पर प्रस्थान करना पड़ा। दौरे के दौरान विभागीय कार्यों के अतिरिक्त कुछ सोचने की फुर्सत ही नहीं मिल पायी। वापस लौटने पर उसने अपना मन पुनः उत्कृष्ट साहित्य के पाठन में लगा दिया। अब वह प्रतिदिन रात को शयन के समय अपनी डायरी और पेन अपनी तकिया के बगल में रखने लगा। एक दिवस भोर में नींद से जागते ही उसने अपनी डायरी खोलकर उसमें अपने पेन से कुछ लिखकर चिल्लाया "आखिर मिल ही गया।"

पत्नी की निद्रा भी उस आकस्मिक उच्चार के प्रभाव से भंग हो गयी।

उसने पति से झल्लाहट में पूछा "अब क्या हुआ?"

"इस बार वास्तव में उचित भाव-शब्द मिल गया" प्रशांत ने कहा और अपनी डायरी का अद्यतन पन्ना पत्नी के नयनों के सम्मुख कर दिया।

पत्नी ने अपनी आँखों को मलते हुए उस पृष्ठ को ध्यान से देखा। उस पर बड़े अक्षरों में वह विशिष्ट शब्द अंकित था। उसने अपना ध्यान उसपर केन्द्रित किया। उस पर 'परानुभूति' अंकित था। शब्द की जटिलता ने उसके मन को झकझोर दिया।

"इसी के लिये आप इतनी गहरी नींद से जागे और मुझे भी जगा दिया" पत्नी ने उलाहना देते हुए कहा।

"आपको शायद आभास नहीं है कि मुझे क्या मिल गया है" उसने पत्नी से अपना भाव साझा करते हुए कहा।

पत्नी को अपने पति के उस दुर्लभ क्षण के महत्व का आभास था। ऐसे अनन्य क्षण में उसे पतिदेव साक्षात महान वैज्ञानिक आर्कीमेडीज का स्वरूप लगने लगते थे। उस समय भी वे उसे कुछ वैसे ही प्रतीत हो रहे थे। उनके मुखमंडल पर विद्यमान अद्भुत आभा और आनंद को देखकर उसे भी दिव्य बोध का आभास हो रहा था।

उसने प्रशांत से पूछा "लेकिन पतिदेव आखिर इसका अर्थ क्या है?"

"परानुभूति को सभी मानवीय भावों में सबसे उच्च स्थान प्राप्त है" उसने एक वाक्य में समझाने का प्रयास किया। किंतु पत्नी के मुख के भावों के अवलोकन से उसे यह आभास हुआ की उसे कुछ भी समझ में नहीं आया। उसने पुनः सरल भाषा में

समझाने का प्रयास करते हुए कहा “परानुभूति का मतलब है दूसरों की भावनाओं को समझने और साझा करने की क्षमता और रुझान।”

पति की वह उक्ति पत्नी के मस्तिष्क को ग्रहणीय लगी।

“आपको इस अनन्य साहित्यिक उपलब्धि की हार्दिक बधाई” उसने प्रशांत का उत्साह बढ़ाते करते हुए उसे तनिक सचेत भी किया “अब आप एकदम नवरंग के नवरंगी की तरह मत बन जाना।

प्रशांत बिस्तर से उठा और दैनिक क्रियाओं में व्यस्त हो गया। उस दिवस कार्यालय से वापस आने पर उसने अपने विशिष्ट गद्य लेख में ‘परानुभूति’ शब्द को उचित स्थान पर समाविष्ट करने के उपरान्त उसका अपने दोहे में भी समावेश किया।

उसी साहित्यिक अन्वेषण के आधार पर प्रशांत अपने नवीन भाव-शब्द पर,कुछ और दोहों के सृजन हेतु प्रेरित हुआ। उस हेतु उसे शब्द के पूर्ण विस्तारित अर्थ से भिज्ञ होने की आवश्यकता का आभास हुआ। उसने उत्सुक मन से अपनी लघु गृह-पुस्तकालय में उपलब्ध चारों हिंदी शब्दकोश देख डाले। पर वह शब्द चारों में नहीं मिला। विवश होकर उसे कुछ देर तक निराश होकर पुनः चिंतन करना पड़ा। एक घंटे के चिंतन-मनन से उसे उस शब्द के अंग्रेजी अनुवाद ‘एम्पैथी’ का ध्यान आया। उसने तत्काल घर में उपलब्ध फादर कामिल बुल्के के अंग्रेजी-हिंदी

शब्दकोष का सहारा लिया। उसमें 'एम्पैथी' के तीन हिंदी शब्द दिए हुए थे नामतः 'तदनुभूति', 'समानुभूति' और 'परानुभूति'। प्रशांत का मन उस जानकारी से तृप्त नहीं हुआ। उसने तुरंत इंटरनेट का पट खोला। उसके खुलते ही प्रशांत को अपने शारीरिक और मानसिक नयनों के सम्मुख 'परानुभूति' का 'प्रशांत महासागर' नजर आया। उस रविवारीय अवकाश का उसने उस अनंत महासागर में डूबकर भरपूर साहित्यिक लाभ अर्जित किया। उसके मन और हृदय को उस शाब्दिक यथार्थ से संबंधित अनेक नवीन बोध हुए। उसे यह ज्ञात हो गया कि प्रत्येक सतत सृजनशील एवं सृजनरत मनुष्य का मन 'परानुभूति से ओतप्रोत होता है। वह बस देता है और अपनी ऊर्जा को प्रेम से बाँटता है। उसे इस तथ्य का भी सुबोध हो गया कि परानुभूति संपन्न व्यक्ति की न तो कोई परिधि होती है और न ही कोई सीमा होती है। औपचारिक आभार एवं धन्यवाद की अपेक्षाओं की कामना से पृथक परानुभूति का आध्यात्मिक दर्शन उसके मन में स्थापित हो चुका था। रात्रि तक 'परानुभूति' पर बीस दोहे की संरचना सृजित हो गयी। अपने अद्यतन शोध निबंध में समावेश के उपरान्त वह अपनी नवीन खोज की संरचना में सुधार करने के कर्म से संलग्न हो गया। प्रशांत का सृजन,पुनः नवनीत भाव और नवीन खोज में लीन हो गया।

श्वान

भव्य हरित सदन,नगर के सबसे मूल्यवान भाग के मध्य में स्थित था। उसके प्रवेश द्वार की दीवार पर विद्यमान नक्कासीनुमा अंकन,श्री अनन्य विश्वास को उस भवन का स्वामी घोषित करता था। अनन्य जी अपने, पास-पड़ोस एवं पड़ोसियों में, सरकारी सेवा में सेवारत एक तर्कसंगत नौकरशाह के रूप में प्रतिष्ठित थे।

उस इलाके में अनेक स्वस्थ उद्यान और कई छुट्टे देशी कुत्ते, दो असंगत वास्तविकताओं के रूप में विद्यमान थे। भोर अथवा संध्या बेला में भ्रमण करने वालों या धावकों को, कुछ हठी श्वानों से आकस्मिक भिड़ंत की आदत पड़ चुकी थी। कुछ माह पूर्व ही, श्रीमती पाण्डेय को एक भीषण-श्वान-दंश का अत्यंत कष्टकारी अनुभव हुआ था जिस पर नगर पालिका की अकुशलता पर व्यापक शोर उठा था।

कुछ गृह-स्वामियों ने अपने घरों की प्रभावी सुरक्षा एवं उन्नत चौकीदारी हेतु, विशिष्ट उन्नत नस्ल के कुत्ते पाल रखे थे जो अधिकांशतः **अल्सेशियन** अथवा **भूटिया** थे। कुछ परिवारों के पास मध्यम आकार के **दोबरमैन** थे। वह अनुरक्षण,चोरों एवं लुटेरों की अवांछित गतिविधियों के प्रति सुरक्षा तथा जागरूकता का प्रतीक था।

एक दिवस की भोर में,भ्रमण हेतु प्रस्थान करते समय, श्रीवास्तव जी की दृष्टि विश्वास साहब के घर के मंडप में चहलकदमी करते एक भयावह जीव पर पड़ी। उनके पाँव स्वतः उस गृह के द्वार के सम्मुख थम गए। उन्होंने ध्यानपूर्वक उस गति-रत जीव को निहारा। वह एक बड़े आकार का **दोबरमैन** जैसा प्रतीत हुआ। क्षण भर के लिए उनके मन में उस घर की पुकार घंटी बजाने का विचार आया किन्तु उन्हें वैसा करने का साहस नहीं हुआ।

"मोहल्ले की शान" उन्होंने अपने आप को फुसफुसा कर बताया और आगे बढ़ गये।

शीघ्र ही वे मुख्य उद्यान के द्वार के सम्मुख पहुँच गये। उसमें प्रवेश करते हुए, उन्होंने सबसे लम्बे वृत्ताकार पथ की ओर अपने कदम बढ़ाये। मुख्य भ्रमण पथ को पार करते हुए उनकी दृष्टि एक ऐसे दृश्य पर पड़ी जिसने उन्हे चकित कर दिया। **'शान'** अपने स्वामी के साथ शालीनता से पास आता दिखाई दिया।

"अरे....आप....और प्रातः भ्रमण!" श्रीवास्तव जी के मुख से विश्वास जी को सम्मुख पाकर निकला।

"ये सब इसी अद्भुत जीव के कारण ही करना पड़ रहा है" विश्वास जी ने स्पष्ट किया।

उस परिवेश में उस जीव की राजसी उपस्थिति, उसकी डोलनरत उत्सुक जिव्ह्या के संग मुखर थी। दोनों ने साथ में भ्रमण करने का चयन किया। श्रीवास्तव साहब ने उस विशिष्ट श्वान से सुरक्षित दूरी बनाये रखते हुए वार्ता का

क्रम जारी रखा। तीनों के भ्रमण से आच्छादित उद्यान के अंशों में भय, विस्मय एवं सम्मोहन का समावेश होता गया।

"ये तो शेर के समान भव्य प्रतीत होता है" एक भ्रमणकर्ता ने टिपण्णी की।

उस दिवस से **'शान'** का नाम मोहल्ले में चर्चा का विषय बन गया। भोर-भ्रमण में लोग उसकी राजसी चाल का अवलोकन करने लगे तथा शाम की जमघट के समय विश्वास साहब द्वारा उसके क्रय एवं पोषण के संभावित कारणों का सम्मिलित विश्लेषण होने लगा। एक दिन, सेवानिवृत्त कर्नल कपूर साहब के घर पर ऐसी ही एक जमघट में,सिंघल साहब ने कहा **"ऐसे लगता है विश्वास साहब के घर में बहुत धन और सोना पोषित है।"**

"उन्हें उसकी आवश्यकता है क्योंकि उनका एकमात्र बच्चा एक पुत्र है जो विदेश में एक बहुराष्ट्रीय कंपनी में कार्य करता है"श्रीवास्तव जी बोले।

"कम से कम उन्होंने इस प्रकार यह सुनिश्चित कर लिया है कि उनके घर में मेहमानों एवं आगंतुकों की संख्या न्यूनतम रहे" भशीन जी ने टिप्पणी की।

"पर कुछ ही दिनों पूर्व किसी ने मुझे यह बताया था कि अनन्य विश्वास महोदय कुत्तों से घृणा करते हैं" कर्नल कपूर ने सबके सम्मुख घोषित किया।

अफवाहें, चर्चाएँ, निष्कर्ष एवं टिप्पणियाँ, प्रचारित और प्रसारित होती गईं। 'शान' के चाल की भव्यता,उसके अस्तित्व के शान के साथ वृद्ध होती गयी। वह समाचार उसके स्वामी के परिचितों तथा संबंधियों तक भी पहुँच गया।

उसके परिणामस्वरुप उनमें से बहुत कम को विश्वास साहब के घर पर आने का साहस हो पाता। वैसे विश्वास जी, अपनी मौलिक प्रकृति के अनुरूप, पूर्व से ही कम मिलनसार थे। इन परिस्थितियों ने उनका लोगों से मिलना-जुलना लगभग नगण्य हो गया। एक विशिष्ट परिवर्तन अवश्य हुआ। उस भव्य भयावह जीव के साथ भोर भ्रमण की अनिवार्यता ने, उन्हें अधिक स्वस्थ और सजग बना दिया। उनका उच्च रक्त-चाप सामान्य तथा मधुमेह का स्तर नियंत्रित हो गया।

कुछ माहों तक वह क्रम चलता रहा। एक दिवस की संध्या बेला में,विश्वास जी ने अपनी पत्नी को **'शान'** की पीठ थपथपाते हुए देखा। **'शान'** भी उस कोमल थपथपाहट का आनंद लेते हुए संतुलित एवं शांत था।

"कल से मैं भी आपके साथ प्रातः भ्रमण पर चलूँगी" श्रीमती विश्वास बोलीं।

आगामी दिवस की भोर से, तीनों भोर की प्रारंभिक बेला में भ्रमण करने लगे। उद्यान में लगभग एक घंटे के तीव्र पद-भ्रमण के बाद,किसी चयनित बेंच पर आराम से बैठकर पारिवारिक वार्तालाप करना, उनकी दैनिक दिनचर्या का प्रमुख अंश बन गया। उस अवधि में वे **'शान'** को लगाम से मुक्त करके, उन्मुक्त विचरण के लिए छोड़ देते थे। **'शान'**,शान से अभिमान भरी चाल लिये गतिज हो जाता। उसपर दृष्टि पड़ते ही अन्य भ्रमणकर्ता अपना भ्रमण-पथ बदल देते थे। उसके वापस आ जाने पर वे साथ-साथ उद्यान के निकास द्वार की ओर अग्रसर होते थे। तब तक उनका मन शांत तथा मुदित एवं चिंतन-मनन पुनर्जीवित हो जाता था।

भ्रमण से घर वापसी के दौरान उन्हें छुट्टा देशी श्वानों के भौंकने तथा घरों में विद्यमान पोषित श्वानों की गुर्राहटों को सुनने की आदत पड़ चुकी थी। कुछ देशी छुट्टे कुत्ते उनको और शान को लगातार घूरते हुए अपनी पूँछ हिलाते थे। उनकी वह मुद्रा देखकर ऐसे प्रतीत होता था जैसे वे कोई सन्देश प्रसारित करते हुए सबको सूचित कर रहे हों कि उनके भी दिन आएँगे। उस मुद्रा के जनन के समय भी वे शान से सुरक्षित दूरी बना कर रखते थे।

समय के प्रवाह के साथ श्रीमान विश्वास अपने राजकीय कार्य में पूर्व से अधिक नियमित हो गए जबकि श्रीमती विश्वास अपने **सदन की शाक-वाटिका** को और उन्नत बनाने में व्यस्त हो गईं। उन कार्यों को करते हुए एक दिवस ऐसा भी आया जब उन्हें किसी घरेलू अनुचर को रखने की आवश्यकता का आभास हुआ। विश्वास जी ने अपने प्रिय अधीनस्थ को अपनी उस आवश्यकता के संबंध में बताया। दो माह पश्चात वह आवश्यकता पूर्ण हो गयी। नेपाल की सीमा पर बसे एक गाँव का एक किशोर, उनके घरेलू कार्यों हेतु अनुबंधित हो गया। उसका नाम बहादुर था। बहादुर को विश्वास परिवार से घुलने-मिलने में मात्र चन्द दिवस लगे। किन्तु **'शान'** से तनाव एवं भय का संबंध, अनेक दिवसों तक बना रहा। एक माह के उपरांत दोनों एक दूसरे को सहन करने लगे। एक दिवस बहादुर को शान को संध्या भ्रमण पर ले जाने का दायित्व मिला। उसने सावधानी पूर्वक पट्टे का नियंत्रण करते हुए वह दायित्व पूरा किया। उस दिन से उन दोनों का सांध्य भ्रमण उसी प्रकार चलने लगा। धीरे-धीरे दोनों में दोस्ती हो गयी। विश्वास दम्पति शान को भोर भ्रमण

पर ले जाने लगे और बहादुर उसे संध्या भ्रमण पर लेकर जाने लगा। बहादुर की घर में उपस्थिति के कारण, परिवार में आगंतुकों और अतिथियों की संख्या पुनः सामान्य होने लगी। एक बार पुनः वे सामाजिक और मिलनसार होने लगे। उनके नीरस होते जीवन में एक बार फिर रस समाने लगा।

विजयादशमी से ठीक एक सप्ताह पूर्व, मिशिगन से प्राप्त एक दूरभाष संदेश द्वारा, बीजोय के कुछ दिवसों के लिए घर आने का संदेश प्राप्त हुआ। बीजोय विश्वास दम्पति का एक मात्र संतान था। संदेश के अनुसार मात्र दो दिवस पश्चात् उसका आगमन होना था। दो दिवस उपरांत बीजोय अपने घर के प्रवेश द्वार के सम्मुख उपस्थित हो गया। उसे अपने आवास के मंडप में एक विशाल भयावह श्वान तीव्र गति से टहलते हुए दिखाई दिया। आश्चर्य, भय और रोमांच में लीन स्थिति में उसकी उँगलियाँ पुकार घंटी पर पड़ीं। शीघ्र ही उसकी दृष्टि,घर के अन्दरूनी द्वार से बाहर निकलते अनजान व्यक्ति पर पड़ी।

"तुम कौन हो?" उसने उससे पूछा।

"मैं बहादुर हूँ" उत्तर सुनाई दिया।

बीजोय द्वार खोलकर कुछ अन्दर की ओर अग्रसर हुआ। सहसा श्वान ने उसके ऊपर छलांग लगाई। उसने तत्काल अपने कदम पीछे किये। उस प्रयास में वह फर्श पर फिसलकर गिर पड़ा और उसे कोहनी में चोट लग गयी। उसे चोट कुछ असहनीय लगी जिस कारण उसके मुख से चीख निकल गयी। उस चीख को सुनते ही विश्वास जी तत्काल अन्दर से बाहर प्रकट हो गए।

"ये कैसे हो गया बाबा?" उनके मुख से अपने पुत्र को फर्श पर पीड़ा की स्थिति में पड़ा देखकर निकला।

"सब कुछ इस शैतान के कारण हुआ है" बीजोय ने कुत्ते की और संकेत करते हुए कहा।

अगले कुछ क्षणों उपरान्त ही श्रीमती विश्वास भी बाहर आ गयीं। उन्होंने पुत्र को गले लगाया और उसे घर के अन्दर ले गयीं। उस दिन पूरे दिवस परिवार में, परस्पर वार्तालाप तथा विचारों का आदान-प्रदान होता रहा। घर में उत्सव जैसा वातावरण का जनन हो चुका था। रात भर भी वार्ता चलती रही। किसी को एक पल के लिए भी निद्रा की आवश्यकता का आभास नहीं हुआ। उस दिवस का एक विशेष परिणाम यह रहा कि बिजोय का बहादुर और शान से विस्तृत परिचय हो गया।

"बहरहाल, मुझे तो ऐसे घमंडी और क्रोधी श्वानों की उपस्थिति रुचिकर नहीं प्रतीत होती" बिजोय ने अपना मत प्रस्तुत किया।

"किंतु हमारे देश में तो ये सब हम सब के घरों के सजीव एवं सजग प्रहरी बन चुके हैं" विश्वास जी ने विश्वास से कहा।

कुछ पलों का मौन छाया रहा जिसके बाद विश्वास जी ने पुनः बल देते हुए कहा **"फिर भी ऐसे श्वानों का पोषण एवं अनुरक्षण, देशी कुत्तों को रखने से अधिक अच्छा और सुरक्षित है।"**

"तब उन वफादार देशी कुत्तों के प्रारब्ध का क्या होगा?" बिजोय ने चिन्ता से उत्पन्न प्रश्न किया।

तब तक भोर हो चुकी थी। विश्वास दम्पति ने अपने पुत्र को प्रातः भ्रमण पर चलने हेतु प्रेरित किया। शीघ्र ही तीनों ने तैयार होकर भ्रमण पर प्रस्थान किया। विश्वास जी शान और अभिमान में डूबे **'शान'** का पट्टा थामे आगे-आगे चलने लगे। उनकी पत्नी और पुत्र भी उनके पीछे-पीछे गतिशील एवं भ्रमणरत हो गए। रास्ते भर देशी कुत्ते **'शान'** को देखकर भूँकते रहे। बिजोय उन देशी श्वानों को ध्यानपूर्वक देखता रहा।

"अत्यंत दयनीय! इनकी दशा को सुधारना आवश्यक है" बिजोय ने अपने माता पिता से कहा।

"ये इस देश में पशुपालन के असंतोषजनक स्तर का प्रबल प्रमाण है" उसने अपना स्पष्ट मत प्रस्तुत किया।

अपरान्ह में बिजोय ने अपने माता-पिता को यह अवगत कराया कि अद्यतन इच्छा एवं नियोजन अनुसार उसको पुनः भारत में ही बसना है। शाम को उसकी अपने पिता से दीर्घ वार्ता भी हुई।

"यह जैवविविधता संरक्षण और आनुवंशिक एकत्रीकरण का युग है" उसने घोषित किया।

"प्रत्येक प्रजाति प्रकार को जीवित रहने और अस्तित्व में बने रहने का अधिकार है" उसने आगे कहा।

बिजोय उन श्वान प्रकारों के लिए हृदय से चिंतित था। कुछ दिवसों तक वह उनके बारे में चिंतन एवं मनन करता रहा। अगले दस दिवसों में उसने देशी कुत्तों के उचित अनुरक्षण और लालन-पालन हेतु एक तीन वर्षीय परियोजना की रूपरेखा तैयार कर ली।

"विदेशी नस्लों को अपनाना और देशी प्रकारों को उपेक्षित करना, नैसर्गिक तंत्र पर विदेशी तंत्र को आच्छादित करने के तुल्य है" उसने अपना मत और अधिक स्पष्ट करने का प्रयास किया।

उस सम्बन्ध में उसका मत अपने पिता के मत से मूलतः भिन्न था। एक दिन पिताजी ने **'शान'** के समर्थन में अपने कुछ तर्क और विचार प्रस्तुत किये।

बिजोय को वह प्रस्तुति सहन नहीं हुई।

"मैं आनुवंशिक अभियांत्रिकी और जैवविविधता का विशेषज्ञ हूँ इसलिए मेरे इनसे सम्बंधित तर्कों और विचारों का खंडन अथवा विरोध निष्प्रभावी होगा" उसने सम्मान से अपना सन्देश प्रसारित किया।

पिताजी अपने पुत्र के समक्ष निरुत्तर हो गए।

उस दिवस, रात्रि शयन हेतु विदा होने के पूर्व, बिजोय ने अपनी माँ से संवेदनशील स्वर में कहा **"किसी भी जीव को पूर्ण बंधन में रखना सबसे जघन्य पाप है।"**

अगले दिवस वह भोर में ही जागकर तैयार हुआ और अकेले भोर भ्रमण पर निकल पड़ा। उस दिवस उसने उद्यान में अनेक अपरिचितों से परिचय प्राप्त करते हुए उनसे वार्ता भी की। कुछ से परिचय और कुछ से मित्रता भी प्रारंभ हो गई। प्रतिदिन उसके परिचितों और मित्रों की संख्या बढती गयी। किन्तु शान के लिए उसके मन में निरंतर तिरस्कार और घृणा बनी रही। शान को सम्भवतः, बिजोय के मन की उस आंतरिक घृणा का अनुमान था, जिस कारण वह उसे प्रायः घूरता और देखकर भूँकता था। इन संकेतों और

स्वरों ने दोनों के परस्पर घृणा में वृद्धि उत्पन्न की। भोर भ्रमण के दौरान, बिजोय देशज श्वानों को मार्ग में चलता, खड़ा या बैठा देखकर संवेदनशील हो जाता। उसने उन निरीह श्वानों के सांस्कृतिक सुधार और भविष्य में शहरीय परिवारों द्वारा उसको अपनाए जाने का स्वप्न देखा। एक दिवस उसने नगर निगम के अध्यक्ष से भेंट की। उनसे विस्तृत वार्ता के उपरांत, उसने उन्हें अपनी छुट्टा देशज श्वानों के पुनर्वास हेतु सृजित व्यापक परियोजना कार्यवाही हेतु उनके सम्मुख प्रस्तुत कर दी। उसके अतिरिक्त उसने उन्हें **"जैवविविधता संरक्षण की सरल विधियाँ एवं प्रतिमान"**विषय पर अपने शोध-पत्र की प्रति भी भेंट की। अध्यक्ष के कक्ष से बाहर आते हुए उसे ऐसा आभास हो रहा था जैसे उसने उन्हें, अपनी उस परियोजना के महत्व के सम्बन्ध में पर्याप्त रूप से जागरूक और सजग कर दिया है।

बिजोय का पद-भ्रमण और परिचय दिन प्रतिदिन बढ़ता गया। एक दिवस, भोर भ्रमण के दौरान उसकी दृष्टि एक ऐसे कुत्ते पर पड़ी जो उन्हें कातर नज़रों से देखता हुआ कायरता से भूँक रहा था। उसने ठहरते हुए उसे ध्यानपूर्वक देखा। उसने गौर किया कि वह कुत्ता अत्यन्त क्षीणकाय है। उसके हृदय में उस निरीह जीव के प्रति दया की भावना जागृत हुई। उसने प्यार से उसके सम्मुख कुछ बिस्कुट रखे। वह निरीह जीव तत्काल उन बिस्कुटों पर झपटा। शीघ्र ही उसने उनका भक्षण पूर्ण कर लिया। बिजोय सजग नेत्रों से वह कृत्य देखता रहा जिसके बाद वह पुनः गतिशील हुआ। कुछ दूरी तक वह जीव भी उसका पीछा करता रहा। वापसी के समय उसे पुनः वह कुत्ता अपने पीछे आता नजर आया। अपने आवास पर पहुँचते ही उसने शान को अत्यधिक

तीव्रता से भूँकते हुए देखा और सुना। उस पारिवारिक श्वान की उस विशिष्ट क्रिया का कारण ज्ञात करने के लिए उसने पीछे मुड़कर देखा। उसे वही निरीह श्वान, आशायुक्त नयनों से अपनी ओर ताकता नजर आया। आगामी कुछ दिवसों में वह श्वान उसका नियमित भोर एवं संध्या सहचर बन गया। वह हमेशा उसे स्वादिष्ट खाद्य पदार्थों का सेवन सुलभ कराने लगा। एक दिवस की संध्या बेला में उसने उस श्वान को पालने का निश्चय कर लिया। अगले दिवस के भोर भ्रमण में वापसी के समय वह उसे अपने घर ले आया। उसके माता-पिता और 'शान' को उसका वह कार्य अच्छा नहीं लगा। पर बिजोय ने उनके उस भावना की चिंता नहीं की। अगले कुछ दिवसों में उसने उस कुत्ते के ऊपर अपना प्रेम और ध्यान बरसाते तथा केन्द्रित करते हुए,उसे आवश्यक पेयों एवं औषधियों की खुराकें और इंजेक्शन सुलभ कराए। उन सबके सेवन और प्रयोग से उस श्वान के स्वस्थ्य में धीरे-धीरे सुधार होने लगा। अगले सप्ताह के प्रथम दिवस उसने परिवार के सम्मुख, उस श्वान को संबोधन हेतु,**'स्वराज'** नाम निर्धारित किया। उस चयनित नामकरण में उसके मन तथा हृदय में देशज श्वानों के जीवन स्तर में भविष्य में सुधार का भाव एवं स्वप्न समाहित था। समय के साथ बहादुर से भी उस कुत्ते की मित्रता हो गयी। किन्तु **'शान'** के व्यवहार में उसके प्रति घृणा और तिरस्कार बना रहा।

'स्वराज' को, अपने नाम के अनुरूप, घर में उन्मुक्त विचरण की स्वतन्त्रता प्राप्त थी। उसे चेन या पट्टे के बंधन से मुक्त रखा गया। इसके विपरीत 'शान' को, गले पर पट्टे के साथ, घर के मंडप तक सीमित रखा जाने लगा। तीन

माह में स्वराज के स्वाथ्य में काफी सुधार हुआ जिसके परिणामस्वरुप उसके तन में निखार आ गया। उसका व्यवहार क्रीड़ाशील और मित्रतापूर्ण हो गया। वह आचरण मात्र उसके माता-पिता और बहादुर के सापेक्ष नहीं, अपितु पड़ोसियों और उनके पालतू श्वानों के सापेक्ष भी सक्रिय हो गया।

उस देशज श्वान के स्वास्थ्य में सुधार तथा प्रगति को देखते और सराहते हुए, कुछ पड़ोसियों ने भी देशज कुत्तों को पालने की इच्छा व्यक्त की। बिजोय ने उन्हें उस प्रयास के संपादन हेतु प्रोत्साहित किया। उसने उन सबको उस दिशा में अपने भावी सहयोग का आश्वासन भी दिया। परिणाम स्वरुप तीन और परिवारों ने उस दिशा में अपने कदम बढ़ाये। तीनों ने पृथक-पृथक देशज श्वान चयनित करते हुए कुछ दिवसों में उनसे मित्रता स्थापित की, जिसके उपरांत तीनों परिवारों ने अपने-अपने चयनित कुत्तों को अपना पालतू बना लिया। अगले कुछ माहों में ये परिवार भी नये पाले गये श्वानों के स्वास्थ्य में यथेष्ट सुधार लाने में सफल हो गए। उनसे प्रेरित होकर, मोहल्ले के उन परिवारों ने जिनके पास तब तक कोई पाला हुआ कुत्ता नहीं था, पारिवारिक प्रयोग हेतु एक एक देशी श्वान का चयन किया और उसका पालन-पोषण प्रारंभ कर दिया। बिजोय निरंतर उन सबको चिकित्सीय, औषधीय और आहारीय परामर्श सुलभ कराता था। एक वर्ष में, मोहल्ले में स्थानीय नस्ल वाले पालतू श्वानों की संख्या उन्नत नस्ल वाले श्वानों की संख्या से अधिक हो गयी। उस स्वस्थ परिवर्तन से प्रेरित होकर एक स्थानीय राजनीतिज्ञ ने, एक सामान्य दिवस, अपने उन्नत श्वान **'अजूबा'** को बंधनमुक्त करके सड़कों पर स्वतंत्र विचरण के

लिए छोड़ दिया और उसके एवज,एक देशी श्वान पाल-पोस लिया। अगले दिन **'अजूबा'**, नदी तट पर मृत अवस्था में पाया गया। कुछ लोगों के अनुसार उस कुत्ते की मृत्यु का कारण भोजन से विषाक्तीकरण था पर लोगों का यह अनुमान था उस मृत्यु का वास्तविक कारण उन्नत नस्ल के उस कुत्ते पर देशी कुत्ते के समूह का सम्मिलित प्रहार था। कुछ और माहों में उस इलाके में उन्नत नस्ल के पालतू श्वानों की संख्या मात्र अल्पसंख्यक होकर रह गयी क्योंकि अनेक परिवारों ने अपने उन्नत नस्ल के पालतू श्वानों को अन्य इलाकों के निवासियों को बेंच दिया।

विश्वास परिवार द्वारा पोषित श्वान**'स्वराज'**, धीरे धीरे विश्वास परिवार के सदस्यों का ही नहीं बल्कि मोहल्ले के अधिकांश निवासियों का दुलारा बन गया। समय के बहाव के साथ, उसके स्वस्थ्य,गति और अनुशासनबद्धता में व्यापक सुधार हुआ। उसके फलस्वरूप वह पहले से अधिक सभ्य और प्रफुल्ल हो गया। एक दिवस, बिजोय **'स्वराज'** को एक **'नगर श्वान प्रदर्शन'** में ले गया। उस प्रदर्शन प्रतियोगिता के परिणाम, दिवस की संध्या बेला में घोषित हुए। प्रतियोगिता के परिणाम में **'स्वराज'** को द्वितीय स्थान के प्राप्ति की घोषणा हुई। मोहल्ले के एक उन्नत नस्ल के पालतू श्वान को मात्र सांत्वना पुरस्कार प्राप्त हुआ। समारोह के पुरस्कार सत्र की अध्यक्षता नगर निगम के अध्यक्ष ने की। अपने श्वान का पुरस्कार अध्यक्ष से ग्रहण करते समय, बिजोय ने उनसे हाथ मिलाते हुए उनको नमस्कार निवेदित किया। अध्यक्ष की प्रतिक्रिया और हाव-भाव से ऐसा प्रतीत हुआ जैसे वे उसे जानते हैं।

"आप शायद कोई परियोजना प्रेषित करने मेरे पास आये थे" उन्होंने तत्काल टिपण्णी की।

"जी श्रीमान ..... वह परियोजना छुट्टा देशज श्वानों के नियोजित पुनर्वास से सम्बंधित थी" उसने बताया।

"मुझे.....आपका नाम .... स्मरण...नहीं कर कर पा रहा हूँ" अध्यक्ष जी ने कहा।

"मान्यवर मैं बिजोय बिश्वास हूँ" उसने विशवास भरी वाणी में अध्यक्ष जी को अवगत कराया।

"बहरहाल, जैसा मुझे ध्यान आ रहा है, आपकी परियोजना स्वीकृत हो चुकी है और आप चाहें तो शीघ्र संपर्क कर सकते हैं" अध्यक्ष ने सूचित किया।

उस दिवस, घर वापस पहुँचने पर बिजोय ने देखा की उसके अनेक पड़ोसी उसका एवं उसके पुरस्कार प्राप्त श्वान का स्वागत करने के लिए एकत्रित हैं।

"स्वराज आकर्षक और फुर्तीला हो चुका है" एक ने कहा।

"आपने चमत्कार कर दिया" दूसरा बोला।

"इसने इस पूरे इलाके का और हम सबका मान बढ़ाया है" तीसरे ने टिप्पणी की।

तीनों ने **'स्वराज'** की पीठ थपथपा कर उसे प्यार से पुचकारा। उस कृत्य को देखकर **'शान'** क्रोधित होकर भौंकने लगा।

अगले दिन बिजोय पूरी तैयारी के साथ नगर निगम के कार्यालय गया। कार्यालय कर्मचारियों से जानकारी प्राप्त करने पर उसे ज्ञात हुआ की अध्यक्ष जी राजकीय भ्रमण पर प्रस्थान कर चुके हैं। उसने अपनी परियोजना से सम्बंधित पत्रावली की अद्यतन स्थिति पता करने का प्रयास किया पर उसे सफलता नहीं मिल पायी। परिणामस्वरूप वह हताश एवं निराश होकर घर वापस चला आया। घर पर पिताजी ने उसे एक कूरियर हस्तगत किया। उसने उसे आलस्य में खोला। उसमें एक बड़ी अंतर्राष्ट्रीय कम्पनी द्वारा अपने नाम से निर्गत नियुक्ति पत्र देखकर वह आश्चर्यचकित हो गया। उसने तत्काल माँ और पिता को वह सन्देश सुनाया। वह समाचार ज्ञात होते ही दोनों उदास हो गये। उसने उन्हें यह बताते हुए उन्हें सांत्वना दी कि वह उन्हें छोड़कर कहीं नहीं जाएगा। पर उसके मन में उस भाव के विपरीत भाव विद्यमान थे। उस रात्रि, भोजन ग्रहण करने के उपरांत, उसने पर्याप्त समय **'स्वराज'** के साथ क्रीड़ा करने में बिताया। शान उस क्रीड़ा को ध्यान से देखता रहा।

अगले कुछ दिवसों तक बिजोय अपने मोहल्ले में पशुपालन से सम्बंधित लघु सत्रों के आयोजन में व्यस्त रहा। कुछ और देशज श्वान देखे और अंगीकृत किये गए। एक दिवस प्रतिदिन की तरह संध्या बेला में बहादुर **'शान'** को घुमाने ले गया। मार्ग में **'शान'** सहसा मूर्छित होकर गिर पड़ा। बहादुर ने तत्काल दौड़ते हुए घर वापस आकर बिजोय को वह सूचना दी। सूचना पाते ही बिजोय घर से प्रस्थान करते हुए शीघ्र मौके पर पहुँचा। उसने बेहोश श्वान का प्राथमिक परीक्षण किया और एक रिक्शे पर उस अचेतन

जीव को लदवाकर घर वापस ले आया। उसने उसे एक वर्धक इंजेक्शन लगाया। धीरे धीरे **'शान'** को होश आ गया। अर्धरात्रि तक उसकी स्थिति में काफी सुधार हो गया। किन्तु अगले कुछ दिवसों में उसकी दशा पुनः बिगड़ गयी। एक दिवस शान की दशा बहुत अधिक खराब हो गयी। वह दिनभर किसी प्रकार जीवित रहा पर ठीक अर्धरात्रि के समय उसकी मृत्यु हो गयी। **'शान'** की मृत्यु का आभास होते ही **'स्वराज'** उदास हो गया। गत दिवसों में शान से उसका बैर लगभग समाप्त हो गया था। अगले दिवस उसने कुछ खाया भी नहीं। उसके आचार में आमोद-प्रमोद और मुख से प्रफुल्लता लगभग लुप्त हो चुकी थी। एक सप्ताह उपरान्त ही स्थिति कुछ सामान्य हो पाई।

वह इलाका सामाजिक तौर पर दो भिन्न समूहों में विभाजित हो चुका था नामतः एक ऐसे परिवारों का जिन्होंने स्थानीय नस्ल के कुत्ते पाल रखे थे और दूसरा उनका जिनके पास उन्नत नस्ल के श्वान पोषित थे। पहला समूह स्थानीय नस्लों के महत्व और उन्नत विदेशी नस्लों के दुष्परिणामों पर विश्वास करता था। इससे भिन्न दूसरे समूह के सदस्यों की धारणा इसके ठीक विपरीत थी। एक दिवस, पशु कल्याण को अर्पित एवं समर्पित एक संगठन ने मोहल्ले के एक महत्वपूर्ण कोने में एक **'श्वान प्रदर्शनी** का आयोजन किया। उस प्रदर्शनी में स्वराज ने अन्य सभी श्वासों को पीछे छोड़ दिया। उसे प्रथम पुरस्कार हेतु चयनित किया गया। द्वितीय और तृतीय पुरस्कार प्राप्त करने वाले श्वान भी स्थानीय नस्ल के पालतू श्वान थे। पुरस्कृत होने वाले श्वानों में उन्नत विदेशी नस्ल वाला मात्र एक श्वान था जिसे केवल सांत्वना पुरस्कार से

संतोष करना पड़ा था। परिणाम ज्ञात होते ही, समारोह में विद्यमान उन्नत श्वान नस्लों के स्वामी मौन हो चुके थे।

"किन्तु मेरा श्वान शक्ति और प्रज्ञा में सर्वशक्ति है" एक व्यक्ति ने टिप्पणी की।

उसके श्वान का नाम **'शक्ति'** था। कुछ और लोगों ने अपने अपने उन्नत नस्ल के श्वानों की प्रशंसा में विशिष्ट विशेषण प्रयोग किये। परस्पर विचार विमर्श के उपरान्त यह निश्चित हुआ कि प्रकरण के निस्तारण हेतु आगामी दिवस चयनित स्थल पर साठ मीटर की दौड़ होगी और उसके उपरान्त दोनों में एक द्वन्द्व होगा।

वह भिड़ंत अगले दिवस की भोर में प्रारंभ हो गयी। लगभग सभी महत्वपूर्ण श्वान स्वामी, अपने अपने पालतू कुत्तों के साथ मौके पर उपस्थित थे। **'स्वराज'** और **'शक्ति'** को प्रारम्भिक रेखा पर खड़ा किया गया। रेखा के ठीक पीछे, दौड़ के प्रारंभ का संकेत प्रसारित करने हेतु एक पिस्तौलधारी व्यक्ति और न्यायमंडल का एक सदस्य सजग खड़े थे। न्याय मंडल का एक सदस्य,दौड़ हेतु निर्धारित लक्ष्यांकित गंतव्य बिंदु पर सजग खड़ा था। पिस्तौल के स्पष्ट हवाई फायर ने दौड़ का प्रारम्भ घोषित किया। दोनों श्वानों का फर्राटा प्रारम्भ हो गया। दौड़ के मध्य तक **'शक्ति'** **'स्वराज'** से बस थोड़ा आगे रहा। अचानक **'शक्ति'** गिर पड़ा। उसके गिरने के कारण **'स्वराज'** लक्ष्यांकित बिंदु पर पहले पहुँच गया। अनेक लोगों ने आगे बढ़कर **'स्वराज'** की पीठ थपथपाई और पुचकारा। **'शक्ति'** को अपने उपेक्षित होने का आभास हुआ। उसे वह दृश्य असहनीय लगा। सहसा वह बिना बचाव का अवसर दिए स्वराज पर झपटा।

उस कृत्य पर दृष्टि पड़ते ही,स्थानीय नस्ल वाले अनेक पालतू कुत्ते, जो तब तक अपने अपने स्वामियों के पीछे मौन खड़े थे, स्वराज के बचाव हेतु तेजी से आगे बढ़े। उस संगठित प्रहार से शक्ति काफी भयभीत हो गया और वह अपने स्वामी के घर की दिशा की ओर भागा।

"इससे क्या यह तथ्य पुष्ट और प्रमाणित नहीं हो जाता कि स्थानीय नस्ल वाले श्वान अधिक प्रज्ञ और ज्यादा न्यायप्रिय होते हैं और उनमें बेहतर अनुकूलनशीलता होती है?" बिजोय ने सबसे प्रश्न किया।

अधिकांश उपस्थित लोगों ने बिजोय के तर्क का समर्थन किया। श्रीमान सक्सेना(शक्ति के स्वामी) के मुखमंडल पर उस समय नैराश्य के भाव थे। संभवतः वे अपने श्वान की पराजय से हताश थे।

"मेरे श्वान ने मेरे विश्वास को चूर कर दिया है इसलिए मैं इसे आज ही घर से निकाल दूंगा" सक्सेना साहब ने घृणा और उत्तेजना में घोषित किया।

"किन्तु वह कोई समाधान नहीं है" बिजोय ने उन्हें परामर्श दिया।

"उसके अलावा मैं कर भी क्या सकता हूँ?" सक्सेना साहब ने पूछा।

"उसको उसके प्राकृतवास में वापस भेज दीजिए" बिजोय ने पुनः परामर्श दिया।

"लेकिन मुझे उसके प्राकृतवास के बारे में जानकारी नहीं है" सक्सेना जी जे अपनी विवशता जताई।

"उसके लिए आपको उसके पारिवारिक इतिहास के सम्बन्ध में पर्याप्त जानकारी प्राप्त करनी होगी, संभवतः उस श्रोत से जहाँ से वह प्राप्त हुआ हो" बिजोय ने स्पष्ट किया।

उस परस्पर वार्ता के उपरान्त सब अपने अपने घर वापस चले गए। सक्सेना साहब को घर वापस पहुँचने पर शक्ति को न पाने पर मानसिक राहत मिली। वह यह सोचकर भी आनंदित थे कि उन्हें अब शक्ति के पारिवारिक इतिहास को खोजने की आवश्यकता नहीं पड़ेगी। कुछ अन्य लोग अपने श्वानों के अवलोकन एवं विश्लेषण में व्यस्त हो गये।

उस दिवस बिजोय दिन भर श्वानों के नियोजित पालन-पोषण और पुनर्वास के सम्बन्ध में एक विस्तृत लेख का आलेख तैयार करने में लीन रहा। दिन भर और पूरी रात्रि भर भी लगातार लगे रहने के बावजूद भी वह कार्य पूरा नहीं हो पाया। कुछ और दिवसों तक वह प्रयास और समर्पण चलता रहा। दिन-रात रेखांकन और लेखन चलता रहा। उस कार्य को पूर्ण होने में पूरा एक पक्ष लग गया। तब तक वह आलेख एक पुस्तक के तुल्य आयतन प्राप्त कर चुका था। उसने कुछ सूक्ष्म बिंदुओं एवं तथ्यों पर इलाके में विद्यमान उस विषय के विशेषज्ञों से विचार-विमर्श भी किया। कुछ दिवसों के उपरांत उसने संबंधित पाण्डुलिपि, क्षेत्र के एक प्रतिष्ठित प्रकाशक को सौंप दी। उसने अपने सभी पड़ोसियों को स्थानीय नस्ल के श्वानों के उचित देखभाल और नियोजित पालन-पोषण हेतु विशिष्ट समूह गठित करने का परामर्श दिया। अगले सप्ताह के प्रारंभिक दिवस वह समूह गठित हो

गया। मोहल्ले के वासियों ने गहन परस्पर विचार-विमर्श के उपरान्त उसे **'देशज समूह'** नाम दिया। समूह ने अपनी प्रथम बैठक में स्थानीय नस्ल के श्वानों की उचित देखभाल और उन्नत पोषण विधि प्रचारित, प्रसारित और संचारित करने का संकल्प लिया। उस सम्मिलित संकल्प में छुट्टा श्वानों का पोषण तथा देखभाल भी समाविष्ट था।

बिजोय की पाण्डुलिपि को **'स्वराज'** नामक पुस्तक के रूप में प्रकाशित होने में तीन माह का समय लग गया। पुस्तक के लोकार्पण समारोह से ठीक एक दिवस पूर्व, विश्वास परिवार में स्थिति अत्यन्त तनावपूर्ण बन गयी। परिवार के सदस्य इस तथ्य के ध्यान से दुखी और उदास थे की अगले दिवस पुस्तक लोकार्पण समारोह के बाद, बिजोय को विदेश हेतु प्रस्थान करना है।

"तुम इस देश में रहकर भी धनोपार्जन कर सकते हो" श्रीमती विश्वास ने अपने पुत्र को समझाया।

भावावेश में उनके नयन अश्रु से नम हो गए।

"किंतु आप दोनों की देखभाल करने के लिए मेरा मित्र मौजूद रहेगा" बिजोय ने माता-पिता को संयमित करने का प्रयास किया।

"स्वराज को भी अपने साथ ले जाओ, हम दोनों इसकी देखभाल नहीं कर पायेंगे" श्रीमती विश्वास ने झल्लाहट भरे स्वर में कहा।

संध्या बेला में, बिजोय स्वराज को साथ में लेकर,भ्रमण हेतु घर से बाहर निकला। मार्ग में उसे अनेक परिचित चहरे दिखाई दिए। कुछ ने रुककर उससे वार्तालाप

भी किया। विशाल उद्यान में प्रविष्ट होकर वह भव्य विधि और प्रफुल्ल मन से मुख्य भ्रमण पथ पर चलने लगा। स्वराज को उसने उद्यान में स्वतन्त्र विचरण हेतु उन्मुक्त कर दिया। स्वराज नवीन उल्लास के संकेतक समान, तीव्र गति से धावन का आनंद लेने लगा। इलाके के अनेक लोगों द्वारा बिजोय को नमस्कार किया गया। कुछ ने रुकर उसके प्रयासों की प्रशंसा भी की।

"सुना है, आपने श्वानों से सम्बन्धित एक पुस्तक भी लिखी है" एक ने कहा।

"आपने ठीक सुना है, कल ही उस पुस्तक के लोकार्पण समारोह का आयोजन निर्धारित है" बिजोय ने बताया।

उस समय तक स्वराज उसके पास पहुँचकर शान से शालीन मुद्रा में उपस्थित हो चुका था।

"ये किस उन्नत नस्ल का है?"उसने स्वराज की ओर देखते हुए बिजोय से पूछा।

"ये मात्र उचित देखभाल पद्धति से पोषित और परिष्कृत स्थानीय नस्ल का श्वान है" बिजोय ने उन्हें अवगत कराया।

वह उक्ति सुनकर,उस व्यक्ति के मुखमंडल पर सहसा आश्चर्य के भाव उभर उठे।

"मुझे ऐसा बोध और आभास हो रहा है कि हम सब को भी आपके इस विशिष्ट अभियान में शामिल हो जाना चाहिए" उसने उत्सुकता में कहा।

"किन्तु मैं तो कल एक विदेशी नियुक्ति और कार्यभार पर भारत से बाहर जा रहा हूँ" बिजोय ने सरलता से सूचित किया।

उस सरल संदेशात्मक संचार ने उस व्यक्ति को निराश और हताश कर दिया। बिजोय को उसके मुख एवं मस्तक पर दोनों भावों का मिश्रण नजर आया।

"फिर भी आप उस कार्य हेतु नव सृजित समूह 'देशज समूह' से संयोजन तथा समन्वय स्थापित कर सकते हैं" बिजोय ने उन्हें बताया।

"किन्तु आप भारत क्यों छोड़ रहे हैं, सारे उपेक्षित देशी श्वानों को आपके पावन नियोजित स्नेह की आवश्यकता है" उस व्यक्ति ने अपना स्पष्ट मत सुनाया।

बिजोय को उस व्यक्ति के उस कथन में व्यंग्य के समावेश का आभास हुआ। वह उसके प्रतिवाद का प्रारम्भ करने ही वाला था किन्तु उससे पहले उस व्यक्ति का अगला कथन प्रारंभ हो गया।

"वास्तव में मात्र श्वानों को ही नहीं बल्कि अन्य देशज वानस्पतिक तथा पशु प्रजातियों को भी आप जैसे समर्पित विशेषज्ञ के प्रणय एवं देखभाल की आवश्यकता है"

उस व्यक्ति के कथन की गहनता इस तथ्य की संकेतक थी कि वह कोई साधारण पुरुष नहीं बल्कि पारिस्थितिकी जागरूकता धारित विशिष्ट विद्वान है।

"वैसे आप किस विषय के विशेषज्ञ है?"बिजोयने उनसे पूछा।

"मैं मूलतः जैव-प्रविधिज्ञ हूँ" उसने बताया।

बिजोय ने उस विशिष्ट व्यक्ति को आगामी दिवस के आयोजन हेतु आमंत्रित करते हुए उससे विदा ली। घर के पास पहुँचते ही उसकी दृष्टि अपने माता-पिता पर पड़ी जो उस समय द्वार पर खड़े थे।

"इतनी देर तक तुम कहाँ थे बेटा, इतने लोग तुमसे मिलने और बात करने आये थे" माँ ने उसे बताया।

"उद्यान में मेरी भेंट कुछ जागरूक बुद्धिजीवियों से हो गयी और मैं उनसे बातें करने में व्यस्त हो गया" बिजोय ने कारण प्रस्तुत किया।

बिजोय ने घर में प्रविष्ट होकर अपना हाथ तथा मुख प्रछ्छालित किया। सबने भोजन प्रारंभ किया। बिजोय को अपने माता-पिता के चेहरों पर गहन गंभीरता नजर आयी।

अगले दिवस बिजोय की पुस्तक का लोकार्पण समारोह, नगर के एक भव्य होटल में आयोजित हुआ। होटल के स्वागत सभागार के चारों कोनों में स्थानीय नस्ल के चयनित श्वान विधिवत प्रदर्शित थे। **'स्वराज'** भी गौरवशाली द्योतक के रूप में पृष्ठ-पंक्ति के मध्य में प्रदर्शित था।

शीघ्र ही समारोह का आयोजन, होटल के विशालतम प्रेक्षागृह में प्रारम्भ हुआ। सक्सेना साहब ने पुष्प गुच्छ भेंट करके मुख्य अतिथि का स्वागत किया। औपचारिक घोषणाओं के उपरांत, बिजोय की नव प्रकाशित पुस्तक की प्रतियों का चमकीले आभामय आवरण से ढका-बँधा पैकेट, मुख्य अतिथि के सम्मुख प्रस्तुत हुआ। सभी मंचासीन महानुभाव एक साथ उठकर खड़े हो गए। मुख्य

अतिथि द्वारा पैकेट का फीता काटकर समस्त आवरण हटाया गया और उनके अन्दर से पुस्तक की प्रतियाँ निकालकार एक-एक प्रति सभी मंचासीनों को हस्तगत की गयी। प्रेक्षागृह में उस समय उपस्थित अनेक पत्रकारों और छायाचित्रकारों ने, उस विशिष्ट पुस्तक लोकार्पण के छाया चित्र लिए और विडियो भी बनाया। सभी अतिथियों और प्रतिभागियों ने नियोजित विधि से ताली बजाकर प्रकाशक, लेखक और संचालक का सम्मान किया। श्रीवास्तव जी ने पुस्तक के सार एवं मुख्य तत्व के बारे में एवं लेखक के संबंध में संक्षिप्त प्रस्तुतिकरण किया। तदुपरांत, श्रीमान भशीन जी ने उस पुस्तक के लेखन में समाहित उस लेखन के मूल उद्देश्यों का भी विस्तार से उल्लेख किया। मुख्य अतिथि ने अपने उद्बोधन में ऐसी विशिष्ट पुस्तकों के महत्व पर विस्तृत प्रस्तुति करते हुए कहा "मुझे आशा ही नहीं पूर्ण विश्वास है कि श्रीमान बिजोय विश्वास की यह पुस्तक, श्वानों की संसृति में एक स्वस्थ स्वराज स्थापित।"

उन्होंने कुछ विशिष्ट वाक्यों में बिजोय के सृजनात्मक दृष्टिकोण और सृजन-क्षमता की सराहना की।

"इस विशिष्ट व्यक्ति और इनके समर्पित लेखक के प्रयास, विशेष प्रशंसा और सम्मान के हकदार हैं। यहाँ मुझे यह घोषित करने का अवसर और सुविधा मिली है कि इनके द्वारा एक वर्ष पूर्व प्रेषित परियोजना, नगर निगम द्वारा अनुमोदित किया जा चुका है" उन्होंने घोषित किया।

बिजोय ने मुख्य अतिथि की ओर ध्यान से देखा। उनको गौर से देखते हुए यह स्पष्ट रूप से विदित हो रहा था

कि नगर निगम के अध्यक्ष पद के धारक में एक वर्ष पूर्व की स्थिति के सापेक्ष बदलाव हो चुका है और एक नए नागरिक का उस पद पर आगमन हो चुका है।

"मैं आदरपूर्वक श्रीमान विश्वास को मंच पर आकर, उस विशेष परियोजना का अनुमोदन-पत्र ग्रहण करने हेतु आमंत्रित करता हूँ" उन्होंने बिजोय की ओर संयम से देखते हुए कहा।

बिजोय सम्मानित मंच की ओर अग्रसर हुए। उन्होंने मंच पर चढ़कर, मुख्य अतिथि के पास पहुँचकर उन्हें आदरपूर्वक नमस्कार निवेदित किया और माइक की ओर बढ़े।

"आदरणीय अध्यक्ष जी, यदि आप अनुमति दें तो मैं अपने तीन विशिष्ट सहयोगियों श्रीवास्तव जी, भशीन साहब और सक्सेना जी को मंच पर बुलाना चाहूँगा "उन्होंने अनुरोध किया।

"अनुमति है" अध्यक्ष जी ने स्वीकृति दे दी।

तीनों विशिष्ट नामित व्यक्ति शीघ्र ही मंच पर पहुँच गए और बिजोय के साथ उन्होंने नगर निगम द्वारा निर्गत परियोजना के अनुमोदन-पत्र की प्रति ग्रहण कर ली।

"हम सब इस अनुमोदन-पत्र को मात्र इस शर्त पर ग्रहण कर रहे हैं कि श्रीमान बिजोय अपना विदेश नियुक्ति पर विदेश हेतु प्रस्थान की योजना निरस्त कर दें" भशीन साहब ने विशेष बलयुक्त स्वर में, अपना संकल्पित अनुरोध प्रस्तुत किया।

भशीन जी के उस अनुरोध के संबंध में प्रेक्षागृह में उपस्थित सभी लोगों ने उठकर खड़े होते हुए एक स्वर में अपना सामूहिक समर्थन व्यक्त किया। बिजोय जी ने एक बार ध्यान से उस एकत्रित समूह, अपने माता-पिता के उदास चेहरों और अपने पालतू श्वान को देखा। शीघ्र ही स्वराज उसके पास आकर अपने पिछले पाँवों पर खड़ा होकर,उसे ध्यान से देखने लगा। उस श्वान की उस मुद्रा को देखकर, दूसरों को ऐसा प्रतीत हो रहा था, जैसे वह किसी विशिष्ट प्रयोजन से,कोई प्रार्थना कर रहा हो। बिजोय का हृदय उस समय कुछ कहना चाह रहा था पर शब्द मुख से बाहर नहीं निकल पा रहे थे। उस सम्मान्य जनसमूह को बिजोय के नयन नम होते दिखाई दिए। बिजोय के कुछ प्रिय पड़ोसियों ने, उसके पास पहुँचकर,उसे प्यार से गले लगा लिया। सबने मिलकर एक स्वर में, अध्यक्ष जी को परियोजना के अनुमोदन हेतु धन्यवाद दिया। उसके उपरान्त सभी उपस्थित प्रतिभागियों को अल्पाहार के पैकेट दिए गए। समारोह के समापन तक, संध्या का अंतिम सत्र समाप्ति के कगार पर पहुँच चुका था।

बिजोय ने सभी प्रतिभागियों एवं पत्रकारों से विदा लेते हुए होटल से घर हेतु प्रस्थान किया। उसकी पुस्तक के प्रकाशक श्रीमान श्रीवास्तव एवं उसके अनन्य प्रशंसक भशीन जी भी उसके साथ हो लिए। दोनों ने उसे मार्ग में इन्टरनेट कैफ़े पर रोककर, उसकी उस दिवस हेतु आरक्षित विदेश विमान यात्रा निरस्त करवाई। दोनों उसे अपने साथ उसके घर ले गए। घर पहुंचकर दोनों ने बैठक कक्ष में प्रविष्ट होकर, उसके माता-पिता को उसकी विदेश यात्रा

निरस्तीकरण के सम्बन्ध अवगत करा दिया। वह संदेश सुनते ही विश्वास दम्पति का मुखमंडल असीम प्रसन्नता के भाव से आच्छादित हो गया। दोनों ने तत्काल उत्सुख स्वर में बहादुर को कॉफ़ी बनाकर लाने का आदेश दिया। कॉफ़ी के आने तक बातें और विचार-विमर्श चलता रहा।

"हम सब को बिना बहुत अधिक सरकारी अनुमोदनों पर निर्भरता के, अपना कार्यक्रम अपने बल पर चलाना है" बिजोय ने स्पष्ट किया।

सब उपस्थित श्रोताओं ने उस संकल्प के समर्थन में अपना सिर हिलाया।

"उसके अतिरिक्त,हम सबको धीरे-धीरे अपने प्रयासों को अन्य स्थानीय प्रकारों के वनस्पतियों और पशुओं पर भी प्रभावी बनाना होगा" बिजोय ने आगे समझाया।

एक बार पुनः सबने समर्थन में अपना अपना शीश हिलाया। इस बार स्वराज ने भी अपनी पूँछ का डोलन करके समर्थन का संकेत प्रसारित किया।

कुछ ही देर उपरांत बहादुर कॉफ़ी लेकर आया। सबने मुदित मन से कॉफ़ी का सेवन किया। श्रीवास्तव जी और भशीन साहब ने उनसे विदा लेते हुए वहाँ से प्रस्थान किया। उस समय तक संध्या रजनी के रहस्यमय अंधकार में विलीन हो रही थी। घोर तीमिर के सार में आशा की रश्मियाँ पोषित और रजनी में ज्ञानोदय की भोर संगुप्त थी।

उस रात, बिजोय को प्रशांत निद्रा का आनंद मिला जिसमें सभी स्थानीय प्रजातियों के पुनरुज्जीवन का

आशावादी स्वप्न समाहित था। उस स्वप्न में विलुप्त प्रजातियों का समूह भी अस्तित्व में आता नजर आया। एक अन्य विशिष्ट उन्नत स्थिति का दर्शन हुआ। स्वराज अन्य जीवों के मित्र के रूप में मुखर होकर सुराज का प्रबल संकेतक बन चुका था।

कार्यशाला

वर्ष का एक विशेष दिन। वर्षों पूर्व उसी दिवस,कुछ पारिस्थितिकी-विशेषज्ञों ने गहन चिंतन करते हुए, विश्व समुदाय के समक्ष यह निष्कर्ष प्रस्तुत कर दिया था कि, मरु एवं बीहड़ों के विस्तार तथा प्रदूषण के प्रसार पर प्रभावी नियंत्रण करना, समग्र मानव जाति एवं सृष्टि के अस्तित्व के लिए आवश्यक हो गया है। कुछ समर्पित बुद्धिजीवी, पर्यावरण संरक्षण एवं पारिस्थितिकीय विकास के सम्मेलनों के आयोजन में सक्रिय हो चुके थे।

ऐसा ही एक सम्मेलन,.एक विकासशील देश के प्रमुख नगर में प्रारम्भ होने जा रहा था।

सम्मेलन स्थल पर अनेक पर्यावरणविद्, वैज्ञानिक और विद्वान पधार चुके थे। अनेक विश्वविद्यालयों के विद्यार्थी भी उपस्थित हो चुके थे। सभी सम्भवतः अपने ज्ञान में वृद्धि अथवा अपने भ्रान्तियों की शुद्धि हेतु तत्पर थे। सूरज नाम का एक उत्सुक ग्रामीण युवक भी उन्हीं विशिष्ट प्रयोजनों से आया था। वह अपने अंतर्मन से प्रकृति, पादपों एवं वृक्षों का अनन्य प्रेमी था। उसने अपने गाँव में अपने अथक प्रयास से, चार उत्कृष्ट वृक्षारोपण स्थापित करते

हुए, अधिकाधिक पौधारोपण के संदेश को, पड़ोसी ग्रामों में भी प्रचारित और प्रसारित कर दिया था। वह चुपचाप खड़ा होकर कुछ सोच ही रहा था कि एक कार के आगमन की ध्वनि ने उसके विचारों की शृंखला भंग कर दी। कार के ईंधन से निकलते हुए धुएँ ने उसकी नासिकाओं और फेफड़े पर अप्रिय प्रभाव डाला। उसे अपने श्वासों में घुटन सी महसूस हुई। गाँव के शुद्ध परिवेश में उसे कभी भी वैसी घुटन महसूस नहीं होती थी। कार ने अपने विराम के पूर्व, पुष्प-युक्त वनस्पति धारित तीन शानदार गमले ध्वस्त कर दिये। कार में सवार व्यक्ति सम्भवतः मुख्य अतिथि थे क्योंकि उनके कार से उतरते ही, अनेक लोग तीव्रता से उनकी ओर बढ़े और उनका मार्गदर्शन करते हुए, उन्हें प्रेक्षागृह में ले गये।

उद्घोषक ने क्रमवार, सम्मानित अतिथियों से, मंच पर आसन ग्रहण करने का अनुरोध किया। शीघ्र ही सभी अतिथियों ने अपना स्थान ग्रहण कर लिया। कार्यशाला के संयोजक ने विश्व पर्यावरण दिवस का ऐतिहासिक और सांस्कृतिक महत्व विस्तार से बताया। विज्ञान एवं दर्शन के मधुर मिश्रण से कई महत्वपूर्ण बिंदुओं पर प्रकाश डालने का भरसक प्रयास किया गया। इस प्रकार कार्यशाला प्रारंभ हो गयी।

सर्वप्रथम एक अभियंत्रण विशेषज्ञ ने बोलना आरम्भ किया। उनके हाथों में स्वच्छता से टंकण की हुई सामग्री का नियोजित समूह था। उन्होंने उसे माइक से संलग्न डेस्क पर रखा और अपना भाषण

प्रारंभ किया। वह लगातार बीस मिनट तक बोलते रहे। अपनी प्रस्तुति के माध्यम से उन्होंने जल-चक्र, जल-संरक्षण तथा विविध जैविक तकनीकी यंत्रों के संबंध में विस्तृत जानकारी दी। उनके द्वारा उसमें अनेक विशिष्ट तकनीकी शब्दों का प्रयोग भी किया गया। बोलते समय उनके मुखमंडल पर कुछ ऐसे विशेष भाव उभरे जैसे उनके मन को यह आभास हो रहा हो कि वे आए, देखा और विजयी हुए। उन्होंने अपार पारिस्थितिकीय ज्ञान प्रसारित करने का भरसक प्रयास किया। उनका भाषण समाप्त होते ही अधिकांश प्रतिभागियों ने राहत की साँस ली। सूरज का शीर्ष तब तक बहुत भारी हो चुका था। उस समय उसके मन को ऐसा आभास हो रहा था जैसे उसके मस्तक से सूर्य लुप्त हो चुका है।

अगले वक्ता ने, कृषि-वानिकी का प्रारूप एवं निर्धारण को विस्तार से समझाया। उसने वानिकी और कृषि के मौलिक सिद्धांतों को कुशलता से रेखांकित किया। उनके द्वारा 'ओजोन परत के यथार्थ', 'ग्रीन हाउस प्रभाव', 'रासायनिक खादों के दुष्प्रभाव' के अतिरिक्त अनेक अन्य तथ्यों पर प्रकाश डाला गया। सुंदर तकनीकी शब्दों से सुसज्जित भाषा, रेखांकित स्लाइडों एवं चित्रों का प्रयोग करते हुए, उन्होंने अपने विभिन्न कथनों को आधे घंटे में स्पष्ट किया। उनके ठीक बाद एक वैज्ञानिक की बारी आई। उसने जीन-भंडारण की आवश्यकता पर बल दिया। इसी प्रकार कुछ कृषि-वैज्ञानिकों, कुछ वनाधिकारियों, प्रदूषण

नियंत्रण बोर्ड के कुछ अधिकारियों तथा राजस्व विभाग के कुछ वरिष्ठ अधिकारियों के प्रवचन हुए। पर्यावरणी संकटों से विश्व को उबारने के लिए सबके पास भाँति-भाँति के समाधान थे। कुछ ने कृषि पद्धति में आमूल परिवर्वन सुझाए,कुछ ने समग्र धरा पर पौधारोपण की इच्छा व्यक्त की, कुछ ने ईंधन प्रयोग करते वाहनों के प्रयोग पर अंकुश लगाने की बात कही तथा कुछ ने अपनी प्रस्तुतियों में अनेक आँकड़ों का समावेश किया। कई अंतर्राष्ट्रीय सम्मेलनों का उदाहरण दिया गया एवं उनके निर्णयों तथा निर्धारणों से प्रतिभागियों को भिज्ञ बनाने का प्रयास किया गया। पन्द्रह मिनट के मध्यांतर की मंच से घोषणा पर अधिकांश श्रोता प्रसन्न हुए।

सम्मानित अतिथियों को भोजन हाल के बाहर लगे शामियाने में उपलब्ध कराया गया। अधिकांश विद्यार्थी अपना भोजन अपने घर से लेकर आये थे। सूरज भी अपना घरेलू खाना अपने साथ लेकर आया था। दस मिनट में भोजन करने के बाद, उसने नल से पानी पिया और आराम से टहलने लगा। वह जानता था कि कार्यशाला का द्वितीय सत्र मुख्यतः गैर सरकारी संगठनों एवं स्वयं सेवी समूहों के लिए आरक्षित है।

भोजनोपरांत सत्र का प्रारंभ अशुभ सिद्ध हुआ। किसी तकनीकी दोष के कारण बिजली चली गई जिसके कारण आयोजकों को विवश होकर जनरेटर चलवाना पड़ा। वह विशिष्ट वैज्ञानिक यंत्र

लगातार तीन घंटे तक शोर मचाता रहा। उन तीन घंटों में विभिन्न गैर सरकारी संगठनों तथा स्वयं सेवी समूहों के प्रतिनिधियों ने, मंच पर माइक के निकट जाकर, अपना अपना बिगुल बजाया। अनेक विद्यार्थी प्रस्तुतियों को सुन कर ऊब चुके थे। कुछ बोलने का अवसर चाहते थे। पर ऐसे वक्ताओं के लिए, मंच पर कोई स्थान नहीं था। सूरज के मस्तिष्क में भी विविध प्रकार के विचार उत्पन्न हो चुके थे। वह अपने विचारों को प्रसारित करता चाहता था। उसने अपने मन की इच्छा से संयोजक को शालीनता से अवगत करा दिया। उस प्रयास के बावजूद उसे बोलने का अवसर नहीं दिया गया। अनेक औपचारिकताओं के उपरांत,मुख्य अतिथि के उद्बोधन का समय आया। वह ऊँची ख्याति के राजनीतिज्ञ थे। उन्होंने प्रभावशाली शैली में सशक्त शब्दों का प्रयोग करते हुए कहाः"आज के विश्व का सबसे दुखद यथार्थ यह है कि हमें पर्यावरण-संरक्षण का उपदेश एवं संदेश वो देश देने का प्रयास कर रहे हैं जो स्वयं पर्यावरण ह्रास के प्रबलतम जनक हैं।"

उन्होंने वातानुकूलन यंत्रों तथा जटिल विद्‌युत उपकरणों का प्रयोग नहीं करने का परामर्श दिया। कारों, हेलीकाप्टरों तथा वायुयानों के अत्यधिक उपयोग के प्रति घृणा व्यक्त की। अपनी प्रस्तुति के प्रवाह में वह शायद यह भूल गये कि हाल के अंदर स्थापित सभी माईक, स्पीकर, पंखे और बल्ब, उस समय संचालित जेनरेटर से ही क्रिया कर रहे हैं। उन्होंने अनेक देशों की सफलताओं एवं प्रयासों का उदाहरण

दिया और यह कहते हुए अपने संबोधन का समापन किया कि "हम सबको अपने स्वयं के व्यवहारिक समाधान तलाशने होंगे।"

शीघ्र ही पर्यावरण संरक्षण से संबंधित संक्षिप्त लघु पर्चियाँ वितरित हुईं। संयोजक द्वारा धन्यवाद संदेश प्रस्तुत किया गया। इस प्रकार 'विश्व पर्यावरण दिवस' की महत्वपूर्ण कार्यशाला का समापन हुआ। काफी देर से चलता हुआ जेनरेटर बंद किया गया। संलग्न वायुमंडल एवं वनस्पतियों ने निश्चित रूप से राहत की साँस ली होगी। शीघ्र ही कई सम्मानित व्यक्ति अपनी कारों में पुनः सवार हो गये। कारों एक निश्चित दिशा में बढ़ने लगीं। उस काफिले को देखकर ऐसा लग रहा था जैसे सब किसी विशेष स्थल की ओर अग्रसर हैं। इस बार कुछ गमलों के अतिरिक्त कुछ पौधे भी नष्ट हुए। वाहनों से निकलते हुए धुएँ ने पास-पड़ोस को प्रदूषित किया। कुछ जिज्ञासु छात्रों को ऐसा आभास हुआ जैसे वह 'विश्व पर्यावरण दिवस' के बजाय 'विश्व प्रदूषण दिवस' है। कारों के उस विपुल काफिले के पीछे, विद्यार्थियों, गैर सरकारी संगठनों एवं स्वयं सहायता समूहों के प्रतिनिधियों से खचाखच भरी हुई बसें थीं। सूरज भी उनमें से एक बस पर सवार था। काफिले एवं समूह ने प्राकृतिक वन के एक विशिष्ट अंश में प्रविष्ट होते हुए, उसके पादपों एवं वृक्षों का गहन अवलोकन किया। उस नियोजित प्रवेश से प्राकृतिक पुनरुत्पादन का सहज नाश हुआ। उसके परिणाम स्वरूप अनेक बीज तथा बीजांकुर शहीद हो गये। सूरज का मन वह सब दृश्य देखकर व्याकुल हो

गया। अपने गाँव के निकट वाले चौराहे पर बस से उतरने के बाद ही उसके मन को कुछ शांति मिली। उस समय उसे अपने हृदय एवं श्वासों पर अजीब से भारीपन का आभास हो रहा था। अपने गाँव की सरहद पर पहुँचकर ही उसे मुक्ति का आभास हुआ। उसने जल ग्रहण करने के उपरांत फलाहार किया। कुछ देर बाद उसे नींद आ गयी।

अगले दिन,सूरज अपने गाँव में, स्वयं द्वारा स्थापित वृक्षारोपणों में गया। उसने वहाँ विद्यमान पेड़-पौधों को प्यार से पुचकारा तथा पक्षियों को दाना दिया। उस समय गाँव से दूर महानगर में, 'पर्यावरण समूह' के विशेषज्ञ, एक आलीशान होटल के वातानुकूलित कक्ष में बैठकर, अपनी भावी कार्य योजना को अंतिम स्वरूप सौंप रहे थे। मांसाहारी भोजन का सेवन करते हुए, शायद वह सब यह भी भूल चुके थे कि पशु-पक्षी पर्यावरण एवं जैविक संपदा के महत्वपूर्ण घटक हैं। मात्र चंद घंटों में, अगले 'विश्व पर्यावरण दिवस' पर प्रेषण एवं वार्ता हेतु कार्य-योजना तैयार हो गयी।

एक पाठक मरने से पहले

विज्ञान को बाल्यकाल से ही वैज्ञानिक प्रयोग करने और विज्ञान कथाएँ पढ़ने का बहुत शौक था। इलेक्ट्रॉनिक्स से परास्नातक और शोध करने के बाद उसकी नियुक्ति सी.एस.आई.आर. (काउंसिल आफ साइन्टिफिक एंड इन्डस्ट्रियल रिचर्च) में 'वैज्ञानिक ए' के पद पर हो गयी। सेवाकाल में भी वह नवीन विज्ञान कथाएँ पढ़ने का मोह नहीं त्याग पाया। किंतु पच्चीस वर्ष की निष्ठावान सेवा करने और 'वैज्ञानिक एफ.' हो जाने के बाद एक दिन उसने स्वैच्छिक सेवानिवृत्ति लेने का निर्णय ले लिया। वैसा उसने अपना सारा समय पठन-पाठन को अर्पित करने के ध्येय से किया। चूँकि वह अविवाहित था अतः उसे वह निर्णय लेने में कोई विशेष परेशानी नहीं हुई। प्रयागराज स्थित अपने घर वापस आकर उसने एक नया जीवन प्रारंभ किया। वह जीवन जो केवल सार्थक पठन-पाठन तक सीमित हो जाना था। उसने एक बार पुनः अपनी प्रिय विज्ञान कथाओं को पढ़ना प्रारंभ किया। भोर की प्रथम बेला में प्रातः भ्रमण, फिर योग और अल्पाहार और उसके

बाद अधिकांश समय पढ़ाई। यही उसकी दिनचर्या बन गयी।

एक दिन तो रात भर एच.जी.वेल्स की कालजयी कृति 'द टाइम मशीन' का पुनः पाठन करते-करते ही सो गया। सुबह घर के अनुचर को वह मूर्च्छित अवस्था में मिला। चिकित्सक बुलाए गये। कुछ दिवसों तक उसकी कुछ चिकित्सा-जाँचें हुईं। उसके कुछ दिवस उपरांत जो जाँच रिपोर्टें आईं, उन्हें पढ़ कर विज्ञान चौंक उठा। उस रिपोर्ट के अनुसार उसे खून का कैंसर था। अगले दिन शाम को वह पुनः चिकित्सक के पास गया। उससे बात करने पर उसे यह पता चला कि वह अब से अधिक चार-पाँच वर्ष जीवित रह सकता है।

उस दिन वह रात भर ठीक से सो नहीं पाया।

ब्लड कैंसर से पीड़ित होने की जानकारी मिलते ही विज्ञान का मन अधिक चिंतनशील हो गया। उसके मन में मृत्यु का भय समाने लगा। उस भय को वह यह सोच कर मिटाने का प्रयास करने लगा कि मृत्यु से तो बचना असंभव है क्योंकि जो भी जग में आता है उसे किसी न किसी दिन जग से जाना भी पड़ता है। किंतु उसी दार्शनिक बोध ने उसके मन में एक नवीन कामना को जन्म दिया। वह अद्यतन कामना थी मरने से पहले अपने पठन-पाठन को चरम तक पहुँचाना और अधिक से अधिक सार्थक समग्री को पढ़ना।

पढ़ने का क्रम कुछ सप्ताहों तक वैज्ञानिक कथाओं तक ही सीमित रहा। बर्ट्रेंड रसल की इन्फ्रारेडीयोस्कोप, एल.जी.वेल्स की 'जर्नी टू द सेंटर आफ दी अर्थ', क्लिपर आफ द क्लाउड्स और वार आर द वर्ल्ड्स,कार्ल कैपक की रासम्स यूनीवर्सल रोबोट्स इत्यादि जैसी कृतियों का गहन पठन किया। पर दो महीने बाद पढ़ने का वह आयाम और विस्तृत और व्यापक हो गया। सर्वप्रथम वह पुरातन पौराणिक ग्रंथों को पढ़ने से प्रारंभ हुआ। पहले चारों वेदों का हिंदी में अनूदित रूप पढ़ा गया। ऋगवेद के सारे मंत्रों को विधिवत पढ़ा और समझा गया। उसके बाद सामवेद, यजुर वेद और अथर्थ वेद की बारी आई। वेदों के बाद उपनिषदों और पुराणों का नंबर आया। बारी–बारी चौबीसों उपनिषदों और अट्ठारह पुराणों को पढ़ने का लाभ लिया। वह सब करते हुए विज्ञान के मन को अपार आनंद प्राप्त होने लगा। उसे प्रातः भ्रमण में भौतिक सुख के साथ में आध्यात्मिक तत्त्वों का भी आभास होने लगा। उन कालजयी ग्रंथों को पढ़ने के बाद उसके मन में रामायण और रामचरित मानस को पढ़ने की इच्छा जागृत हुई। उनके सभी अंशों को वह गहनता से पढ़ने और समझने लगा। उन महान कृतियों को समझने में उनके पड़ोसी डॉ.राममुनि पाण्डेय जी उसका मार्गदर्शन करने लगे। डॉ.पाण्डेय हिंदी एवं संस्कृत के बड़े विद्वान थे। वह सभी अंशों का भावार्थ इतनी तन्मयता और इतने प्रभावशाली ढंग से समझाते कि उसे असीम सुख का आभास होने लगा। शाम को वह उन प्रसंगों के बारे

में घर के निकट स्थित पौराणिक भारद्वाज आश्रम के प्रांगण में बैठकर सोचने का आदी हो गया। कभी-कभी उसे घर के सामने स्थित ऐतिहासिक स्मारक आनंद भवन के अंदर बेंच पर बैठ कर सोच-विचार करने में भी खुशी होने लगी। ऐसी ही कभी-कभी प्रयाग के संगम घाट पर जाकर, इलाहाबाद के विशाल दुर्ग की भव्यता और पावन गंगा-यमुना की लहरों को निहारते हुए उसे वेदों की ऋचाओं और सम्राट हर्षवर्धन के ऐतिहासिक महादान शिविरों का आभास होने लगा। किसी दिन वहाँ नौका विहार करते हुए विज्ञान को सुमित्रानंदन पंत के काव्यात्मक उद्गार और सूर्यकांत त्रिपाठी निराला के दैवी प्रतिमानों का दर्शन होने की अनुभूति होती थी। कभी-कभी विलियम वर्ड्सवर्थ की विशिष्ट कविताओं की पंक्तियों और भावों का भी बोध होता था। एक दिवस राम चरित मानस के राम-केवट प्रसंग को पढ़ और समझ कर उसके मन में श्रृंगवेरपुर के दर्शन की कामना प्रबल रूप से उत्पन्न हुई। अगले दिवस उसने भोर में ही अपने परम मित्र ऋषिकेश राय के साथ आरक्षित कार से श्रृंगवेरपुर के लिए प्रस्थान किया। मात्र आधे घंटे में दोनों श्रृंगवेरपुर धाम पहुँच गये। वहाँ सबसे पहले उन्होंने श्रृंगी मंदिर में विद्यमान सभी इष्टों की मूर्तियों का दर्शन और संक्षिप्त पूजन किया।

उसके उपरांत दोनों कुछ दूरी पर स्थित राम घाट पर गये। वहाँ गंगा किनारे स्थित एक छप्पर की छाँव में रेत पर बैठकर दोनों रामायण पर बात करने

लगे। केवट गुहा, उसकी नाँव और श्रीराम तथा देवी सीता का ध्यान आने लगा। ऋषिकेश जी बहुत भावुक हो गये। उसी भावुकता में उन्होंने मानस की कुछ चौपाईयों और दोहों का मुक्त स्वर में गायन प्रारम्भ कर दिया। विज्ञान मंत्रमुग्ध सा उस मुक्त गायन का आनंद लेने लगा। ऋषिकेश ने मानस की पंक्तियों के साथ ही अपने कुछ स्वरचित छंद भी सुनाए।

उन्हें सुनकर विज्ञान उत्साहित स्वर में बोला "यार ऋषिकेश काश मैं भी ऐसा लिख पाता।"

ऋषिकेश ने उसे तत्काल आश्वासन देते हुए

कहा "यदि तुम चाहोगे तो मैं तुम्हें भी सिखा सकता हैं।"

विज्ञान ने तत्काल हामी भरते हुए कहा "यार आज से मैं पढ़ने के साथ-साथ लेखन और सृजन भी करना चाहूँगा ...आज से मैं तुम्हारा शिष्य और तुम मेरे गुरु।"

लगभग एक घंटे उस छप्पर में संयमपूर्वक बैठने के बाद दोनों ने कुछ देर तक नौका विहार किया। दोनों की आपस में अनेक पौराणिक विषयों पर वार्ता भी हुई। उसके बाद श्रृंगी मंदिर परिसर के प्रमुख पुजारी से भी दोनों ने कुछ देर तक बात की। पुजारी ने दोनों को यह अवगत कराया कि वैदिक काल में उसी परिसर में श्रृंगी ऋषि का पावन आश्रम था जो नैतिक शिक्षा और आध्यात्मिक शिक्षा का केंद्र भी था। उन्होंने उस स्थल के पौराणिक साहित्य से

संबंधित एक लघु पुस्तिका भी दिखाई। विज्ञान ने उस पुस्तिका को सरसरी दृष्टि से देखा।

ऋषिकेश ने तुरंत पूछा "बाबा ..क्या यह किताब हम रख सकते हैं?"

बाबा बोले "मेरा पास केवल एक प्रति है...यदि आप लेना चाहें तो आप आगे वाले नुक्कड़ की दुकान से ले सकते हैं।"

उस परिसर का एक और चक्कड़ लगाने के बाद दोनों ने नुक्कड़ की दुकान से स्थल के पौराणिक इतिहास से संबंधित पुस्तिका की दो प्रतियाँ खरीद लीं और कार के अंदर बैठ कर चालक को वाहन स्टार्ट करने का निर्देश दिया। एक घंटे में वाहन ने दोनों को इलाहाबाद वापस पहुँचा दिया।

घर वापस पहुँचकर विज्ञान ने एक बार पुनः रामचरित मानस खोलकर श्रृंगवेरपुर के पावन प्रसंग को ध्यान से पुनः पढ़ा। उसने उस पर अपने शब्दों में भी कुछ लिखना चाहा। शीघ्र ही अनुचर सुबोध ने उसके सामने थाली में भोजन परोसा। उसने हाथ धोने के बाद भोजन किया। भोजन करने के बाद.वह बिस्तर पर लेट गया। कुछ ही देर बाद सुबोध ने कक्ष में आकर उसके सर में नारियल का तेल लगा कर चंपी की। विज्ञान उस चंपी का आनंद लेते हुए पठन-पाठन के विभिन्न आयामों के बारे में मानसिक मंथन करता रहा। उसके मन को यह आभास हो चुका था पाठक के लिए देशाटन, आत्मावलोकन और

स्वलेखन भी आवश्यक है। उसने मन ही मन उस दिशा में प्रयास करने का संकल्प ले लिया।

अगले दिन से विज्ञान ने प्रातः भ्रमण हेतु इलाहाबाद के प्रसिद्ध कंपनी गार्डेन में जाना प्रारम्भ कर दिया। वहाँ पर एक घंटा भ्रमण करने के बाद वह उसके परिसर में स्थित पब्लिक लाइब्रेरी में बैठकर हिंदी और अंग्रेजी के समाचार और कुछ पत्रिकाएँ के विशिष्ट लेख पढ़ने का आदी हो गया। उसी क्रम में उसने जुरासिक पार्क, टर्मीनिटर्स, ग्लेडियेटर्स, जाज, डिनोसार, द हाऊज आफ वैक्स, द गन्स आफ नेवरेन, बेनहर इत्यादि जैसी उत्कृष्ट कृतियों का पठन-पाठन किया।

डॉ. राममुनि के प्रवचनों से उसकी पढ़ने कि जिज्ञासा वृद्ध होती गई। एक दिवस डॉ. पाण्डे ने उसे संस्कृत के विद्वान डॉ. चंडिका प्रसाद शुक्ल घर पर ले गये। डॉ. शुक्ल ने बातों ही बातों में उसे महाकवि कालीदास की कालजयी कृति अभिज्ञान शाकुंतलम के बारे में बताया। डॉ. चंडिका का साहित्यिक प्रवचन इतना प्रभावशाली था कि उसको सुनकर विज्ञान के मन में भी उस कालजयी ग्रन्थ को पढ़ने की इच्छा उत्पन्न हो गयी| डॉ. राममुनि ने उसे यह विश्वास दिलाया कि वह सदा उसकी उस सम्बन्ध में सहायता करेंगें|

अगले दिन से विज्ञान के पठन-पाठन की क्रिया और उन्नत हो गयी| कुछ दिवसों तक उसने विश्व की सर्वश्रेष्ठ कहानियों का संकलन पढ़ा| उस

संकलन में चेकोव की 'एक क्लर्क की मौत' और 'गिरगिट', ओ.हेनरी की 'द गिफ्ट ऑफ़ द मैगाई', मोपासा की 'द डायमंड नेकलेस' और 'कब्र के शिलालेख' इत्यादि जैसी उत्कृष्ट कहानियाँ पढ़कर उसके मन के आयाम और विस्तृत और व्यापक हो गए| उसके अलावा उसने अपनी प्रिय उपन्यास मुंशी प्रेमचंद की 'गोदान'और 'गबन', जैनेन्द्र कुमार जैन की 'त्यागपत्र', धर्मवीर भारती की 'गुनाहों का देवता' और 'सूरज का सातवाँ घोड़ा' भगवती चरण वर्मा की 'चित्रलेखा', आचार्य चतुरसेन शास्त्री की 'वयं रक्षामः', 'वैशाली की नगर वधु', 'उदयास्त' और 'सोना और खून', श्रीलाल शुक्ल की 'राग दरबारी', चार्ल्स डिकेन्स की 'ए टेल ऑफ़ 'टू सिटीज, 'हार्ड टाइम्स'. ओलिवर ट्विस्ट' और 'डेविड कॉपरफील्ड', थॉमस हार्डी की 'द मेयर ऑफ़ कॉस्टरब्रिज' और 'टेस ऑफ़ दुबेर्विल्लेस', हरमन हेस्स की 'सिद्धार्थ'. लेव वाल्लास की 'बेनहर' और डैन ब्राउन की 'डा विन्ची कोड' और 'एंगेल्स एंड डेमोंस', आर.के. नारायण की 'द गाइड' एंड 'मालगुडी डेज' का पुनः पठन-पाठन प्रारम्भ कर दिया| इनके साथ ही विज्ञान, विज्ञान कथाओं को भी पढ़ता रहा। धीरे-धीरे गद्य के साथ में पद्य पढ़ने की प्रवृत्ति भी बढ़ने लगी। नीरज, साहिर, शैलेन्द्र,बच्चन, कैफी, आनंद बक्शी, मजरूह, इंदीवर प्रदीप इत्यादि के गीत की अनेक रचनाएँ मन को बाँधने लगीं। डॉ. राममुनि के प्रोत्साहन ने उसे पंत, प्रसाद, निराला, दिनकर, तुलसीदास, सूरदास, कबीर, रहीम, अमीर खुसरो, महादेवी वर्मा, बिहारी इत्यादि की प्रमुख रचनाओं को

भी पढ़ना प्रारंभ कर दिया। अनेक रचनाओं को पढ़ने में उसे आनंद आने लगा। उसी क्रम में उसने हिंदी छंदविधान की एक संदर्भ ग्रंथ खरीद ली और प्रत्येक सप्ताह एक छंद की जानकारी प्राप्त करने का प्रयास करने लगा।

उसका मित्र ऋषिकेश उस संबंध में उसका मार्गदर्शन भी करने लगा। तीन महीनों में उसे लगभग बीस छंदों के बारे में मौलिक जानकारी प्राप्त हो गयी। उसने दोहा छंद में सृजन भी प्रारंभ कर दिया। उसके अलावा उसने कुछ संस्मरण और कुछ विषयक लेखों का भी लेखन प्रारंभ कर दिया। ऐसा करते हुए उसे यह आभास हो रहा था कि अच्छा पाठक बनने के लिए और सुधी पाठन के लिए सतत ज्ञानवर्धन भी परम आवश्यक है।

कुछ माह उपरांत उसने गीता के हिंदी अनूदन को भी पढ़ना प्रारंभ कर दिया। उसे पढ़ कर उसके मन को अपार संतोष प्राप्त होने लगा। प्रत्येक दिवस उसके छठवें अध्याय को पढ़ना उसके मन को प्रिय लगने लगा। चित्रलेखा और राग दरबारी तो उसे इतने प्रिय थे कि वह बिना किसी पूर्व नियोजन के उनके कुछ विशिष्ट अंशों को पढ़ने में लीन हो जाता था। समय के साथ उसका पठन-पाठन और सृजन वृद्ध होता गया। इन सभी गतिविधियों की धारा में विज्ञान यह भूल जाता था कि वह ब्लड कैंसर का रोगी है। किंतु जब कभी भी उसको अपने उस असाध्य रोग का ध्यान आता तब उसके मन में

कामना प्रबल हो जाती कि उसे अभी बहुत कुछ पढ़ना है और साथ ही कुछ विशेष लिखना भी है। उसी क्रम में उसने अष्टावक्र गीता और बौद्ध-दर्शन पर संदर्भ ग्रंथों को गहनता से पढ़ना प्रारंभ कर दिया। वह कुछ विशेष साहित्यिक समारोहों में भी भाग लेने लगा। उसने 'द लिफ्ट' नामक' एक विज्ञान कथा भी लिखी। प्रत्येक सप्ताह वह मित्र ऋषिकेश के साथ शृंगवेरपुर में जाकर वैदिक काल का ज्ञानात्मक बोध करने लगा। वह उस स्थल के वैदिक महत्व से संबंधित उपलब्ध समस्त साहित्य पूरी तन्मयता से पढ़ना चाहता था।

ठीक ऐसा वह अपने घर के पास स्थित पौराणिक भारद्वाज आश्रम के बारे में भी करना चाहता था। उसका सारा समय दोनों पर साहित्यिक सामग्री चिंहित, एकत्रित और नियोजित करने में बीतने लगा। उससे जो भी समय बचता वह उसे कोई नवीन विज्ञान कथा पढ़ने में लगाने लगा।

प्रत्येक माह में एक दिन विज्ञान को कमला नेहरू हास्पिटल में चिकिस्ता जाँच के लिए जाना पड़ता था। दो वर्ष तक सब ठीक चलता रहा। पर उसके बाद एक दिन प्रमुख चिकित्सक ने जाँच में उसकी स्थिति गंभीर बताई। बहुत अनुरोध करने पर उसने विज्ञान को बताया कि उसके पास अब एक-दो माह से अधिक जीवन शेष नहीं है। उस दिन से विज्ञान बस पुस्तकालयों और अपने घर में ही समय बिताने लगा। आधा दिन पढ़ाई और शेष आधा दिन

सृजन, उसका जीवन-क्रम बन गया। श्रृंगवेरपुर का पौराणिक इतिहास, भारद्वाज आश्रम की गाथा, छंदों का विराट सागर और वैज्ञानिक कथाओं का अनंत उसके बोध, विश्लेषण, समीक्षा, सृजन और समालोचना हेतु विद्यमान था। एक दिन उसने उन सबसे संबंधित सृजन भी प्रारंभ कर दिया। एक लेख और कुछ छंद के भाव प्रस्फुटित हुए और शब्द भी बने। वह बहुत कुछ पढ़ता चाहता था। एक रात्रि वह उस पठन के आयामों के बारे में बहुत देर तक सोचता रहा। उसे यह आभास हो चुका था कि उसके जीवन में अब बहुत दिन नहीं बचे हैं। अतः अपनी आदत के अनुसार उसने सोने से ठीक पूर्व, टेबल पर पड़े सादे कागज पर अपने शेष जीवन की मनोकामना लिख दी ताकि उसे पल-पल उन कर्मों का बोध होता रहे। वह सब लिख कर वह बिस्तर पर लेट गया। शीघ्र ही उसे नींद आ गयी।

सुबह देर तक विज्ञान की कोई आहट न पाकर, अनुचर सुबोध ने कक्ष में आकर उसे साहब संबोधित किया। किंतु कोई प्रतिक्रिया न होने पर उसने मालिक के शरीर को हिलाया। फिर भी प्रतिक्रिया न होने पर सुबोध घबरा गया। उसने तुरंत डाक्टर को फोन किया। आधा घंटे बाद डॉक्टर का आगमन हुआ। जाँच करने के बाद डॉक्टर ने विज्ञान को मृत घोषित किया। शीघ्र ही वह खबर पूरे पड़ोस में फैल गयी। डॉ.राममुनि भी शोकाकुल होकर आ गये। कुछ देर बाद विज्ञान का परम मित्र ऋषिकेश भी उपस्थित हो गया। कुछ देर तक वह विज्ञान के

पार्थिव शरीर से लिपट कर रोता रहा। अंत में वह हार कर टेबल के सम्मुख रखी कुर्सी पर बैठ गया। सहसा उसकी दृष्टि टेबल पर रखे कागज पर पड़ी। एक प्रवाह में कागज पर लिखे हुए चंद वाक्यों को पढ़ गया।

"मरने से पहले सभी विज्ञान कथाओं को पढ़ना है, अनेक प्रिय कृतियों को पुनः पढ़ना है, श्रृंगी ऋषि, श्रृंगवेरगुर और भारद्वाज आश्रम से संबंधित सभी साहित्य पढ़ना है,सभी हिंदी छंदों को पढ़ना और समझना है और दोनों पर महाकाव्य का सृजन करना है। "

उन कागज को मोड़कर ऋषिकेश ने अपने पैंट के जेब में रख लिया।

पड़ोसियों की सहायता से उसने अपने परम मित्र के अंतिम यात्रा की व्यवस्था की। उसे पता था उसके सिवा उसके मित्र का कोई भी सगा नहीं है। अतः रसूलाबाद श्मशान घाट में विज्ञान की चिता को उसी ने मुखाग्नि दी। चिता की लपटों को देखते हुए

उसे अपने परम मित्र और अनन्य पाठक विज्ञान का मरने से पहले से लिया गया समस्त संकल्प ध्यान आने लगा। वह संकल्प उसके पास एक कागज पर अंकित होकर ऐसी शैली में विद्यमान था, जिसका सार शायद वही समझ सकता था। उस कागज को अपने शेष जीवन में पढ़ते रहना और समझना उसकी नियति बन चुकी थी। उसने मन ही मन अपने परम मित्र के उन शेष कार्यों को पूरा

करने का संकल्प लिया। पठन-पाठन की संसृति का अथाह सागर उसको अपने नयनों के सम्मुख लहराता नजर आया।

उत्तराधिकार

महानगर के प्रतिष्ठित अधिवक्ता जटाशंकर जी की मृत्यु का समाचार, पूरे मोहल्ले में फैल गया। शीघ्र ही उनके भव्य आवास परिसर में, अनेक लोग उनके अंतिम दर्शन हेतु, धीरे-धीरे उपस्थित होने लगे।

जटाशंकर जी का पार्थिव शरीर, घर के विशाल-कक्ष में,बर्फ की बड़ी सिल्ली पर व्यवस्थित था। मुंशी जी ने समय से उसकी व्यवस्था कर दी थी। दिवंगत अधिवक्ता के चारों विधि-सहायक भी उपस्थित होकर, सारी व्यवस्था देख रहे थे। लोग उनके मृत शरीर का दर्शन करते हुए आपस में कुछ चर्चा भी करते जा रहे थे। उनके उत्तराधिकार और उत्तराधिकारियों के बारे में भी फुसफुसाहट होने लगी।

"पत्नी चार साल पहले ही स्वर्गवासी हो गयीं, बेटा नाराज होकर मुंबई चला गया और बेटी अंतर्जातीय विवाह करके दूर चली गयी" मंशी जी ने कुछ को बताया।

उन सब गतिविधियों को घर का अनुचर रामू मौन खड़ा देख रहा था। उसके मुख पर छाई उदासी उस परिवेश में सभी का ध्यान स्वतः खींच रही थी।

शाम तक जटाशंकर की बेटी सुधा और बेटा अमृत भी उपस्थित हो गये। कानूनन, सुधा और अमृत ही उनके विधिक उत्तराधिकारी थे। उत्तराधिकार के रूप में दोनों के समक्ष वह विशाल सदन और उससे संलग्न कृषि-सदन उपस्थित था। पर दोनों के मन में उस समय उत्तराधिकार के बजाय, पिता की अंतिम यात्रा का नियोजन था। दोनों के लिए उस दिवस की रजनी उसी नियोजन में बीती। किंतु उत्तराधिकार से संबंधित फुसफुसाहत जारी रही।

अगले दिवस सुबह सात बजे, औपचारिक कर्मों के संपादन के उपरांत अंतिम यात्रा आरंभ हुई। जटाशंकर जी के अनेक शुभचिंतक, उनके पार्थिव शरीर को बारी-बारी कंधा देते हुए, रसूलाबाद शवदाह स्थल ले गये। उनकी चिता को उनके बेटे अमृत ने मुखाग्नि दी। चिता को जलता हुआ देखते हुए अमृत का मन चिंतनशील हो गया। वह अतीत की कुछ यादों के बारे में सोचने लगा। घर वापस आने पर भी उसका मन उन्हीं यादों में खोया रहा। उसमें और सुधा में, पिताजी के चेंबर में बैठ कर, देर रात तक बातें होती रहीं। सुधा के पति सुधाकर ने भी उस वार्ता में शामिल होते हुए, गंभीर स्वर में कहा

"मुझे तो ससुर जी ने कभी चाहा ही नहीं। हमेशा मेरे खिलाफ रहे।"

"मुझे भी कहाँ कभी क्षमा किया जीजाजी। कहते थे एक्टिंग वगैरह सब फालतू चीज है" अमृत ने उदास स्वर में कहा।

बातों के अंतिम चरण में, जटाशंकर तिवारी जी की संपत्ति और उनके उत्तराधिकार पर भी चर्चा हुई।

अमृत ने भावुक होते हुए कहा "मुझे कुछ नहीं चाहिए..दीदी तुम और जीजाजी सब ले लेना। मैं लिखकर भी दे दूँगा।"

अगले दिन से जटाशंकर जी के आवास 'शंकर सदन' में शांति पाठ प्रारंभ हो गया। उसके अतिरिक्त सभी पारंपरिक रस्में अमृत निभाता रहा। सुधा और सुधाकर सी.एम.पी.डिग्री कालेज में प्रवक्ता थे। अतः दोनों को दिन में कक्षा-सत्रों के संपादन हेतु जाना पड़ा। किंतु शाम को दोनों पुनः घर आ गये।

उस दिन भी तीनों में उत्तराधिकार और संपत्ति के बारे में बातें हुई। घर का अनुचर रामू, तीनों की बातें सुनकर अति संवेदनशील हो गया और बोला "साहब महान थे भैया...बहुत महान थे।"

अगले कुछ दिवसों तक, घर में वैसा ही माहौल बना रहा। दसवें दिन खास पुरुष संबंधियों के सर का बाल साफ हुआ। अमृत और उसके तीन सगे चाचाओं ने उस रस्म में सक्रिय भाग लिया। तेरहवीं

को पूर्ण शुद्धिकरण के बाद, ब्रह्मभोज का आयोजन हुआ जिसमें पचास पंडितों ने भागीदारी दी।

शाम को वकील साहब के चारों सहायक अधिवक्ता विनय, विजय, प्रमोद और प्रदीप भी परिवार के साथ उपस्थित हो गये। प्रदीप ने बैठक-कक्ष में इस बात का खुलासा किया कि जटाशंकर जी ने एक महीने पहले विधिक रूप से अपनी वसीयत कर दी है। उसने वह वसीयत परिवार को पढ़कर सुनायी और उसकी मूल प्रति अमृत को हस्तगत कर दी। उस वसीयत के अनुसार, वकील साहब ने अपना मुख्य आवास का उत्तराधिकारी अपने बेटे अमृत और बेटी सुधा को बनाया था। अपना सुलेम सराय वाला आवास उन्होंने अपने तीनों सगे भाइयों के नाम कर दिया था। तेलियर गंज में स्थित अपना एक अन्य आवास उन्होंने अपने नौकर रामू के नाम किया था। उस वसीयत को सुनकर अमृत को यह भी ज्ञात हुआ कि पिताजी का गोरखपुर में भी एक मकान है और पैतृक ग्राम मीठाबेल में तीस बीधा जमीन भी है। वसीयत के अनुसार गोरखपुर वाला मकान उन्होंने चारों सहायक अधिवक्ता विनय,विजय,प्रमोद और प्रदीप तथा अपने मुंशी नीरज के नाम कर दिया था जबकि गाँव की सारी जमीन बेटे अमृत और बेटी सुधा के नाम कर दी थी। उत्तराधिकार के इस पक्ष ने सबको विस्मित कर दिया। परिवार के सभी सदस्य चारों विधि-सहायकों और मंशी जी की ओर ध्यान से देखने लगे। मुंशी जी ने स्थिति को भाँपते हुए, तुरंत परिस्थिति स्पष्ट करते हुए कहा "साहब के ऊपर कभी

कोई दबाव नहीं पड़ता था, जो मन में ठान लेते थे वो हमेशा वह ही करते थे।"

चारों सहायकों ने भी मुंशी जी का समर्थन किया। भोजन करने के बाद सब सोने चले गये।

अगले दिवस से परिवार कुछ सामान्य होने लगा। किंतु ठीक तीन दिन उपरांत,एक अधेड़ उम्र की भद्र महिला का आगमन हुआ। उन्होंने सुधा को एक अभिलेख हस्तगत किया। सुधा ने उसे खोलकर पढ़ा। शीघ्र ही उसे यह अनुमान हो गया वह भी उसके पिताजी द्वारा किया गया एक वसीयत नामा है।

सुधा ने तत्काल पूछा "लेकिन आप हैं कौन?

"मेरा नाम अनुपमा है, मैं राजकीय इंटर कालेज में प्रवक्ता हूँ" महिला ने बताया।

सुधा ने ध्यान से उसे पुनः पढ़ा और अमृत को भी पढ़वाया। उसे पढ़कर यह पता चला कि उसमें और गत दिवस वाली वसीयत में बस एक भिन्नता है। उसमें, उसके इलाहाबाद वाले मुख्य आवास में,अमृत और सुधा के साथ अनुपमा की भी साझेदारी इंगित थी। उस भिन्न प्राविधान को अमृत ने सबको पढ़कर सुनाया। उसे सुनकर दोनों विस्मित हो गये।

अमृत ने महिला से पूछा"लेकिन आपका मेरा पिताजी से क्या सबंध था?"

महिला ने बताया "हम दोनों में बहुत मित्रता थी। वह मुझे अपने प्राणों से भी अधिक चाहते थे।"

महिला के आगमन ने उत्तराधिकार के स्वरूप को एक नवीन मोड़ प्रदान कर किया। अगला एक सप्ताह दोनों वसीयतों के तुलनात्मक अध्ययन को समर्पित रहा। अमृत के पास लगातार मुंबई से फोन आ रहा था। कुछ टी.वी.धारावाहिक के निर्माता उसे शूटिंग के लिए मुंबई बुला रहे थे। पर उस विषम परिस्थिति में,उसे इलाहाबाद छोड़ के जाना उचित नहीं लगा। महिला के आगमन ने उस गुत्थी को और उलझा दिया था। यक्ष प्रश्न यह था कि आखिर दोनों में कौन सी वसीयत सच्ची है। चारों सहायकों और मुंशी के परामर्श के अनुरूप, अमृत ने वसीयत से संबंधित छान-बीन प्रारम्भ करवा दी।

अनेक दिवसों तक कोई समाधान न होने पर, अमृत और सुधा ने अनुपमा से संपर्क करके हल निकालने का प्रयास प्रारंभ कर दिया। दोनों ने उसके कटरा स्थित आवास में जाकर, उससे विस्तारपूर्वक वार्ता की। अनुपमा ने दोनों से अपने जीवन की सच्चाई साझा की। बातें करते-करते वह रुआँसी हो गई।

"वो मुझसे बहुत स्नेह करते थे" वह बोली।

कुछ देर मौन रहने के बाद वह पुनः बोली

"उन्हें तुम दोनों के दूर जाने का अपार दुख था।"

कुछ देर के मौन के बाद तीनों में उस समस्या के समाधान की बात हुई। यह भी स्पष्ट हुआ कि अनुपमा के पास उपलब्ध वसीयत शिवशंकर जी द्वारा मात्र दो सप्ताह पूर्व की गयी थी जबकि दूसरी वसीयत का दिनांक तीन माह पूर्व का था।

"मैंने उनसे कुछ नहीं माँगा था..पर वो लगातार अपनी जिद पर अड़े रहे। तुम दोनें कहो तो मैं यह स्टैंप पेपर पर लिख कर दे सकती हूँ कि मुझे कुछ नहीं चाहिए" अनुपमा ने संवेदनशील स्वर में कहा।

अमृत और सुधा को अनुपमा के कथन में सच्चाई का आभास हुआ।

"हम दोनों को पिताजी की वसीयत का आदर भी करना है और कोर्ट कचहरी के चक्कर से भी बचना है" अमृत ने अपना मत व्यक्त किया।

"तुम दोनों जैसा भी चाहो मैं करने को तैयार हूँ। मैं तो वकील साहब को दिए गये वचन को निभा रही हूँ" अनुपमा ने आश्वासन दिया।

उसने विस्तार से अपने जीवन की कथा भी सुनायी और बताया कि वह मात्र एक बेसहारा अनाथ थी जिसे वकील साहब ने सहारा देकर स्वावलंबी बनाया।

"मेरे लिए वो ईश्वर तुल्य थे...मैं आजीवन उनकी पूजा करती रहूँगी" अनुपमा ने संकल्पित स्वर में कहा।

घर वापस आकर अमृत और सुधा ने उस विस्तृत वार्ता के संबंध में चारों विधि-सहायकों और मुंशी जी को भी अवगत कराया। कुछ दिवसों में पाँचों ने मिलकर उससे संबंधित कागजी कार्यवाही पूरी करवा दी। उसके परिणाम स्वरूप मुख्य आवास का तीन हिस्से में बँटवारा हुआ और उसके एक हिस्से में अनुपमा रहने लगी। इस प्रकार उत्तराधिकार से संबंधित एक विशिष्ट भ्रम का निवारण हो गया।

मुंशी जी और चारों विधि सहायकों ने गोरखपुर यात्रा की योजना बनाई। उन्हें यह अनुमान था कि मीठाबेल की पैतृक संपत्ति पर अवैध अतिक्रमण अवश्य हुआ होगा।

"मेरा शूटिंग सीड्यूल डिस्टर्ब हो रहा है..आप लोग जाकर देख लेते तो मैं मुक्त हो जाता" अमृत बोला।

"आपके बिना कार्यवाही संभव नहीं हो पाएगी' मुंशी जी ने समझाया।

"मैं अपनी पावर आफ एटार्नी तुम्हें दे देती हूँ क्योंकि मैं तो नहीं वहाँ एकदम नहीं जा पाऊँगी" सुधा ने अमृत को बताया।

अगले ही दिन सुधा ने अभिलेख में अपनी पावर आफ एटार्नी अमृत को सौंप दी। कुछ दिन उपरांत अमृत पाँचों के साथ गोरखपुर के लिए रवाना हुआ। क्वालिस से सफर करते हुए शाम तक सब गोरखपुर पहुँच गये। रात्रि स्थगन लछछीपुर स्थित

आवास में हुआ। अमृत के लिए वह उस आवास का प्रथम दर्शन था। उसका मन उसकी भव्यता से मुग्ध हो गया।

"आप सब कितने भाग्यशाली हैं कि इतना भव्य आवास आपको मिल गया है" अमृत ने पाँचों की ओर देखते हुए कहा।

"बेटा कुछ ही दिनों में हम पाँचों, इसे तुम्हारे और सुधा के नाम कर देंगे।"

"नहीं...नहीं ऐसा एकदम मत करिएगा ..क्योंकि उससे पिताजी को आत्मा को शांति नहीं मिलेगी। आप लोगों ने उनका साथ उस विषम अवधि में निभाया जब मैं उन्हें छोड़कर दूर चला गया था" अमृत ने दृढ़ स्वर में कहा।

अगले दिन भोर में ही उस समूह ने मीठाबेल गाँव हेतु प्रस्थान किया। चालक ने वाहन को मात्र दो घंटे में मीठाबेल पहुँचा दिया। वहाँ की हवेली में कुछ देर विश्राम करने के बाद, सबने गाँव के लेखपाल के साथ जटाशंकर जी के नाम चढ़े खेतों का अवलोकन किया। उस दिन साथ घूमने से यह पता चला कि अधिकांश खेतों पर अधिया वाले कृषकों का कब्जा हो रखा है। उस भ्रमण के प्रभाव से अनेक कब्जेदार भयभीत हो गये। कुछ ने तो रात में अपना अतिक्रमण खाली कर दिया। अगले दिवस मुंशी जी और प्रमोद ने दाखिल-खारिज की कार्यवाही भी प्रारंभ करवा दी। जटाशंकर जी का मृत्यु प्रमाण-

पत्र भी आवेदन से संलग्न हो गया। तीन दिन में स्थिति में कुछ और सुधार हुआ। किंतु लगभग पाँच बीघा भूमि पर गाँव के किसी भू-माफिया का कब्जा होने का पता चला।

"आप चिंता मत करिए अमृत भैया मैं एक माह में सब ठीक करवा दूँगा' प्रमोद ने आश्वासन दिया।

हवेली में एक रात और गुजारने के बाद, समूह भोर में गोरखपुर के लिए रवाना हुआ। घर पर दो घंटा विश्राम करने के बाद पुनः इलाहाबाद के लिए प्रस्थान हुआ। प्रदीप भूमि विवाद के निस्तारण हेतु वहीं रुक गया। वह सफर अमृत के लिए एक नवीन अनुभव जैसा था। इतने पास से उसने गाँव को कभी नहीं देखा था। इलाहाबाद पहुँचने पर उसने अपनी यात्रा के बारे में सुधा को विस्तार से बताया। सुधा ने सबकुछ बहुत ध्यान से सुना। अनुपमा भी उस चर्चा में सम्मिलित हुई। एक बार जटाशंकर जी के अनुपम व्यक्तित्व का सौहार्द-पूर्ण विश्लेषण हुआ। रामू वह सब सुन कर उनकी याद करके रोने लगा। अमृत उसे बहुत कठिनाई से चुप करा पाया।

अमृत का मुंबई वाला काम बाधित हो रहा था पर उसका मन इलाहाबाद से जाने का नहीं कर रहा। उस आवास में रहना, बहन से बातें करना और कंपनी बाग में नियमित प्रातः भ्रमण करना,उसे बहुत अच्छा लग रहा था। अनुपमा की उपस्थिति भी मनोहारी लगने लगी थी। किसी दिन काफी-हाउज

जाकर डोसा खाना तो किसी दिवस सबका मिलकर पावन संगम पर जाकर स्नान करना,जीवन चर्या का आवश्यक अंग बनता जा रहा था।

एक दिवस की शाम, प्रमोद गोरखपुर से वापस आ गया। उसने अमृत को यह बताया कि मीठाबेल की जमीन का अधिकांश मामला सुलझ चुका है। मात्रा तीन बीघे का मामला उलझा है लेकिन वह भी शीघ्र सुलझ जाने की प्रबल संभावना है। अमृत ने प्रदीप को धन्यवाद देते हुए वह समाचार सुधा और अनुपमा से भी साझा किया। दोनों उस समाचार को जान कर प्रसन्न हुए। उस दिन अनुपमा को देखकर अमृत को विचित्र सुख की अनुभूति हुई। ऐसी अनुभूति उसे आठ वर्ष पूर्व अपनी सहपाठिनी मंजू को देखकर होती थी। किंतु कोई भी प्रतिक्रिया करने से पहले वह अनुपमा के मनोभावों और अनुपमा- पिताजी के संबंध के बारे में स्पष्ट हो जाना चाहता था। उसे इतना तो आभास हो चुका था कि अनुपमा उसका आदर-सम्मान करती है। किंतु वह यह नहीं समझ पा रहा कि उस आदर भाव में प्रेम भी है अथवा नहीं। उसके अलावा वह अनुपमा और पिताजी के वास्तविक संबंध के बारे भी स्पष्ट जानकारी पाना चाहता था। एक दिन की संध्या बेला में उसने अनुपमा से सीधा प्रश्न किया '"पिताजी और आपके कैसे संबंध थे?"

"वो मुझे अपनी बेटी मानते थे और मैं उन्हें अपना ईश्वर तुल्य संरक्षक मानती थी" अनुपमा ने उत्तर दिया।

वह सुनकर अमृत के मन को कुछ राहत मिली।

अतः उसने अपना अगला प्रश्न प्रस्तुत किया।

"तो क्या पिताजी ने कभी आपके विवाह के बारे में नहीं सोचा?"

अनुपमा ने तत्काल पूछा "तुम आखिर ये सब क्यों पूछ रहे हो?"

"क्योंकि मैं आपसे विवाह करना चाहता हूँ"

अमृत बोला।

"मुझसे...मैं तुमसे पाँच वर्ष बड़ी हूँ.......ऐसा कैसे हो सकता है" अनुपमा ने चौंकते हुए कहा।

"उम्र के अंतर से कुछ नहीं होता..फिर मुझे आपके अनुभव का भी लाभ मिलेगा और जीवन सफल हो जाएगा" अमृत ने समझाने का प्रयास किया।

अमृत के उस प्रस्ताव को सुन कर अनुपमा गंभीर हो गयी। कुछ देर तक मौन रहने के बाद वह बोली "मुझे स्वीकार है किंतु मेरी एक शर्त होगी।"

अमृत ने पूछा "कैसी शर्त?"

"आपको मुंबई छोड़कर यहीं इलाहाबाद में रहना होगा और यहाँ रह कर हाई कोर्ट में वकालत करनी होगी..ठीक वैसे जैसा आपके पिताजी चाहते थे" अनुपमा ने खुलासा किया।

"सब कुछ नये सिरे से करना होगा हालांकि असंभव नहीं है क्योंकि मैं विधि स्नातक हूँ और मेरा नाम भी बार काउंसिल में पंजीकृत है" अमृत बोला।

"तब मुझे स्वीकार है" अनुपमा बोली और मुख पर मंद मुस्कान लिए, शयन हेतु चली गयी।

अगले दिवस से अमृत ने वकील साहब के चेंबर में बैठना प्रारंभ कर दिया। चारों सहायकों ने भी उसकी सहायता करना प्रारंभ कर दिया। मुंशी जी उसका मार्गदर्शन करने लगे। दो महीने में उसके पास चार-पाँच केस भी हो गये। अपनी प्रथम विजय पर वह घर के लिए मोतीचूर के लड्डू लेकर आया। अनुपमा ने उसे विशेष बधाई दी। कुछ ही माहों उपरांत अमृत और अनुपमा का विवाह हो गया। उस विवाह में मात्र खास संबंधी आमंत्रित हुए। उस वैवाहिक जीवन के साथ में उसका विधि व्यवसाय भी उन्नत हो गया। विजयादशमी से ठीक पूर्व सब लोग दो वाहन से गोरखपुर होते हुए मीठाबेल गये और वहाँ का दशहरा और रावण दहन देखा। सबने मिल कर,पैतृक खेतों का भी अवलोकन किया। सबने हवेली में स्थगन का भी आनंद ग्रहण किया और गाँव के पारंपरिक देव-स्थान का भी दर्शन किया।

एक सप्ताह उपरांत इलाहाबाद वापस पहुँच कर, अमृत ने सारा दिवस चेंबर में बैठ कर ही बिताया। अनुपमा उसकी उस मुद्रा को देखकर बहुत हर्षित हुई और बोली "काश पिताजी, आपकी इस मुद्रा को, अपने जीवन काल में देख पाते। "

अनुपम के उस कथन को सुनकर अमृत भावुक हो गया और अनुपमा के निकट जाकर उससे लिपट गया। अनुपम ने भी उसे अपने बाहों के घेरे में आबद्ध कर लिया।

"अरे अमृत और अनुपमा ये सब चेंबर में नहीं शयनकक्ष में ही होना चाहिए" सुधा का स्वर सुनाई दिया।

"अरे क्षमा करना दीदी" अमृत सकुचाते हुए बोला।

अनुपमा भी तत्काल पृथक होते हुए लजाकर शयनकक्ष की ओर भागी।

अमृत भी दीदी से आँख चुराते हुए पत्नी के पीछे-पीछे भागा।

उस दिवस की रात्रि अमृत और अनुपमा के महामिलन की साक्षी रही। उत्तराधिकार का स्वरूप स्पष्ट हो चुका था और उससे संलग्न उत्तरदायित्वों का आयाम रेखांकित हो गया था।

सुधा, रामू, मुंशी जी और चारों विधि-सहायकों का उत्कर्ष भी उसका प्रबल संकेतक था।

लेखक क बारे में

त्रिवेणी दूबे

त्रिवेणी दूबे 'मनीष' एक ऐसे वरिष्ठ साहित्यकार हैं, जिनके लिए साहित्य सृजन, मात्र एक सशक्त माध्यम नहीं अपितु जीवन का मूलाधार और जीवित रहने का प्रबल संकेत है| सच्चाई को सूक्ष्म-दृष्टि से देखना और परखना तथा उसी सत्य के आधार पर सार्थक स्वप्नों का दर्शन करना, उनकी दैनिक क्रिया का अभिन्न अंग है| अब तक उनके कुल उन्नीस हिंदी संग्रह और छः अंग्रेजी संग्रह प्रकाशित हो चुके हैं| उनके पूर्व प्रकाशित संग्रहों में दो हिंदी उपन्यास और चार हिंदी कहानी संग्रह भी सम्मिलित हैं। मनीष जी को अब तक डेढ़ सौ से भी अधिक साहित्यिक सम्मान प्राप्त हो चुके हैं। उनकी अनेक रचनाएँ, प्रतिष्ठित साहित्यिक पत्रिकाओं में प्रकाशित हो चुकी हैं| उनका एक हिंदी गीत संग्रह(कवि उर नित उर्वर होता है) भी प्रकाशनाधीन है और उनके पाँच हिंदी निबंध संग्रह भी प्रकाशन हेतु तैयार हैं|